樂 府

·

心里满了，就从口中溢出

她们 和 她们

安小庆　林松果　李斐然——著

人民东方出版传媒
People's Oriental Publishing & Media

东方出版社
The Oriental Press

序 一

迷思与守望

∨

2019 年，《人物》杂志的安小庆辗转联系到我，表示她想采访我，谈谈《半边天》，还想采访《半边天》中的一些重要嘉宾，比如刘小样。我回复说，节目早已改版，《半边天》已是 10 多年前的事，而刘小样，我与她失联快 20 年了。在安小庆的一再拜托下，我答应刘小样的地址我找找看。其实我没找，因为我知道找不到。这一类的采访要求我也碰到过不少，一般会知难而退，没有下文儿。

过了一段时间，安小庆又联系我，见她不打算放弃，我只好答应。虽然我找不到，但也许我可以去找当年和我一起拍摄采访刘小样的同事，看看他们有没有什么线索。

又过了一段时间，安小庆再联系我，我见她实在认真，只好告知："同事手里也没有线索，但你别着急！我再想想办法。"这次我也认真了，我拜托了一位同事，请她把多年前涉及刘小样的日常节目和"三八"特别节目全部调出来，逐个镜头地搜，看看能否找到任何地理标识。然后，我无奈地告知安小庆，只搜到刘小样所在县的名称，其他一概没有，这个采访恐怕做不了了。

再后来就是安小庆联系县妇联继续寻找线索。然后她从广东跑到陕西乡村找。然后她找到了刘小样并做了深入的采访。再然后就是我背上《半边天》时代的几十期节目光盘，与安小庆见面，在一个咖啡馆儿里，从中午谈到晚上，有问必答、有求必应。这时候，距离她第一次与我联系采访，已经过了大半年。她是采访过我的人里最认真的，我当然回报她以应得的尊重。

多年前我要采访一个叫 Rose 的英国女子，她长期生活在大凉山一带极偏僻贫困的深山里，帮助那里的农民脱贫。她被朱镕基总理称为"中英友好的玫瑰"。当我好不容易找到"玫瑰"时，"玫瑰"态度极其冷淡："我的工作，你们拍不了；我去的地方，你们去不到。"就开着她装了防滑链的越野车进山了。我和同事冲上临时从县城租来的一辆破旧不堪的面包车追了上去。西南的万仞高山呀，一面绝壁一面怒涛，处处塌方处处泥潭。面包车陷在泥里开不动，我们就扛着机器连滚带爬地翻山。我一生唯一一次被活活吓哭，就是在这里。从清晨到下午才爬到了她的工作点儿。看到一身泥的我们，"玫瑰"忽然变成了另外一个人，她接受我们的一切拍摄要求，有问必答、有求必应，甚至连下山后该去哪里吃一个蛋炒饭就泡菜，再去哪里买一包炸土豆裹辣椒面儿，都嘱咐到了……临分手，"玫瑰"告诉我，想采访她的人很多，但从没有人能翻越大山，进到她的工作点，我们是唯一的！以我们的装备，应该做不到。

如果你想得到信任和尊重，你得先做到，你承担你付出你尽全力，其他交给命运和上帝。它们会给你答案。这个规则当然不限于我和安小庆，也包括所有女性。如果我们想得到尊重，在这个世界还不习惯尊重我们的时候，我们必须尽力承担和付出，庄重而有尊严地承担和付出，须知信任和尊重是讨要不来的，吵闹也无济于事，只能自己去赢得。其实这个规则也不仅适用于女性，它适用于所有人。

主持女性节目、研究女性课题二三十年，对女性的处境包括不公平的处境，倒是越来越能理解。毕竟男性运转这个世界超过 5000 年，而女性参与社会生活却是工业革命之后的事，至今不过 100 多年而已。以 100 年追赶 5000 年的步伐，女性走得不可谓不快，爆发出的能量不可谓不强，这个世界不算不给机会，男性的承受力、接纳度也可算差强人意……站在历史的高处看，100 年不过眨眼之间，太短太短，连个启蒙都完不成，此时就向历史要个完美的结局，必然是求而不得、徒增烦恼。可当我的目光从历史的长河推近到一个个生命，几十年间接触到的那些女性，她们的痛苦、委屈、迷茫、抗争，又真切得让人心疼！毕竟历史的一瞬就是她们的一生，谁又愿意白来这个世界一遭？我们只能一边理解，一边不甘；一边接纳，一边改善。

《人物》不是一本女性刊物，但它对女性话题的研究、女性话语的表达、女性处境的书写，都十分精准！仅就这本书而言，从顶层设计试验、性别问题纳入决策主流，到个体生命的性别困境与性别抗争，再到女性本体的内在探索和历史传承，都有严谨、深入又真切动人的表述，连公共厕所坑位比例、公交车手把杆儿高度这类细小而专业的性别问题，都有思索和涉猎，作为非性别专业出身的作者，她们真的是非常优秀！

同时，作为非专业性质的写作，她们的关注点会随时溢出性别话题之外，带给我们更丰富的思考。比如宋小女的故事，那是个女性故事而不是个性别故事，其背后的复杂有趣，关乎人性，而不仅仅关乎女人性。

人性是多么复杂呀！尤其在这个瞬息万变、喧嚣杂乱的时代。当我赞叹刘小样的敏感多思的时候，我同情的又是她的丈夫，所以我常对小样说："要跟你这么个内心骚动不宁，总是不认命，不好好过日子的媳妇儿相伴一生，老王也不容易！"当我钦佩龙丹妮那如同被死亡本能追逐的蓬勃的生命力、无畏的偏执时，又在想，如果我是她的同事或下属，一定会被她折腾死吧？当我鼓励女性勇敢捍卫自己的平等权利时，又在担心她不会是那个把各种琐事都上升为"歧视女性"，在网上发起性别战争的人吧？当我鼓励女性进行社会化尝试和理性训练时，也担心她们会不会因此折损丰富的情感能力，断了与孩子的生命联结？

一部叫《时时刻刻》的电影曾令我心惊！它把弗吉尼亚·伍尔夫笔下焦虑迷茫的中产阶级女性向前推了一步，让她勇敢地走出令她备感压抑的家庭生活，为自己而活去了。再往前推一步，当年哭喊着、看着母亲弃自己而去的小男孩儿长成了一个敏感、极其渴望亲密关系、又不能接受任何亲密关系的成年人，才华、爱情、事业成功都不能拯救他，他终于在自己的作品获大奖的庆祝仪式上跳楼自杀……这个推演的逻辑，没有任何问题。女人让人心疼，男人又何尝不是呢？

人是太多种逻辑交互作用的结果。我们面对的每一个问题都不是一个问题，它可能同时是性别的、阶级的、心理的、哲学的、科学的、信仰的、历史的问题，如果仅仅论断与评判都如此之难，那么人性、生活又该有多么复杂？

即使如此，我还是相信一些基本准则，比如对"平等"的尊重！注意，是"平等"，而不是"一样"，所以我比较喜欢说"平权"，而不说"女权"。比如"接纳""改善"与"超越"，这既包括面向自我，也包括面向世界。作为一个媒体人，或者说作为一个以信息输出为职业的人，我依然企图在认知社会与人性的基础上，在人与人之间、人与社会之间搭建桥梁，甚至依然企图"用生命影响生命"，这些企图常常令我非常沮丧！比如忽然之间，一些人以另一些人的外形为依据对其进行性别攻击，称之为"娘炮"，而完全不问那些人是否遵纪守法，是否心地善良，是否勇于担当……也不顾穿衣打扮是私人问题，长相模样是基因问题，就用一个"刻板印象"将一船人打下了水。至于"娘炮"这个词到底是要侮辱男性还是要侮辱女性，我也没想明白，反正就觉得20多年的性别工作白做了……

但当我在英国一个大学的楼道里，被一个陌生的亚洲面孔的女性拥抱，她哭着对我说"你的节目改变了我的一生"，我知道了，一个河南农村多女家庭的女孩儿，从不认为自己是有价值的，却因看《半边天》被点亮了心里的灯，循着刘小样的精神脚步往前走，一直走到欧洲成为一名纪录片导演的时候；当我知道本书作者之一安小庆，原是深山里的彝族孩子，因看刘小样的节目、看《半边天》而苏醒了自我意识的时候；当我看到《平原上的娜拉》《自由之路，〈半边天〉往事》这种并不讨喜的文章，瞬间"10万+"的时候；当我看到深圳女工读书会连续两周讨论刘小样的故事的时候……我的"企图"就又开始蠢蠢欲动了。

我喜欢书中杨本芬一家四代女人之间传承的一种精神，"让她无论何时都有在大地上行走的勇气"。我把这句话作为最好的祝福献给这世间的女人和男人。

张越
（资深媒体人、主持人）

序 二

她们和她们

∨

这当然是一部女性之书。女性写作者,在书写女性故事的同时,也勾勒了自我生命的轮廓。第一次,《人物》杂志把作者推到台前,请她们袒露自己的人生。我们不想再让她们以客观的名义隐于背后。我们见过她们生命的火光,如何照亮了她们的采访和写作。她们以自己为武器,去撬开主人公生活的外壳,寻找女性精神底层的共振,去完成一个故事。

我有时候会好奇,这种共振为什么会如此频繁地发生在女性之间。就好像大家有共同的雷达,守在语言的矿山边上,等待被挖掘出的女性真实的声音。我们总是相信,"一个女性总能提供一些特别的东西"。在历史的河床里，她们沉默了太长的岁月。

安小庆和刘小样的故事，简直像是一则寓言。大山里的彝族女孩，偶然看到了《半边天》的张越采访刘小样的节目。"平原上的她，对远方世界的向往，为何和群山包围中的我一模一样？"她接到了刘小样的讯息。她知道，自己原来不是一个人。

20 年后，她找到了隐身在平原深处庭院里的刘小样，续写了她的故事——《平原上的娜拉》。

毫无意外，这篇文章再次展现了一个女性生命体验的强大传播力。

我常常会想起，安小庆说她在刘小样家的厨房——一个女性的方寸之地，被刘小样的表达震撼的情景。就好像当年，张越在一个瞬间，看到了刘小样波澜壮阔的内心，"雪花落在我和她身上"。

当沉默变成了轰鸣，它自然有穿透的力量。

我也会想起宋小女。在一个冤案的新闻常规操作之外，人物编辑部不约而同地关注到那个为前夫奔走的女人。编辑金匝看到的是视频里宋小女提起爱情时明亮的眼神和无法掩饰的雀跃；而作者林松果则想知道，一个小女为什么同时爱着两个人。

一个农妇的爱情是否值得如此书写？这在人物编辑部从来不是一个问题。一个女性做出这样的选择，经历了如此的苦难，保有这样的天真，她是独特而可贵的生命。我们希望写出来的是人性的幽微和明亮。作者林松果当时正处于一个情感的徘徊期，她说宋小女让她自己的人生也有了些微答案。

有人说，写作是为了更好地理解生活。向京在接受采访时告诉我们："我常常不觉得艺术能解决什么问题，但它可以让你面对这个问题。"人物编辑部的每一个人都希望能够更好地面对这个世界，理解这个世界，然后，在我们力所能及的范围内，去传达和理解真相。

2013 年，《人物》杂志有了《女性》这个栏目，一直到现在，《人物》仍然是唯一拥有女性栏目的主流新闻杂志。从2013 年到 2021 年，世界发生了太多变化。我们的女性报道也从最初关注、争取女性权利和两性平等的故事，逐步蔓延开来。如果说女性报道也有深水区，那我们早就已经跋涉其中。

我们能够听到时代前进的脚步，看到女性的觉醒。在《人物》后台，你能够感受到女性读者那种强烈的自我书写和叙述的愿望。当我们去讲述一个女性故事的时候，总是会激起强烈的回应，如同镜像，读者在这些女性故事里看到了自己，她们会在留言区讲出自己的故事，以期找到同盟。

我印象最深的是一次关于性侵害的征集。在短短的 24 小时内，我们收到了 1700 份回答。她们如此坦诚地拨开了自己不愿面对的人生隐秘，将其呈现在我们面前。我们真切地意识到，能够发声，才是忘却和接纳的开始。

那一年，有很多勇敢的女性在风暴里站出来，直面这个世界曾经的恶意。当时第一个站出来举报教授陈小武的罗茜茜说过一句话："请别辜负我们的勇气和期待。"我们也是在那一年，也就是 2018 年年底，做了一个全部是女性的年度人物封面。勇气可贵。

我们的女性报道从来不止是女性报道。她们是鲜活的人，她们的故事从来不止是在女性层面上值得报道。她们的故事是永恒的故事，也是人性的故事。她们陷入困境，她们遭遇复杂，她们奋力向上。如果说有一些不同，就是女性因为曾经的遮蔽，无法被真正地感同身受。上野千鹤子曾经说过："所谓强者的特权，就是可以无须对弱者展开想象力。"[1]

我们希望每一个人都能够被真正地感知。她的痛苦、她的不甘、她的复杂、她的高贵，甚至是她的怯懦和无助，都能真正地被打捞上来，被真正地共情。如果做不到这一点，损失的不仅仅是女人，还有男人。

这是我们工作的意义。像阿特伍德所说："每一个被记录下

1　［日］上野千鹤子，田房永子：《从零开始的女性主义》，北京联合出版公司，2021年，第 124 页。

的故事都暗含着一个未来的读者。"[2]我们记录了如此多维度的女性故事，我们加宽了女性故事的河床，我们挤走一些陈词滥调，我们打破一些偏见和"从来如此"。

未来的读者应该会看到我们的努力，看到我们故事里旁逸斜出、多姿多彩的女性形象，看到公共领域里那些一点点去推动女性向前一步的男性和女性。TA 们会对世界有更多信心，也有更多共情。

最后，我想说一个和我自己相关的故事。我常常会想起一个人，她叫黄长蓉。"5·12"汶川地震的时候，她怀孕六个月的女儿没有跑出来，她的妈妈也被砸死了。我去采访她的时候，是地震发生的第二年，她又生了一个孩子。我记得那天下午，我们俩聊了很多。她告诉我，在 2008 年 5 月 11 日那天晚上，她如何摸着女儿因为怀孕肿胀的脚，想着快要出世的外孙。

后来，她说起自己不想再生，老公怎么劝她都不同意。直到有一天，她老公说"再不生，家就要散了"。她一下明白过来，摘环，生子。

那时候还未婚未育的我，试图去探讨这里面的复杂性。我刚想问一句"为什么"，她突然深深地看了我一眼。那一眼，就

2　[加] 玛格丽特·阿特伍德：《使女的故事》，上海译文出版社，2017 年，新版序言第 6 页。

像火在我心里烫了一下。那个混杂了不甘、无奈甚至了然的眼神，让我听懂了她内心的声音。

我很平静地离开了她家。到写稿那一天，写着写着我突然号啕大哭。我都理解，但我还是心疼。

这是我还在这个行业里的原因之一。她们教会了我太多。

张寒

（《人物》杂志主编）

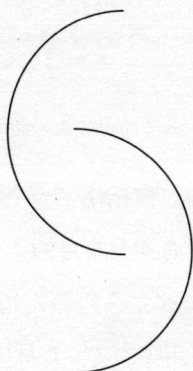

通过自己的工作，你抓住了一个极宝贵的机会，
成为一个从来没有被分享过的生命故事的听众，
让一个独一无二的生命经验不再是树影似的私
语，而成为一扇明亮的窗、森林里另一棵迷人的
独立的大树。

—— 安小庆

平原上的娜拉

∨

然而娜拉既然醒了，是很不容易回到梦境的，

因此只得走……[1]

失踪的女人

张越一直在等一个女人的电话。差不多十年了，那个号码再也没有打来。

第一次接到女人的电话，还是遥远的 2001 年秋天。那时，世界还笼罩在千禧年乐观和浪漫的余晖中。那是《半边天》栏目开播的第六年、女人结婚的第十年。

1　鲁迅:《鲁迅全集: 第一卷》, 同心出版社, 2014 年, 第 81 页。

距离北京1100公里的关中平原深处，电话从一座簇新的红砖院落中拨出，由《半边天》栏目组的策划王峻接起。此前大半年，这个农村女人给栏目组写来数封长信。在其中一封信中，她写道：

"在农村，有钱可以盖房，但不可以买书；可以打牌闲聊，但不可以去逛西安。不可以有交际，不可以太张扬，不可以太个性，不可以太好，不可以太坏。有约定俗成的规矩，你要打破它，你就会感到无助、无望、孤独，好像好多眼睛在盯着你。不需要别人阻止你，你会自觉自愿地去遵守这些规矩。"

王峻对这封信赞叹不已。他揣着这封信，激动地在办公室里，见人就读。在另一封来信中，女人描述了自己生活的地方：

"夏有一望无际的金黄色的麦浪，秋有青纱帐一般的玉米地……可是我就是不喜欢这里，因为它太平了。"

来自平原陌生女人的书信和电话，震惊了栏目组的每个人。在《半边天》诞生的最初几年，观众看到的多是都市女性的故事，鲜少听到来自村庄和边地的女性声音。女人在来信中所写的，也与过去农村妇女的主流叙事殊为不同。

《半边天》主持人张越和同事们敏感地捉住了这个声音。2002年3月23日，《我叫刘小样》在《半边天》周末版播出。那是观众第一次在国家电视台的平台上，听到一位普通农村妇女内心的呐喊。

在北地冬季的漫天风雪中，刘小样穿着一件大红的外套，坐在灰黄一片的天地和田垄间，向张越讲述她对生活和所处世界的诸多不满：

"人人都认为农民呀，特别是女人，她就做饭呀，她就洗衣服呀，她就看孩子呀，她就做家务呀，她就干地里活儿呀，然后她就去逛逛呀，她就这些……你说做这些要有什么思想，她不需要有思想。"刘小样咬咬牙，"我不接受这个。"

"我宁可痛苦，我不要麻木，我不要我什么都不知道，然后我就很满足。有饭吃，有衣穿，有房住，这就很好了。我不满足这些的，我想要充实的生活，我想要知识，我想看书，我想看电视，从电视上得到我想要得到的东西 —— 因为我不能出去。"

所有看过那期节目的人，都记住了电视机里那个始终微微抬高着下巴，做出不服从的姿态，颧骨处的皮肤发红，像是正发着一场高烧的红衣女人。

在21世纪之初的北方平原，中国传统农耕文明最厚重的核心地带，刘小样忍受的，是"一种奇怪的躁动、一种不满足感、一种渴求"[2]。

这种来自女性的悸动和渴望，第一次为世人所关注，是在20世纪中叶的美国。作家贝蒂·弗里丹在《女性的奥秘》一书中，刺

2　[美] 贝蒂·弗里丹：《女性的奥秘》，程锡麟、朱徽、王晓路译，北方文艺出版社，1999年，正文第1页。

破历史文化语境形塑和压抑下的美国郊区主妇神话。"当她整理床铺时，当她去商店买日常用品时，当她选配沙发套子时，当她跟孩子们一块儿吃花生酱夹心面包时，当她开着汽车去接送童子军的小家伙们时，当她夜里躺在丈夫身边时——她甚至不敢在心里对自己发出无声的诘问：'这就是生活的全部吗？'"[3]

来自中国北方平原的农村妇女刘小样，在半个世纪后，发出了同样的呼喊和不甘。

这不仅仅是一个农村选题，或者一个女性选题。穿过性别、地域、阶层的阻隔，刘小样的表达，是对"人"的本质的表达。从这个意义上说，张越觉得，"刘小样既是她自己，又是我们每一个人——她是'一个人'，同时她也是全世界"。

《我叫刘小样》因此成为《半边天》最著名也影响最深远的一期节目。"刘小样"这个名字，从北方的平原走出，成为不同世代观众心中的一个暗号，在之后的20年里，不断引发识别和回响。

刘小样和张越，两个同出生于20世纪60年代但生存环境截然不同的女性，因为20年前那场风雪中的对话，成为之后彼此生命的观察者和参与者。

在节目播出后的若干年，她们在电话中交换着彼此的生活。这

---

3 ［美］贝蒂·弗里丹：《女性的奥秘》，程锡麟、朱徽、王晓路译，北方文艺出版社，1999年，正文第1页。

些电话从客厅、麦田、工厂、县城、学校、商场、车站、外省打来。在电话里，刘小样告诉张越，她做了什么，她去了哪里，她在计划什么，她又因为什么而雀跃和哭泣。

从2010年起，这样的电话消失了。没过多久，张越的手机坏了，系统重装后，通信录全部丢失。她失去了刘小样的联系方式。

此后十年，张越换过几只手机，号码从未改变。只是她再也没有听到电话那头，响起刘小样的声音。

"她如果真想找我，她是能找到我的，但她并没有找我。"那个来自北方平原的女人，突然从张越的生活里消失了。

和张越一样，很多人也在寻找刘小样。每隔几年，就有人在网络上发出问询："有人看过刘小样那期节目吗？""有人知道刘小样后来怎么样了吗？"

几乎每个人都提到黄土垒和红衣服，但这些丢出去的石子，大多没有回音。后来，《半边天》也终结了。20年间，工作人员不断流散。早年收到的观众来信，连同信封右下角的邮寄地址，一起都散失了。

但"刘小样"似乎无处不在。"刘小样"甚至出现在课外辅导机构的初中语文试卷里。在试卷的阅读理解部分，出题者设问："'宁要痛苦，不要麻木'说明了刘小样怎样的思想状态？结合刘小样的处境和中国农村的实际情况，请借助所学过的知识提出建议，中国农民怎样才能获得良好的'心灵的去处'？"

没人知道刘小样究竟去了哪里。失联十年，不需要特别的场景和时机，永远有人在提醒张越刘小样的存在。

最近一次遇到"刘小样"，是在 2018 年的英国。台里派张越去伦敦进修。有一天，她站在威斯敏斯特大学传媒系的走廊，等待上课。楼道那边，突然扑过来一个亚洲面孔的女性，她抱着张越，大哭着说"你改变了我的一生"。

女孩生在河南农村，成长中一直不受重视。小时候，她不甘于眼前狭小的生活，却也不知如何改变自己的人生。直到某一天，她在电视里看了刘小样那期节目。

"你知道你那期节目给了我多大的鼓励，刘小样给了我多大的鼓励吗？"她哭着告诉张越，"刘小样当年说的那些，让我也想走出去，去看平原外面更广大的世界，后来我努力学习、考大学，大学毕业后进外企，又出国留学、结婚，现在在欧洲做纪录片导演……"

张越觉得这位女士，"其实也是小样的分身，是小样的另一种可能性"。或许刘小样并没有失踪，"因为她一直都在"。

生活好像不太对劲

飞机降落咸阳机场，世界顷刻之间被拉入一只昏黄的大罩子。

罩子的底部，是广漠、单调、一览无余的关中平原。

这就是刘小样在 20 多年前的信中，向《半边天》栏目组描述的八百里秦川。在来咸阳寻找刘小样前，张越告诉我，她问过当年参与节目制作的所有同事，没人保留了刘小样的具体住址，只有人提供了一个模糊的地理信息：咸阳兴平农村。

刘小样最后一次留下踪迹，大概是在 2010 年的冬天。刘小样的丈夫王树生，给张越打来了求助电话。从他那里，张越才知道，那年 42 岁的刘小样，去江苏打工了。

电话里的王树生很苦恼："打扰您，张越老师，您能帮我劝劝刘小样吗？她就不能好好过过日子吗？老折腾，今年过年也不回家。"

张越打过去，刘小样正在昆山一家工厂的食堂做工。那段日子，她和丈夫之间有一些不快。张越回忆，"听上去主要是，一家子可能嫌她有点儿不安分吧，老往外跑"。

那年农历春节前，刘小样给张越打来电话，说她已经从昆山去了西安。张越劝她，别走得太彻底，"因为她那样个性的人，如果再离了婚，再没了家，在外面漂泊，她内心又特别的敏感，她会受苦"。

那是她们的最后一次通话。张越不知道刘小样后来怎么样了，有时她甚至担心，刘小样已经离婚了。当时夫妻二人的不快，不是因为一时一事，"她的问题在于她的心越来越远，这个怎么办？"

汽车停靠在一只孤零零的站牌前。站牌后是一座水泥砌成的小桥。过了桥，眼前是一条泥泞板结后的狭长烂路。刘小样的家就在路旁边的一座红砖院落里。

推开掉漆的暗红大门，门后的暗影里，有两个人在倒麦粒。牵着口袋的那人，正是刘小样。她没有消失，她隐身在平原深处的庭院。

20年过去，刘小样的面容没有太大变化。大笑时，头依然喜欢往后仰去，细长的眼尾皱在一处，没有保留地展示此刻的快乐。马尾短了，也低了，黑色薄毛衣外面罩一件灰白羽绒背心，脚上是一双旧棉拖。高高的颧骨，最紧处的皮肤依旧泛红。

只是普通话远没过去流利。她有七八年没和人说过普通话了。夹杂着陕西方言说了十几分钟，她终于找到了熟悉的语调。

二层院落，还保留着当年节目中的样子。褪色的砖墙勾出头顶四方的天。客厅摆着几件家具，茶几、妆台、衣柜、沙发，都显得陈旧黯淡。

妆台镜前，立着一张婚纱照。照片里只有一个抱着百合花的年轻女人。那是2001年，刘小样独自去县城影楼里拍的。刘小样有些羞赧地解释："我们农村啊，好多女人都拍过这个，男的都不去。"

婚纱照对面的墙上，贴了十几张褪色的粉红便利贴。每张上面有一首刘小样抄的古诗。其中一张写着：

白日不到处，青春恰自来。

苔花如米小，也学牡丹开。

前院墙边，斜歪着两盆牡丹。刘小样计划开春后，把它们移植到后院的地里。厨房光线昏暗，一束方形的光，斜着，从厨房顶上的天窗透下来。那是整座院落最光亮的角落。在这束光正下方的灶台边，刘小样开始了作为妻子、儿媳、母亲的青年和壮年。

"2001 年那年的冬天，张越他们来了，我也是在这里，给他们和面，弄的油泼面。"她回忆起那个下着大雪的冬夜。一群扛着设备、拎着箱子的外省人，从北京风尘仆仆地来了。他们竟然真的来了，她惊慌到想要连夜逃跑。随后，那期节目的播出，改变了刘小样的人生。

变化就是从雪夜开始的吗？刘小样和王树生都不这样认为。她觉得，它发生得更早，也更隐蔽。很难说清楚，究竟是河面的哪块浮冰，最早在早春苏醒，继而开始融化。

1968 年，刘小样出生在关中平原渭河边的一个村庄。20 世纪 80 年代起，僵固的社会板块逐渐松动。苹果园从麦田里长出，成为当时最赚钱的营生。

14 岁的一天，家里大人说"回来帮忙吧，别念了"。三个哥哥和四个姐姐，都在家里照料苹果园。那时她读初二，没有挣扎，懵懵懂懂地，刘小样和大部分同学一样，离开学校进了果园。

那是 1982 年，家里的苹果园每年能卖出 10000 多块钱。几乎每个村民手里都有一只小小的收音机。远方的声音，第一次来到刘小样的世界。

她觉得自己的心里，从小就有一块莫名混乱或者混沌的地方。憋闷的时候，同学们去逛县城，她喜欢一个人骑车去渭河边发呆。

她从小喜欢花。秋天放学路上，摘一筐河滩上的金色野菊花回家，随随便便找一只瓶罐，往窗台一放。再大些，从地里头干完活回家，手里也是一把野花。

有了收音机，多了一个伴。盛夏，果园该除草了。田垄上的收音机，跟着刘小样手里的镰刀，一米一米往前挪。

那时，收音机里常播广播剧。跟着李野墨的声音，刘小样在苹果园里听完了路遥的《人生》和《平凡的世界》。她也喜欢《新闻和报纸摘要》，总是在心里默默跟着播音员，一字一句学习普通话。

"普通话对我非常重要"，刘小样说，那代表着外面的世界，"可能就是从听收音机开始，心里觉得不满足，觉得生活好像不太对劲"。

我的心没有遵守

具体哪里不对劲，刘小样说不上来。平原上的一切，没有起伏和遮挡。

1991 年，刘小样 23 岁，她的生活，终于起了波澜。经媒人介绍，她和隔壁村的青年王树生结了婚。婚前，王树生和家里的哥哥们在青海做生意。两人通过书信交往了两年。

刘小样常常会将生活诗意化和审美化。她认为自己是个幸运的女人。似乎是随便找了一个婆家，但正合她的心意。她喜欢看书，王树生的爷爷曾是村里的私塾先生。家里祖宅的门楣上，写着"耕读传家"四个大字。

除此以外，王树生是极少数的出去闯世界的男人。刘小样觉得，这个人能够带给她"一个新的生活，跟别人不一样的生活"。

新婚第一年，王树生把她带去了西宁和西安。火车从平原驶向高原，刘小样觉得生活是那么新鲜畅快。

在西宁塔尔寺前，这位新婚的妻子，没忘了从路边摘来一把波斯菊。照片里的她，留着童花头，在阳光下露齿大笑。

新生活很快中止了，她怀孕了。1992 年，刘小样回到平原上的王家老宅待产。一年后，她再度怀孕。她和王树生有了一对儿女。

王树生在外勤勉奋力。1996 年，他们在祖宅地基上，修起一座簇新的二层红砖院落。新房里摆了大彩电，安装了当时罕有的电话。王树生和刘小样的生活奔到了村庄的最前面。

在王树生的记忆中，从结婚到两个孩子陆续出世的那些年，刘小样和村庄里其他媳妇没有太大不同。她管两个娃，做家务，干地里活，照顾老人，一切做得都很好。

他们所栖居的村庄，被厚重的历史密集地包围。阿房宫的脂水曾流经此处。杨贵妃"宛转蛾眉马前死"的遗址就在县城。再往东走，是汉武帝的陵寝。往南，是《诗经》里的渭河，还有半坡遗址。

来自历史的强大惯性，依旧支配着平原上的生活。一年中，除去农忙的两三个月，剩下的时间，刘小样和所有女人一样守在家里。

农村女人的空间是很小很小的。有时，刘小样会觉得周围有许多双眼睛在监视她。农闲或者孩子睡着的时候，她喜欢打开电视机，停下手里的活计，观看《读书时间》和《半边天》。和小时候一样，她在心里跟着字幕默读，把电视当作书来读。

有一阵子，中央一套开始播放一则公益广告。广告里，一个穿着红棉袄的女孩，在雪后的原野起舞。"心有多大，舞台就有多大"，每次看到这里，刘小样就"怦然心动"。她会想："她为什么要穿着红棉袄在那儿跳舞呢？她穿着红棉袄就好像是我在那儿，田间地头就是我的舞台，锅碗瓢盆就是我的音乐。"

村庄的地理位置，似乎加剧了她内心火焰的燃烧。村子的北口，有两条平行的省道和铁路。南边是一条竣工不久的高速公路。所有道路都直通西安，往返车费只要9块钱，但村里很少有人去过。距离村庄 20 公里，就是西安咸阳国际机场。

在四方的院落里，刘小样常抬头寻找飞机的踪迹。只要仔细分辨，还能听到高速公路上，汽车飞驰而过时，摩擦空气发出的嗡嗡声。最规律和最清晰的，是火车经过时的汽笛声。

外面的世界就这样不由分说地，挤到刘小样的面前。西安是刘小样 30 多年里的一个梦。结婚后，王树生带她去了西安。站在钟楼下，看着眼前陌生的人群和匆忙车流，她失声痛哭。她不明白，到底是什么把她和世界分隔开来。

她由此更觉得，眼前的生活太平了，土地也好像太平了。她觉得孤独，想要知道更多的知识和讯息，幻想生活在地平线之外的大山大海边。

她有意给生活制造一些动静。衣柜里的衣服大半是红色。城里人觉得红色土，那时的刘小样觉得，周围的一切都是土色，再穿得跟土接近，人彻底没有了。"红"成了她的寄托。

孩子睡着的时候，她开始悄悄在纸上写下自己的想法。好多好多的话表达不出来，她气自己只读到初二。一个人边写边哭。村里的人都认为农民，特别是女人，不需要有思想。每个人都自觉自愿地遵守着这些规矩。

刘小样觉得自己的身体在遵守，"心没有遵守"。她为自己感到深深的悲哀。有时她会问自己，如果住得远一点，离那条高速公路远一点，离那条铁路远一点，她的内心会不会平静一些。

"但是，它就是，看得见，摸不到，离得又不远，又不近。"

就在许多的新和旧、远和近，许多的僵固和流动的混杂中，平原上的刘小样苏醒了。那是 20 世纪的最后两年。迈过 30 岁之后，刘小样觉得眼前的世界突然清晰了。

2001 年秋天，儿子和女儿都上小学了。刘小样有了更多的闲余时间，她照着《半边天》栏目的地址，写下了第一封信。后来，她踩了十里地的自行车，从县城邮政局寄出了这封信。

这人是不是假的？

20 世纪的最后两年，也许是一种微渺的巧合，在距离刘小样 1000 多公里的北京，张越也正在经历一场蛰伏和觉醒。

她辞职在家两年了。1995 年，她开始担任《半边天》的主持人。做了三年后，她渐渐对自己感到失望。屏幕上，她雄辩、聪明、话不落地，但她知道，自己并不满意眼前的工作状态，也从未见识过演播室外真正的生活和人群。

游荡两年后，张越回到《半边天》。2001 年秋天，组里的策划王峻，从几袋子观众来信里，挑出了刘小样的信。所有人都被刘小样"宁可痛苦，不要麻木"的表达触动了。

但刘小样拒绝了采访的提议。她说，写信只是想鼓足勇气找人说说话。她请求王峻不要再给她家打电话了，这会让公婆、亲戚说闲话，"一个媳妇不好好过日子，给远处的陌生人打电话，这是特别坏的行为"。

因为她的一再拒绝，栏目组基本放弃了这个选题。但刘小样的信没有停止。每封信都写得很长。有一天，她在电话里说，愿意跟他们聊一次，只要他们不吵得全村所有人都来看就行了。

丈夫王树生还不知道这一切的发生。2001年冬天的一个雪夜，晚上九点多，他跑完运输刚进家门，刘小样仓皇地问他该怎么办，张越老师他们已经住进县城招待所了。

她想逃跑，王树生稳住了她。第二天一早，摄像机在院门外的地里架起来，刘小样又垮了。信里那些丰富的感受，一句也说不出来。张越停下采访，和刘小样同吃同住了三天。

三天后，摄像机再次在雪地里支起来。但刘小样还是无法说出一个长句。录了两个小时，张越最终决定放弃。

她让摄像去周围多拍些空镜备用，拍完就走。摄像搬走脚架，挪去了院墙那边。张越不愿意场面太尴尬。她随口问道："小样，你老说你不开心，那么怎么着你就开心了呀？换成书里或者电视里的谁，你就开心？"

"你。"

"啊，为什么是我？"

"你有工作，你有朋友，你哪儿都去过，不像我……你看我住的这个地方，如果坐汽车去省会，只要 5 块钱，我们村前头就有汽车站，后头就有火车站，但我一辈子就去过一次西安……"

真正的谈话开始了。也许是看到摄像抱着机器离开了，刘小样终于定了下来。张越体会到现场对记者而言的那种巨大魅力，但同一时刻，她又被无边的绝望和恐惧挤压着。

以刘小样的性格，如果把摄像叫回来重录一次，她一定说不出来了。张越浑身冒汗，手指甲无意识地抠进手心里，棉服里的毛衣湿透了，心里不断在重复"完蛋了，我全错过了"。

簌簌的风雪中，昏黄的原野模糊又清晰。雪花落在两个女人的肩头，她们的谈话充满历史感、时代感和个人的命运感，但张越不能张口说"停下来吧，等我一下"。

对张越而言，那天最后一小时的谈话，是巨大的折磨，也是巨大的收获。在刘小样这里，她看到了一个普通人波澜壮阔的内心世界。对刘小样来说，那同样是生命里重要的一天。她第一次清醒地原原本本地讲述作为人类个体活着的感受。

等张越起身去看同事都去了哪儿时，躲在屋后的摄像，远远地冲张越做了一个 OK 的手势，他救下了这期节目。

在欣喜的人中，还有王树生。那是他第一次深入了解妻子的内心。他悄悄告诉张越，他很欣赏妻子。"人没有思想，就没有进步。她这个人特别浪漫，可我是一个只能在现实中过日子的人，我是一个现实主义者。"

录完节目，告别刘小样一家，他们回到县城宾馆。出差快一周了，他们决定当天就回北京。收拾好箱子正要出门，刘小样突然冲进了房间。她扎到张越怀里，痛哭了十几分钟。

临行前，她告诉张越："你忽然就来了，忽然又走了，就像一场梦。你走了，又剩下我一个人了。"张越很酸楚，她明白那不是一般性的离别伤感。离别的伤感不至于这样。"她是因为在那个环境里没有跟她交谈的人，没有跟她一样的人，突然碰到一群人，她觉得这些人跟她互相能够懂得，突然之间这些人走了，她就觉得立刻又给扔回去了。"

2002 年 3 月 23 日，《我叫刘小样》在央视播出。

很多人告诉张越，刘小样身上有自己的影子。其中很多是男人，有的是艺术家，有的是学者。

也有不少人，跟张越表达质疑："这人是不是假的呀？是不是你们教她说的那些话？"否则一个北方农妇，怎么能说出"人在向往的时候，TA 的眼睛里会有光泽的""我虽然痛苦但我不悲伤，我的痛苦可能也是一种蜕变"这样的话语。

甚至有一位观众打来电话，一口咬定刘小样是城里的大学生，弄不好是被拐卖到农村的，希望栏目组再去陕西调查一下。

还有许多记者找到张越，希望拿到刘小样的联系方式。但刘小样告诉张越，谁都别给。

"因为我的生活没有机会再改变了。如果我还年轻，你知道我一定待不住的，我一定要走出去的。可是我这么大岁数了，上有老，下有小，文化水平不高，我已经没能力出去了。你别再让人来招我了，我现在就觉得我待不住了，可是我只能这么待着。"

因此只得走

在平原上，这期节目也引发了轰动。村里人看了节目，说，"刘小样还会说外头的话呢"。哥哥姐姐问咋回事，她几句话躲过去了。她不喜欢自己变成一个异类，不愿意再跟人提起这件事。

咸阳当地的官员，从张越那里要不到刘小样的联系方式。他们根据节目中描述的地理和交通信息，锁定了村子。慰问的人来了一拨又一拨，送来许多书。其中一位官员说："你的心情我们非常理解，其实有时候我也会这么想。"

面对涌来的关注，刘小样表现出不合时宜的冷漠和人际交往上的生疏。王树生记得，慰问的人问她想在家干啥事，是搞养殖还是搞一间农家书屋，人家给对口支持。刘小样一口回绝了，她不想要别人的施舍。

那场雪中的谈话，像一场高烧的序幕，将她的生活拉入了翻搅不停的岩浆之中。她不知道自己的话，击中了平原外无数陌生人的心，她只感到自己成了村里那个"瞎想，胡扯，想的东西一点都不实际"的女人。

那是清醒后最难挨的日子。每天清晨五六点，她早早地醒了，躺床上跟王树生说心事，一遍遍地说，一遍遍地说。

"主要就是说，人家把她捧上去了，她自己这样子，啥都干不了"。王树生安慰她，"人家是弘扬你的思想，不是奔着你的能力和位置来的"。

说到天亮，两个孩子该起床上学了。王树生记得，那段时间，两个娃都自己搁锅，热两个馍，一吃就走了。

刘小样终于短暂地离开了那间昏暗的厨房。如同1923年，鲁迅在"娜拉走后怎样"的演讲里所说过的，"然而娜拉既然醒了，是很不容易回到梦境的，因此只得走"。

从漩涡中和床上坐起，刘小样出走的第一步，迈向了别人家的农田。她一直羡慕有工作、有同事的人。为了实现这个目标，她跟邻居说好，以后帮她家去干地里的活。

有一次，张越打电话过去，王树生说，她上别人地里给人干活去了。电话再打回来时，刘小样告诉张越，现在每天起来，拿着东西出门，骑车去别人地里，"有了一种早晨起来去上班的感觉"。

2005年春天，刘小样收到《半边天》栏目组发来的邀请。那年的国际劳动妇女节，《半边天》将举办一台名为"我们的十年"的晚会，纪念1995年举办的第四次世界妇女大会和《半边天》十周年。

张越本想让他们夫妻俩来北京玩一玩，散散心，没想到刘小样在北京又哭了两场。

第一次是看到台上表演节目的小朋友，她想到了自己的女儿。第二次是晚会录制结束，道具部门开始拆景，观众排队领取几十块的车马费时。

"她原本特别向往城市的文化生活，特别尊敬城里人，可是没想到城里人是这样的。'那么好的东西，你们给砸了，电视台好心请你们来看晚会，你们还跟人家要钱'。"

隔天，张越打算给刘小样买几件新衣服。刘小样死活不去柜台，在商场里就要翻脸，但是一说"咱们去书店吧"，立刻就去了。

在西单图书大厦，她提出想买一套鲁迅全集，另外还想要几本西北作家的书。走过心理类书架，张越问，要不要买几本心理学方面的书，譬如"怎样战胜孤独"之类的。刘小样拿起两本翻了翻说："这些书一点都没用，人的心理问题得靠自己去调整和战胜。"

刘小样的话又一次令张越震动。她回忆起在咸阳村里采访的一周，刘小样永远在做饭，"一天三顿，永远在和面、擀面和煮面，唯一能变的只有面的形状"。

在天安门的金水桥前，夫妻俩留下合影。照片里的刘小样，穿一件淡紫色的短羽绒服，看上去比同龄人年轻许多，只是眼神焦灼不安，像是在筹谋一件大事。

回忆那一年的北京之旅，刘小样说，自己根本就不高兴。再次遭遇"刺激"的结果是，她更清楚自己的处境了。

离开北京前，张越嘱咐她："小样，你的心别乱，你回去还是好好地过你的日子。我们能帮你的，或者你自己能帮自己的，是隔三岔五小小地刺激一下，比如出一次门，或者多读一些书。

"你不要企图离开你的环境到北京这样的地方来生存。大城市不是你想象的那个样子，以你思想的细腻和敏感程度，即使在大城市里也算是一个异类，这个城市会严重地伤害你，你根本就承受不了。"

我就是不甘心

从北京回到平原上的村庄，刘小样不再满足于去别人地里干活。

既然已经走出厨房和庭院，她还想走得更远些。那几年，除了照顾好一双儿女和丈夫的生活，她的内心只有一件事：突围。

2006 年的一天，刘小样经过县城商业街时，看到了一张招聘启事。新开的商场招聘会说普通话的售货员，年龄在 20 岁到 30 岁之间。

刘小样心动极了，在街对面站了好一会儿，最终走开了。走到半路，不死心，她掉头回到商场门前，来回又走了好几趟，终于鼓起勇气推门进去。

因为多年来自学的普通话，刘小样在快 40 岁的时候，获得了第一份工作。每月工资 600 多块，每天骑自行车来回县城和家，单程半小时，每天八点半上班——符合她对一份工作的基本想象。

她极为重视来之不易的工作。有天早上，她起迟了，王树生骑摩托车送她去上班。骑到半路，摩托车没油了，刘小样急得快哭了。冬天，大雪没过膝盖，下班时，天已经黑了。刘小样一个人蹬着自行车，在雪中缓慢前行。蹬不动的时候，就下来推着走。

她喜欢柜台的工作，每天都能接触许多人。在那里，她学会了做账，学会了推销和帮顾客搭配衣服。她终于有了一份真正的工作，并从中获得了成就感，但有时也不免受到伤害。

有一次，女装部丢了一件衣服。没人知道是顾客还是售货员拿的。商场老板要求每个人下班的时候，在门口接受翻包检查。刘小样告诉张越，自己有受折辱的感觉。

2008 年，张越正好有一个去陕西出差的机会。在县城最大的商场，她看到了在柜台整理毛衣的刘小样。她给她带去几只小包，包的大小只够容纳几件随身的小东西。张越想，这也许能够避免她下次再被搜包。

这次见面后不久，商场经营不善，倒闭了。当时一起在柜台工作的一位同事，去贵州开了一间化妆品店，叫刘小样一起过去。

张越不建议她去。贵州和陕西，不论地理还是文化习俗，都相隔遥远。她又从来没出过远门。刘小样说："好，那我就不去了。"过两天，电话又打过来：

"我就是不甘心，还是想去试试。"

"行，既然这样你就去。"

"我害怕，不去我不甘心，去了，我又有点害怕。"

"能怎么着啊，顶多就是不干了，买张火车票回家。再退一万步说，出了天大的事，你给我一个电话，我半天之内一定出现在你面前，你去吧。"张越安慰她。

火车不停地钻洞。从西安出发，一路往西再向南。刘小样坐在靠窗的位置，累了就趴在小桌上瞌睡，醒了就望着车窗外变换的地形和作物发呆。

那是她人生中第一次一个人出门远行。王树生把她送上了火车。火车走了两天两夜，刘小样满怀心事，不知这次出走，会把她的生活带向何方。

上车前，王树生拿出一些钱给她防身。在结婚的第17年，妻子决意要去远方寻梦，王树生没有阻拦。他已经明确感知到，妻子内心有一座火山。那座火山活过来了，妻子也醒了。他时常感到愧疚。如果家里条件再好一点，如果他不是家里最小的儿子，如果结婚后他们不需要回到老家照顾父母，那么他带着她，到外面去打拼，去接近她对生活的那种"抽象的想法"，也许她就不会那么辛苦。

刘小样的这次出走，也让张越感到意外。2002 年节目播出后，刘小样说她已经认命了。事实上，她没有。从替别人家干活，到争取一个去县城上班的机会，再到去远处打工，她有一个挣扎的过程。

许多人觉得苦闷，于是在房间里打转，很少有人真的会走出去。在原地打转了好多年后，刘小样真的出走了。

那段时间，张越特别留意是否有去贵州出差的机会。结果真的出现了。她安排好行程和住宿，临去贵阳前，刘小样打电话过来，"我干不下去，我想回家了"。

王树生从县城车站接回了妻子。在贵阳的大半个月，刘小样都在店里卖化妆品。她觉得营销、产品、同事都不太对劲，很快就撤回了。

第一次出走，以失败告终。刘小样再度陷入焦灼。"要不就在附近再找个工作干吧"，王树生劝慰她。她很快在县城一所寄宿小学，找到了一份生活老师的工作。

刘小样喜欢和这些留守家庭的小孩待在一起。她负责照顾 30 个孩子的生活起居。每个周末，她从家里带来糖果、饼干。王树生说她工作认真负责，不到一年，就成了几位生活老师里管事的那一位。

那几年，他们的家庭生活看上去宁静平稳了许多。儿子和女儿都在念高中，刘小样有了固定的工作和收入。只有张越，从刘小样间隔越来越长的电话中，察觉到了一些异样。

"她是这样一个人，如果她过得好，她会跟你分享的。如果过得不好，她会老觉得我都在电视里采访她了，一定是很看重她的，她却不争气，没有干出点样儿来，她就不好意思来找我。"

张越做主持人快30年了。她承认，一个人没有足够的精力和时间去跟踪、同步每个采访对象的生活。但对刘小样，她始终有一种心疼和怜惜。不过那几年，张越也处在自顾不暇的阶段，工作忙，家人生病，"心里一大堆事儿，每件事儿要逼到眼前才能面对"。

你也看了，就往回走吧

刘小样再次逼到张越面前时，是两三年后。那时，刘小样的儿女都去西安念大学了，女儿读的还是旅游相关的专业。

孩子们都离开家了，她43岁了，结束又一段繁重的母职期，她依旧迫切地"想突破一些东西，想突围出去"。

最初她考虑的是去东莞，最后定的是江苏。她知道娘家好多亲戚都在那边打工，万一有什么意外，也不至于太慌乱。和过去的每一次出走一样，除了丈夫和孩子，她谁都没有告诉。

王树生陪她去西安买票，再度送她上了火车。他从不干涉她的计划，"任她折腾"，他能给的只有支持，"多的没有了"。那段时间，他手里没钱，从别人那里借来，马上给妻子转了过去。

孩子们都长大了，小时候看过妈妈上电视，但很快就忘了。此后的十几年里，家里不再谈论那段往事。可这个妈妈确实和别人的妈妈不一样。

她喜欢读书看报，但与人交接时，总是不老练。她喜欢春天第一场雷雨后激起的土腥味。喜欢鞋底踩过麦地后带出的青苗味，"那个味儿甜甜的，好像得眯着眼睛才能去闻它"。她觉得劳动里不只有繁累，也有美的部分。早春时节，她还会领着他们去地里看叶苗上的露珠。

"这个妈妈总是长不大，太幼稚。"

妈妈又要一个人出远门了。在别的家庭，外出打工，多是出于生计需要。刘小样是为了自己。

在昆山，43岁不是一个好找工作的年纪。她在一家工厂的食堂，找到一份做员工餐的工作。真实的打工生活，比她在家想象的粗粝得多。工业园的环境一般，员工待遇不均，厂里很少有她这个年纪的工友。

刘小样觉得孤独、不快乐，她想辞职，又怕找不到别的工作。在快快中，待到了2010年年底，她不甘心像贵阳那次一样，很快就回去。在一次电话中，她向王树生抱怨对工作的不满，王树生劝她回家，她还想再坚持。两人发生了争吵，她宣布，那年过年留在昆山，不回去了。

王树生知道她的性格，只好求助张越。张越劝她，最好不要彻底和家庭决裂，"别走得太彻底"。"要不去西安找工作吧"，她建议她，西安是大城市，"既能当职业妇女，离家又近，可进可退"。

女儿和儿子也打来电话。"你回来吧，这种年龄在那边根本找不到好工作的。你也知道南方是咋回事了，南方就是种稻子的，你也看了，就往回走吧。"

刘小样陷入了挣扎。她表现出强烈的坚持下去的意愿，并不惜与家人对峙。临近春节，打工的外乡人都回家了。刘小样最终听从张越的建议，从昆山去了西安，和做了导游的女儿租住在一起。

她的秘密出走，又一次以返归平原而告终。离开昆山前，刘小样专门进城，去参观了昆山市图书馆。

平原上咋就出了一个她？

此后的十年，刘小样成为众人心中的一桩悬案。

在由丈夫、儿女和她组成的四人核心家庭，关于那次节目录制，以及此后多年，她内心的动荡和燃烧，早就成为全家心照不宣、从来都不去触碰和复习的秘密。

关于那段往事，家里只存留了一件最明显的证据：一只黄鸭毛绒玩偶。那是 2005 年在北京时，张越给刘小样的女儿买的礼物。

刘小样觉得，孩子们知道鸭子模糊的来历，"这就够了，到此为止"。有一年，孩子们说，"要不全家一起出去玩一次吧"。提到北京，大家都很有默契，"北京都去两次了，就不去了"。

在核心家庭之外，刘小样从不和亲戚们谈往事。只是有时候，家族聚餐，娘家人会跟刘小样的女儿开玩笑，"你妈没上学，你妈可惜的"。

2011 年春节前，从江苏折返西安后，没有工作的日子，刘小样在平原上的村庄里，过着一种隐秘的生活。

没有人知道，她一个人去过贵州、江苏和西安。没有人知道，她给女儿取的名字，来源于《诗经》，她把自己名字中的"小"改成了"拂晓"的"晓"。没有人知道，她只愿去电影院看电影，因为在电视和手机上看电影，没有她想要的仪式感。

一个人在家的下午，她从地里采把花回来，插瓶子里，倒上自己酿的葡萄酒，放着齐豫的歌，喝下午茶。

尽管这一切都在大门背后进行，但村里人还是觉出了刘小样的不同。早些年，别家媳妇都用上手机了，她还没有。等人人都拿上智能机了，她手里还是一只老年机。大家都觉得奇怪："这人在外头工作了那么多年，怎么对新生事物不感兴趣？"

村里的媳妇们喜欢跟着手机拍小视频。男人们则喜欢傍晚的时候，拉出一套简易设备，在门口直播唱歌。

前年春节，家里养了七年的狗欢欢，眼睛里长东西了，一个劲流泪。刘小样抱着欢欢，坐在王树生摩托后面，去县城治病，花了两百多。村里人知道了都笑话："这干吗呢？农村土狗，自生自灭完了。"

村庄里，几乎见不到年轻人。夏天的早上，树上的鸟，喳喳喳喳喳。刘小样说，"这声音可好听"，王树生说，"吵得人睡不着觉"。屋后有片池塘，刘小样说，"青蛙叫得可好听"，王树生说，"你说那是好听，人家不笑话你"。

只有长大后的女儿和儿子，渐渐觉出了母亲的不甘。刘小样从来不跟孩子讲心事，她怕孩子不开心。但后来，她发现，他们只是不点破。她不喜欢看电视剧，他们就给她发电影资源。她不喜欢抖音，他们从来不推着她下载。她不喜欢出去和人打麻将，他们说，"不想去就不去"。

"妈妈的渴望在哪里？我妈妈想过什么样的生活？"刘小样觉得，他们都知道。

生日的时候，他们送给刘小样一束红色康乃馨。出去旅游的时候，带妈妈住民宿。走在重庆街上，闻到黄桷兰花朵的香气，刘小样一定要找人问出树的名字，女儿等在一边，并不催促她。

在西安的时候，有一天，女儿买好票，拖着她去曲江的音乐厅听古典音乐会。她担心自己听不懂，女儿说："咱去感觉一下，你不是有这个愿望嘛，人家鼓掌，咱也跟着鼓掌。"

那天，刘小样很开心。知道她还喜欢宫崎骏，女儿说："那下次咱去宫崎骏电影的音乐会，不过听宫崎骏，你可是要哭呢。"刘小样说："哭就哭吧。"

这些快乐，无法与再多人分享。王树生不喜欢音乐会，但他不会去阻止。年轻的时候，他心气也高，渴望去外面的世界。17岁出门做生意，26岁从兰州回家。他的奋斗，让整个家庭在改革开放后"打了一个翻身仗"。

中年以后，作为大家庭里最小的儿子，他必须在家照顾年迈的父母。早早知道不能再出去后，他干脆就不想了。这是他和妻子最大的不同。

在他看来，妻子的目标都是很抽象的。"她就说她要一种与众不同的生活，她要走出去。但是话又说回来，俺都不知道她到底具体想干什么……她自己一个人出去，江苏也好，贵阳也好，都是很短时间她就回来了，待不住。"

她与周围的人和环境都融不到一块儿。王树生感慨："其实她也是生活在这片土地上的啊，一生下来就是。俺这村3000多口人，整个县60万人，小小的地区，60万人，关中人口最密集的地方。这周边哪个村子的人，不是几千年都在这个环境生活，咋没人像她这个样子，这平原上咋就出了一个她？"

"病人"

大概五年前，刘小样告诉王树生，她想去西安的一家"医院""治病"。

她觉得自己"病"了。否则为何过去 20 年，她都像一锅永远在沸腾的水一样，无法平静？

王树生也觉得她"病"了，"她的不快乐，任何人都看在眼里"。他记得，那年去北京，白岩松都来现场见她，说，"我来看看你这个外星人是啥样子"。

"医院"是一家"帮助人清醒地认识自己，解决成年人思想问题和做心理疏通"的机构。整个疗程长达两年，"过程很折磨人"，"学费"就要好几万。

王树生支持她去"看病"。当年，妻子在电视里说，她宁愿痛苦，也不要麻木。那时的王树生听了，极受震动。20 年里，妻子清醒了。可他不明白，人练敏锐了感觉，来更深切地感受自己活着的苦痛，究竟是为了什么。

他和她都过了 50 岁。这些年，王树生在村里任职，每个月领不到 2000 块的工资。20 世纪 90 年代那会儿，他们是村里最现代、最富裕的家庭。如今，他们已经落在后面了。

"表面上没有发展，实际上也没有积蓄"，他感到落寞。两个孩子都到了结婚的年纪，他紧追慢赶，还是赶不上别人，而妻子还在旋涡里受苦。

想不出答案的时候，他也向她抱怨过："对，你现在痛苦着，你清醒着，你没有麻木，但是你痛苦着，这就是你要的人生吗？你痛苦着，整个家庭也跟着你，包括亲戚朋友都跟着你，这合适吗？"

当年呐喊的人，最终成了自己和别人眼中的"病人"。对刘小样来说，这或许是身处茫茫四野，无处也无力突围后的无奈暗示和自我改造。这也意味着，她终于接受了丈夫和其他人所说的一些东西——和大多数"正常人"相比，她是"不正常的"，始终"想入非非的"。

和"想入非非"相比，丈夫对她的其他描述，比如"性情中人、天真的人、清高的人、不贪别人便宜的人"，都变得无足轻重。

西安"医院"里的"病人"，有大学教授，也有公司老板。刘小样和一位上了年纪的女教授很谈得来。两人曾住隔床，教授不相信她只念到初二。

关于"医院"的一切，刘小样不愿意详细去追溯。也因此，和外界彻底断了联系。

她在"医院"里找了一份后勤的工作，每个月能拿到一点报酬。对外，他们说，她又在西安的一家学校做生活老师了。

前几年的一天，王树生突然想上网找找《半边天》的那期节目。他发现，原来网上还有很多人在怀念和寻找刘小样，想知道后来她怎么样了。

他知道，那期节目确实给很多人留下难忘的记忆，或许也真的影响了一些人，"可是如果她连自己的人生都改变不了，如何去影响别人？现在她自己的生活都是一塌糊涂，还有啥值得去弘扬的？"

我问王树生："人完善自己，不就是一个最大的用处吗？"

他说："完善自己，最起码首先得把自己从烦恼中走出来，从痛苦中走出来，这才算你成功，但她做不到。世上的所有努力，一个是金钱物质上的，一个是思想上的。两点她都做不到。"

刘小样也深觉自己的失败。在"医院""治病"期间，她的头脑依然无法平静，疾病的联想和隐喻，逐渐弥散到她的生活中。以往的不甘心，渐渐转化成对自己的失望和否定。

在进退两难的中间时刻，婆婆病倒了。刘小样主动提出，回家照顾婆婆的晚年生活。2016年前后，她回到了平原上的老屋，此后再未出走或"治病"。

婆婆是个爱干净的人，几个媳妇里，她只满意刘小样做的饭。周末，刘小样还要去咸阳城里，帮儿子打扫卫生。

一个农村媳妇该做的，刘小样觉得自己都在做。只不过，她一直在兼顾些其他的东西。在这方面，王树生从来挑不出她的毛病。可是，他觉得，这也正是妻子矛盾的地方，"她两边都想做好。她的痛苦就来源于，你既生活在这个现实中，家务你得干，娃和老人你还得管，然后你又有那么多想法"。

自我消除计划

午后的村庄，空气一片死寂。走在村道上，能听见风吹柿子树叶的声音。远处，几个老妇人蹲在萝卜地里拔草，红色的背影在昏黄的冬日雨雾中缓缓移动。

这是刘小样回归的乡村，如同中国的大多数事物一样，这里既古老又崭新，既躁动又凝滞。

10月底，平原进入漫长的农闲季。几乎所有人家，都敞着大门午休。门前的空地，大多种着葱、辣椒和白菜。刘小样家的门口，种了一大片半人高的臭牡丹、鸡冠花、紫茉莉和玫瑰。

前院和后院也遍植花草。前院正中，有一片黄槽竹。那是和女儿从重庆回来后，她从乡集上花10块钱买回来的。三年后，已郁郁葱葱。这是少有的能在北方种活的竹子。

攀着墙角的三角梅，也是她从南方回来后的念想。可惜只开了一次，后来只长叶子，不再开花。和她以前种过的百合一样，与这里水土不合。可她实在喜欢百合，后来绣了一幅十字绣，挂在了卧室墙上。

近来的几年，刘小样觉得自己平静了许多。从西安回来后，她要侍奉婆婆，做家里三亩地的活，考虑两个孩子买房和结婚的事。这些事情，让她从半空中落了下来。

2019 年春天，婆婆去世了。院子里又只剩下刘小样一个人。头顶还是四方的天。一切像是回到了她刚嫁过来的时候。

女儿年底就要结婚了。那几天，刘小样坐在家里，等女儿婆家送棉花过来。按照此地风俗，婆家送来棉花，娘家给孩子做成婚被。女儿的婚事之后，接着就是儿子。再之后，是他们的孩子出世。

村里和她同龄的妇女，早就抱上孙辈了。刘小样由此看到一条清晰的干道。顺着这条干道往前，生活也许不会再燃烧起来。

劫后余生，她将这些称为一个女人的主业和根本。她说："在以前，可能意识不到这个东西，但现在，家和儿女就是我的根本。主业跟副业有时候不能颠倒了。"

没人知道这是"突围失败"后的自我排解和注意力转移，还是经过"医院治疗"和自我改造后的反省，抑或是深厚坚固的历史文化逻辑在此时又发挥出了强大的形塑效力 —— 总之，刘小样自愿回到了 30 年前的轨道里。

在 50 岁后，她终于接受自己就是"一个普通平淡的农村妇女"。看到莫言出了新书，写"晚熟的人"，她觉得自己就是一个晚熟的人。

毕淑敏的书、王小波的书、鲁迅的书，全被她收了起来。她已经好几年不看书了。那些书堆在一张旧木桌上，桌子藏在卧室房门背后的角落里，最上面是几本张德芬的身心灵成长书籍。

从西安回到村庄后，"好像是潜意识的"，她想跟周围的人一样，就拒绝看书。这几年，她只能听音乐，特别喜欢听欧美民谣。

为了抑止自己再"发病"，她把过去写的东西全部烧掉了。过去，王树生看过一些片段，他总劝她"不要想那么多了"。现在，一页纸都没有了。她有意抹掉过去生活的痕迹，执行一种严格的自我消除。

刘小样觉得，"敏感或者说敏锐，对自己来说，不见得是一件好事"。现在，她开始用丈夫过去劝慰她的那套话语，来进行自我说服，"一个普通人各方面还是迟钝一些好，否则你对痛苦的事情相应也会比其他人更加敏感"。

她不再抱怨。她愿意承认，"这个土壤已经够可以了"。她所在的土壤，目前只能把她"养到这个程度，这就很足够了"。她承认前半生的失败，"连自己都没推动"，"没够着，那就接受吧"。

火山似乎平静了下来，屋子和女主人都恢复了往日的面貌。只有客厅电视柜上的那只毛绒鸭，是还未被女主人消除的旧日符号。

毛绒鸭的上方，有四扇狭长的木棂窗。最左边的那扇窗户，扣上了插销，永远朝外开着。那是刘小样专门为家里的猫 —— 波妞 —— 留着的。

"我们家那波妞，生活最幸福了，想玩就玩去了，想吃就回来了。"

她不再给张越打电话，这也是整个自我消除计划的关键一步。张越的号码，一直在她手机里。从江苏回到西安后，她觉得自己一次次颓败而归，辜负了远方的期待。

她开始变得合群。以前她很少和人站在路上闲聊。现在村里老人多了，有时她跟人去地里捡地瓜，有时去对方院子里挖棵花。

我去的那几天，王树生正组织村民修路。隔天需要30个劳力往路面铺沙，每人一天60块的工钱。刘小样自告奋勇，连夜出门去找10个人。原先，这些集体活动她都不参加。这两年，在丈夫的教导下，她还学会了打麻将。

从表面上看，刘小样和过去大不一样了。但在王树生看来，妻子只是在"努力地争取平静下来"，她"天生骨子里的东西，不可能一下子改变过来"。

最明显的是，除了做家务、做饭之外，大多数时间，她还是把自己关在家里。白天，一个人在家。晚上，全部灯都要打开。王树生觉得这很不正常。

"她的平静，就像坐牢。你的心没有收回来，你把自己关在家里，你的心关不住，你等于还是在痛苦中。"

她还需要人陪。王树生每天回家，把当天发生的、见到的，包括工作中遇到的所有事情，都给她讲一遍。他觉得，那都是无聊的事情，"每天在一块儿待着，有多少话题要谈啊？"

他坐旁边教会她打麻将了，也让她别在意输赢。打了一两次，别人再叫，她不再去了。跟亲戚们也都没有深交。"谁也改变不了她，姐姐说话得顺着她"，她"拼命地孤立，就累、就烦、就痛苦"。

这几年，他看她只爱好花草。"哪怕是野草，她也要养活，这就是她。"唯一让他稍感放心的是，已经50多岁了，再要折腾，"恐怕也没气力了"。

我的小花园

辩论有时会在两个人的庭院里发生。2020年10月下旬的一个夜晚，王树生从工地回来，我们谈起"人是否应该去够自己可能够不到的东西"的话题。

王树生认为，人如果超过自己的地域环境和家庭条件，去够一些现实里没有的东西，很徒劳，也一定会失败。

和20年前相比，他显然世故了许多。"你这种思想，啥事都成不了，因为太普遍了"。

他的话激怒了刘小样。她反问他："我连跳起来去够的权利都没有吗？"

在我来访的几天里，刘小样的内心似乎有一道定时升降的闸门。闸门总在午后升起，那个多年来上下求索、四处奔逐，不断出走又不断回归后，被压抑和驯服的自我被释放出来。她终于又"逮着一个能说话的人"，说出许多"平时不能说的话、不敢说的话"。

可每到傍晚，那道闸门和墙外的暮色一起重重地落下。她变得游移、矛盾、躲避和反复。一道有力的监视的目光，从她自己内部发出，将她重新唤回牢笼里。

2001 年，觉醒后的刘小样告诉张越，她的身体在过着一种日子，心里永远想着另外一种东西，她又不能出去，这是她的悲哀。

20 年后，刘小样告诉我，不能彻底地出走，总想要兼顾，这可能就是她的局限。

这位自认为不彻底的反叛者和出走者，回到 20 年前出发的庭院。在一个人的庭院，她把内心和过往，放在磨盘下，昼夜不停地研磨、辨析和探寻。

她想过，如果当年"配的是一个别的人，那个人彻底地不合自己心意，彻底地没有共同语言"，那么她可能也就没有这些纠结，"彻底飞了"。

在重新一个人打转的日子里，她看到了自己身上的新旧杂糅，以及直面自身有限性后的虚妄：

"有的人以为我这人思想前卫，'她怎么那样考虑问题'，其实我现在才发现，我其实是太传统的一个人 —— 我传统的东西根本也揪不掉，新的东西够不着，就是处于这种状态下。"

为了压服这些不断跳跃、互相抵牾的念头，从 2019 年的春天起，她"特别特别刻意"地开始在院子里大肆种花。

她跟家人说，"谁都不能动我的花，谁动我的花我跟谁急"。

有时在外面看到别家的好花，她开玩笑，"真想偷回我家里"。快到县城的绿化带，前年引种了海棠。去年春天，粉白的海棠花开了。她骑电瓶车经过，心里十分不服气："这么好的花，应该种我家里啊！"

至于为什么从前年开始种花，刘小样说，因为那年竹子长得特别好，给了她一种希望。

"竹子是绿的，那我得配红花啊。哎呀，那个春天，郁金香活了，芍药开了四五朵，几盆雏菊分开根，全都种到了院子里。"

除了种花，这两年，她对家务也更上心了。农村一般不拖地。现在，刘小样几乎每天都要把水磨石地板拖一遍。她说，原来"没有这么爱家，现在特别特别爱收拾家里"。

在娘家做姑娘的时候，她喜欢骑车去渭河边想心事。这几年，种花、拖地，让她有一种回到渭河边的感觉。这是茫茫的生活里，她能捉住的少数几项慰藉。它们部分能使她从混乱的"想够够不着"的状态里，稍微安静下来。

张越曾在采访中评价，刘小样思想的勤奋程度超过绝大多数人，"在这方面，她属于'为伊消得人憔悴'，是一个永远在思想中的人"。但现在，刘小样不想再开动了。

"真的能做到吗？"我问她。

"我得努力，我得努力啊！"她提起小时候的农业合作社，白天，大家在地里一块儿干活，晚上回家，自己的脑子爱想哪就想哪。

这是刘小样给牢笼中的自己找到的运行方式。"我安静下来的同时，也给自己留着想的时间啊，我不是没给我留下时间，我有我的自留地啊。我这块自留地，在我自己家里，我爱想啥就想啥，我爱做啥就做啥，谁也干预不了。我出去跟你们在一起的时候，我能随大流。但我不能让你们彻底同化了，那样一种状况我永远达不到，如果让我跟别人一样，我永远达不到。"

王树生知道她尽力了。他不否认妻子身上的某些审美价值。对她，他的情感里不只有亲情、不解、埋怨，也有义气和不忍。

有时，听到妻子全盘否定自己过去的 20 年，认为自己是个备受期待但最终失败的出走者，王树生会急切地打断她："听我说啊，人家走出去那个想法，只是为了走出去而走出去，与你那个想法差太远了，层次差太远了……"

"但这也有限"，张越觉得，王树生比普通的农村男性宽容和能沟通，"但哪个阶层的男的，最终也不能接受一个一心要追梦、已经难以自控的女性。她总要往外冲，而且在这个过程当中，她内心有强烈的悲欢离合的各种感受，有一段时间她会很沮丧，有一段时间她会很渴望，有时候她特伤心。你知道一个过日子的男的，谁一天天这么陪你跌宕起伏"。

更多时候，王树生像守着一座火山一样忧虑和不安。她还会再次出走和突围吗？这场平原上旷日持久的高烧，真的退去了吗？

王树生不能确定。女人身体里那股力量太巨大了，他知道她现在是在"极力克制"。而刘小样自己觉得，"突围的前提是人在城里"。现在，她不觉得自己在里面，她觉得自己在边上，在里和外之间。

边上是她的小花园。在花园里，她自己跟自己说话。一直以来，"瞎想"这件事，对她的生活都特别重要。

20 年前，在《我叫刘小样》的结尾，她带着绝望和不甘说："我就是不要把这个窗户关上。我让它一直开着，一直开到我老，我就怕我失去那些激情，怕我失去那些感动。"

现在，她真的有些老了。客厅的那扇窗户，为猫咪波妞永远打开着。

窗外的小花园，鸡冠花正开得肆烈。她说，以后，小花园给她多少，她就接受多少。花开得好的时候，她跟谁都炫耀，说，"我的花开得可好"。女儿听了取笑她，"就那几朵花，成天说'我的花'，说得好像有多多似的"。

我们最后一次谈话，是在厨房里。那天傍晚，平原上飘起了雨夹雪。我问刘小样："有时会觉得这是个悲剧吗？"

她陷入了沉默。天光从头顶的天窗透进来。厨房几乎还是二十几年前的样子。只有柴火灶荒废了，被一只电磁炉取代。碗柜、水缸、菜刀、蒸馒头的大木盆，都还是1991年刘小样嫁过来时，婆婆为她准备的。

"我没觉得这是个悲剧。我这样的人，也许很多，只是咱不知道。即便发生在别人身上，也不能说是悲剧。我不会报以同情、怜悯或者怎么回事，我可能就是欣赏。"刘小样觉得，最多用"悲壮"来形容。

"我觉得就是个悲壮的东西。悲壮的东西，它本身就有美在里头呢。"

安小庆　文

金桐　编辑

2021年5月26日

自由之路,《半边天》往事

普通人的内心同样波澜壮阔,这是我在《半边天》做人物访谈时最大的感触。这些女性的命运故事让我真正进入了生活。

在中国中央电视台的平台上,曾经存在过一个叫《半边天》的女性栏目。

对出生于 20 世纪 80 年代和 90 年代的电视儿童来说,《半边天》是关于千禧年代记忆的一块共同拼图。很多人在社交网络上回忆,小时候总是在动画片开播前看《半边天》。

1995 年 1 月 1 日,《半边天》开播。栏目创始人寿沅君曾回忆,1994 年,联合国决定 1995 年在北京举办第四次世界妇女大会。即将退休的中央电视台高级编辑寿沅君坐不住了。

寿沅君发现,自 1958 年成立至 20 世纪 90 年代,在近 40 年的时间里，央视为儿童、少年、老年、工人、农民、军人开办过专门的栏目，却从未将占据一半天空和人口的女性，纳入过自己的视野，这成为电视栏目中的一块空白。

"女性长期在媒体中受到忽视，这不公平"，寿沅君将两位能干的女编导孙素萍、王娴找到家里，打算创办一个女性栏目。她们制订了计划并上交领导，意外获得批准。

《半边天》成为中央电视台唯一一个以性别定位的栏目，也是国内最早的女性栏目。栏目遵循男女平等的原则，逐步确定了"关注社会性别，倾听女性表达"的宗旨。2000 年 6 月，时任联合国秘书长的安南曾在联大特别会议中赞扬，"中国中央电视台定期播出的《半边天》栏目，极具影响力，专门播放有关妇女的话题"[1]。

即便站在今天回看《半边天》当年关注过的议题，仍然会为其先锋性和问题意识所震撼。这些议题包括：

生理性别和社会性别

新《婚姻法》司法解释

广告中的性别刻板印象

妇科检查缺乏人文关怀

1　寿沅君：《〈半边天〉长大了 —— 中央电视台〈半边天〉栏目成长三部曲》，载《妇女研究论丛》，2002 年 3 月，第 2 期，第 10 页。

男性避孕药

产后忧郁症

老年妇女生存处境

城市外来妹的婚姻

妇女在家庭中不被货币化和统计的劳动

全职太太的权利

家庭暴力引发的杀夫

非婚生子的权利

妻子的财产权

女性与小额贷款

性工作者的生存

少女意外妊娠援助

北京首例性骚扰案

学校教育内容不应分性别

女性参政数量低

怀孕被辞退

《周渔的火车》：女人的欲望和选择

……

在第四次世界妇女大会结束和《半边天》诞生的 25 年后，女性面临的问题依然高度相似，这表明，"妇女"，确实是"最漫长的革命"[2]。

栏目创始人寿沅君回忆，《半边天》本身的发展和成长，也经历了不小的革命。最初，栏目组本身的性别意识也和整个环境一样存在痼疾。

寿沅君记得，栏目开播一年多后，曾邀请两位性别研究学者来给编导们上课。那是1996年，学者们介绍了她们从性别社会学的视角出发，对电视广告中女性形象的批判性分析。然而这次讲座却遭到栏目组绝大多数制片人和编导的反抗。

他们对广告中的女性形象属于刻板印象的分析概不接受。讲座时形成了两种观念的对立。直至晚上，还有人上门找两位学者辩论。

1996年秋天，《半边天》栏目更换了总制片人。主编也换由女性担任。1998年，栏目组再次邀请三位学者对全体编导进行了社会性别意识的培训。这一次，终于有男编导在参加培训后，开始自我反思，在日常节目录制中，"不但能用性别平等的理念审视我自己的节目，还能发现屏幕上其他节目中隐性的歧视观念"[3]。

但改变并不是这么容易就发生的事。

1998年年底，一位女编导录制了一期关于女性隆胸的节目。

2　[英]朱丽叶·米切尔：《妇女：最漫长的革命》，见《妇女：最漫长的革命：当代西方女权主义理论精选》（李银河主编），生活·读书·新知三联书店，1997年，第8页。

她在片子里传达了这样的观点，"女性天生爱美，理想的身材是女性的追求，隆胸后的曲线增强了女性的自信"[4]。

看了片子之后，总制片人赵淑静很生气。主持人张越记得赵淑静当时跟那位女编导说了这样一句话："你这个片子的价值观怎么这么'反动'？"

赵淑静决定，"隆胸节目如果这么做，不介绍促使女性隆胸的社会原因，不改变女人是被男人看的传统视角，这个节目不能播"[5]。

出过问题的片子还有一期，叫"幼儿园新来了男阿姨"。男性进入传统中由女性大量从事的职业领域，本来是有价值的选题。但在拍完的节目里，讲的却是男性去幼儿园工作真好，因为以往幼儿园都是女阿姨女老师。"女的教女孩儿还没问题，但是教男孩儿容易把男孩儿给带得特别娘儿们。所以男的进入这个领域，可以发给女孩儿一些娃娃，让她们坐在旁边玩娃娃，他去带着男孩儿玩打仗。这样以后带出来的孩子，男孩儿像男孩儿，女孩儿像女孩儿，所以特别好。"

赵淑静臭骂了这期编导。最后片子重新编辑，最终以"教育内容不应该以性别来划分"的主题播出。

改变也在缓慢地发生。主持人张越在《半边天》开播后不久加

---

3 4 5　寿沅君：《〈半边天〉长大了——中央电视台〈半边天〉栏目成长三部曲》，载《妇女研究论丛》，2002 年 3 月，第 2 期，第 12 页。

入。她记得每位员工都要上社会性别课程。不久后，大家能够用社会性别意识去分析和观察社会上的许多问题。

"比如我们在街上看见一个胸罩的广告，那个宣传语叫'挺起胸才能抬起头'，意思是只有大胸才配好好做人，没胸就得自卑。我们看见了，当时就蹿了，马上就做节目，这是性别歧视。"

有一次，隔壁崔永元的《实话实说》公布下一期要聊"妻子的唠叨"这个话题。张越记得，"我们组的人看见了，就找他们制片人去了，说为什么把'唠叨'定位于女性"。

1999年，在《半边天》栏目的主创人员名单中，赫然出现了一个令中国观众十分陌生的头衔——性别顾问。这不仅是中国电视界也是其他所有领域中的第一次。

同时，栏目还建立了由制片人、主编、性别顾问、女性学者、人文学者共同组成的策划组。栏目所有的选题都由策划组讨论并提出建议，供编导参考。这时的《半边天》，女性绝对成为节目的主角，而且"这些形象已经摆脱了作为社会的配角或者男人的附庸的倾向，成为具有独立品格的、有主体价值观的、呈多元化趋势的社会形象"[6]。

《半边天》栏目组也用近五年的时间，完成了向内的对自己的性别启蒙。人的认识的变化，很快反映到屏幕上。

1999年春节期间，《半边天》播出一期名为"公厕重地，请多关照"的节目。男性编导对北京西单商业区的27个公厕进行了详尽的调查，对男女厕所的面积、坑位以及男女上厕所花费的时间长短，做了详细的对比。

"节目采访了许多女性，她们大吐苦水，如上街前不敢喝水；上厕所排长队，损害新陈代谢功能，有的甚至造成失禁；月经期间经血渗漏，卫生巾无法及时更换"[7]。《半边天》有意把这个节目安排在春节假期播出，让更多观众看到了它。

很多人第一次发现，在公共生活中，"男性和女性遭遇、感受会如此不同，这无疑也是对观众、对城市设施的设计者们，做了一次性别的启蒙"[8]。寿沅君认为，这期节目为以后的节目树立了榜样，而"主创者为一位男性编导，表明男性和女性一样，都可以是社会性别意识的拥有者"[9]和实践者。

在对一个个具体的社会现象的呈现和讨论中，《半边天》形成了自己的栏目气质。2000年以后，《半边天》在日常栏目之外，又做了许多具有历史纵深的专题节目，如《二十世纪中国女性史》《繁花：三十年打工妹实录》。

---

6 7 8 9　寿沅君:《〈半边天〉长大了——中央电视台〈半边天〉栏目成长三部曲》，载《妇女研究论丛》，2002年3月，第2期，第13页。

《二十世纪中国女性史》用 20 集的体量，回顾了"一百年来中国女性从身体到精神，从非人到女人到人的解放经历"[10]。《繁花》则用纪录片的视角，将打工女性群体还原为一个个有血有肉的"人"。

在自我的寻找和自我认同清晰之后，《半边天》再无游移地成为中国性别平权的探索者和推动者。按照第 34 届联合国大会通过的《消除对妇女一切形式歧视公约》，在全社会普及和推广性别平权的观念，撼动"基于性别而做的区别、排斥或限制"。

除此之外，诞生于 2000 年年底的子栏目《张越访谈》，一开播就以独特的性别视角和人文关怀，深入探讨女性个体的生命经验，受到业界、学界的好评，迅速成为全国范围内影响最大的人物访谈节目之一。

2002 年 3 月 23 日，《张越访谈》播出的《我叫刘小样》，是《半边天》开播以来反响最剧烈、影响最深远的一期节目。近 20 年后，依然有不少的观众在网络上关心这位主人公后来怎样了，关心主持人张越去哪里了。

一位观众在网络留言："小时候常和妈妈一起看节目，张越和其他节目里面传统意义上漂亮苗条的女主持人非常不同，胖胖的但是非常自信，我非常喜欢她。今天突然想起张越和她的节目来了，

10　寿沅君：《〈半边天〉长大了——中央电视台〈半边天〉栏目成长三部曲》，载《妇女研究论丛》，2002 年 3 月，第 2 期，第 14 页。

她现在还好吗？"

一位观众写道："从小看张越的《半边天》，提倡女性自立自强，这是我的女性意识启蒙，很可惜，现在这样的节目没有了。也许是因为更多元了，但是也可能是再度'失语'了。"

更多人提到这个栏目给他们带来的"潜移默化的启蒙"，"不遗余力地为两性平等进行了大量的探索"，是"最早的平权教育"。许多话题放到今天，依然是热点问题。

"总制片人赵淑静曾经这样说过：'我越来越对历史与现状中的中国女性充满敬意和同情。这是一种情不自禁的感觉。在亚洲的文化传统中，女性命运的悲剧色彩仿佛是天定的，而个人的逆转以至成功，含有很大的偶然性。'……女性问题不单是一个性别问题，更多的还是一个社会问题。中国女性所面临的一个现实是我们的社会整体上还缺乏社会性别意识……从一般传媒从业者到普通公民，都缺少社会性别意识。因此，有必要通过大众传媒对社会进行社会性别意识的启蒙"[11]。

几年前，由于收视率过低，《半边天》和一大批央视栏目被停播。栏目和栏目的工作人员，完成了他们的历史使命。

在《半边天》诞生25年之后，我们找到了主创之一、担任栏

11　汪振军：《大众传媒与社会性别观念的传播》，载《中州学刊》，2007年5月，第3期，第255页。

目主持最长时间的张越，为我们讲述《半边天》和她的故事。

以下是张越的自述。

我没有经历过真正的生活

1988 年，我从首都师范大学中文系毕业，去了银行系统的一所中专当老师。中专没有高考压力，一周四节课，工作非常轻松。同事们老在一起打牌，我觉得不能这么过，但也不知道自己该干什么。

有一次，高中同学聚会，他们当中好多人在当时的北广、现在的中传上学。其中一个同学当时在特别火的《艺苑风景线》实习，她说栏目组每周都需要演小品，一个长的，一个短的。

那时候，写戏剧小品剧本的人特少，同学说："你以前是咱班作文写得最好的，要不你给我们写剧本吧。"第一个写完，他们说不错，能用。后来栏目组就经常跟我约本子。那时候是 20 世纪 90 年代初，我一个月工资才 100 多块钱。短剧本一个 50 块，长剧本 200 块，慢慢地我写剧本赚得比工资还高。后来他们又把我介绍给《综艺大观》和春节晚会撰稿。

90 年代初，英达从美国回来了，带来了美国的情景喜剧。他做的就是今天大家都还很喜欢的《我爱我家》。我是后 80 集的时候参与进去的，那时候梁左一个人写不动了。后来我又开始帮电视台做节目策划。

1995年的一天，中央电视台《半边天》栏目组的编导找我聊天。那时候，第四次世界妇女大会刚在北京举行。编导说，栏目组想做个新栏目，叫《好梦成真》，就是一个类似职业体验类的节目。拍过的女孩儿，大部分想做歌星、模特、演员。我当时就说："嘻，真是，这有什么意思？要我，我特想当厨子。"

过了几天，编导给我电话说："成了，我们打算把你送到苏州松鹤楼去学做松鼠鳜鱼。"我觉得特好玩，跟学校腾出几天时间去江南拍了片子。拍完就忘了，当时并不知道这或许会和人生的转折有关系。

过了一阵子，她们又给我打电话，说："《我爱我家》正热播呢，你来当一期嘉宾吧。"到下一周，她们又电话我，说能不能来帮忙救个场。一连三个星期，我说："你们这组什么毛病啊，怎么回回嘉宾主持都是我，不是每次都换吗？"

第四个星期，我又去了。这次录完，制片人出来了，他说："不好意思，其实我们是想让你来《半边天》做主持人，但是我们没有权力，就想先试试观众能不能接受你，审片的领导能不能接受你。后来领导在看当厨子那期节目的时候说，'这厨子好，不怯场，说话挺好玩的，就让她来试试吧'。"

说实话他们挺大胆的，央视以前就没有我这样风格的主持人。

我在《半边天》最早主持的是周末版，一档类似脱口秀和辩论的栏目。每周邀请一位男嘉宾来和我一起聊跟女性有关的话题。我被鼓励以更鲜明的、更个性化的，甚至是更有攻击性的方式表达观点。

我和嘉宾进行争论式讨论，当时组里要求我不能输给对方，每次上场之前，编导会对我说："去，把他'干掉'。"我当时被设定成这样的人。基本上每次我就是奔着找碴儿和抬杠去的。非常艰难，因为对手都不弱。

开播一个多月后，纸媒开始报道。主要说的是我的形象和语言风格。还有观众给台长写信，说："那个叫张越的是你们家什么亲戚？全中国的女人都死光了吗，你让她做主持人？"

我就这样开始了主持人的生涯。今天在演播室谈男人喜欢什么样的女人，明天去采访一个电影明星，后天教大家怎么选卫生纸和卫生巾……内容越来越凌乱。从一开始做节目的兴奋，到慢慢做了两年后，我开始觉得这些东西都对我没营养，谈完了以后觉得特别无聊。更重要的是，我扯的那些话题，观众真的听进去了吗？对人内心有触动吗？

我可能还是一个老派人，特别讲究公共价值这件事。就是在我看来，中央电视台这个媒体平台是一个公共资源，我不能占用一个公共资源，却不提供公共价值。

在《半边天》的最初两年，我是没有成就感的。到1997年以后，我觉得我对自己的不满意已经无法忍受了。

《半边天》的每个工作人员一进组，就要上性别培训课，从理念上说，它已经被解决了。但实际上，我自己大学一毕业就做了老师，然后当策划和主持人，其实我没见识过真正的生活，我对生活中千姿百态的人不了解。在谈论很多话题的时候，我仅仅停留在观念上，耍一些语言花腔，让自己显得比别人聪明，但它跟真实生活没一点儿关系。

我越来越心烦，烦到完全不想去录节目，只要一到上班的点儿，我就烦躁得迈不开腿。1997年春节前，我去报销结账。拿了挺多钱应该是一个很高兴的事儿，但我领完钱就哭了。

春节假期过后，我去找赵淑静辞职。我说："我不干了。""为什么？""我觉得特没劲。""那你想做什么节目？""不知道。""那什么有劲啊？""不知道。"

赵淑静真好，有一个爱才的领导是特好的。她说："我特想让你在这儿干，但如果你自己这么难受，不干就不干吧，你回家待着，好好想想你到底想做什么节目。想好了，要建组，要人手，要设备，需要什么你就跟我说，我帮你做新节目。在你想出来之前，在我权限范围之内，我每个月给你发一点儿生活费。"

深圳火车站女厕所门后

我就这样回家了。什么都没做，就这样在家待了两年。每个月组里给我 1000 多块的生活费。

那两年，我就买菜做饭过日子。有一次和圈里人聚会，一个演员一见我就说："你太可惜了，我们还觉得你起的势头挺好的，没想到你这么快就折了。"还有人跟我说："你胆儿也太大了，中央电视台的位置不是随便你让出去的，你知道多少人连休一个假都不敢休，怕那个位置被别人占了，你怎么敢随便辞职跑两年！"

这些我都没想过。全是本能驱使。偶尔我也去给组里或者其他节目做做策划。有一次，一个策划开会迟到了，说路过一菜市场，看到一女的跟人打起来了，据说是跟老公离婚，自己带着孩子跑到北京卖菜来了。每次别人聊这些开会正题之外的扯淡，我都觉得特有意思，我都觉得这部分要直接播出去就是好节目。

但那时候我也没说我要去关注普通人。到了 2000 年，赵淑静去别的栏目，《半边天》换了新制片人。我只能回去上班。想来想去，我觉得自己隐约还是对普通人感兴趣，但我依然不知道怎么把它呈现为一个节目。在不知道怎么做又非得去做的情况下，最容易的就是"杀熟"。

我就想，我身边谁的经历是我觉得有意思的、接近我志趣的，我想起我的一个同行 —— 深圳广播电台主持人胡晓梅。

胡晓梅是江西矿区的一个女孩儿，改革开放后跑到深圳打工。熬了几年，准备回老家。回去之前，坐环城巴士告别深圳的时候，听见巴士司机在听深圳广播电台的广播。当晚她就给电台的《夜空不寂寞》打了电话，诉说自己在深圳的经历，这期收听率爆棚，引发许多打工者的共鸣。电台觉得她表达能力很强，邀请她去做主持。这奇迹般地改变了胡晓梅的命运。

　　我觉得这个故事既有个人的戏剧性，又有时代的共振感，因为没有改革开放就不会有这样的命运起伏。当时我就跟领导说："我要做一个我个人的访谈节目，我不想再坐在演播室里了，我要去找我感兴趣的人。"领导答应了。

　　第一个采访对象就是胡晓梅。谈话过程并不兴奋，因为都聊过。但是，胡晓梅讲了她当年如何背着大包小包在火车站跟着人潮挤进特区。我跟编导就特想在外拍小片里呈现这个场景。

　　那天，我和一位编导、两位摄像去了罗湖火车站。主持人其实没啥事儿，我就在车站瞎晃，晃着晃着就想上厕所。

　　当时深圳火车站的女厕所把我给惊呆了。那时候那个女厕所是蹲坑，装的还是木门，门背后全写满了字。我震惊是因为以往女厕所里是没人写字的，一般是男的爱在火车上男女混用的厕所里写字，基本上都是跟色情有关的东西。

　　但深圳的女厕所里全是字，写的全是"深圳我爱你，你给了我梦想，深圳我恨你，你夺去了我的灵魂"。还有人写"今天晚上我没地儿可去，妈妈我该怎么办"。

全是这样的，全是追梦人或者是困顿的旅人在诉说自己的心情，从遥远的异乡冲到一个梦想之地、历经百般滋味后的人写的。我当时就特别受震动。

我因此对这期节目抱了巨大希望。回到北京，编导在我要求下先后剪了三版片子，我都不满意。最后，编导火了，她把场记本扔我面前，说："你自己看看我把什么有价值的漏掉了？"

什么都没漏。是我自己弄错了一件事，我的激动发生在深圳火车站女厕所里，但编导没有经历那个场景。我向她道歉。我说："我感觉自己隐隐约约抓住了一个东西，这个东西可能会是以后节目的生命核心，我要是这次抓到了，我以后就知道要做什么了。"

我又想起自己上大学的时候，特别喜欢罗大佑。多年之后，我终于见到罗大佑，我问他："你始终在创作，你创作的生命力到底来自何处？"

罗大佑说，"西门町汹涌的人潮，每张脸背后的故事"。我当时听完内心汹涌澎湃。从深圳采访胡晓梅回北京后，我又想起他这句话。我总算知道我要做什么了，因为西门町汹涌的人潮对我来说，就是那些在深圳火车站厕所门上写字的人。

我认为我真正的职业生涯开始于此，开始于这之后在《半边天》做的周末版栏目——《张越访谈》。我终于开始告别那种溜光水滑的电视形态和主持人不过脑子的套话。

做了几期之后，编导们问我："满大街都是普通人，我们找选题的标准是什么？"我说："第一，有独特的个人命运，并且有能力进行个人化的表达，就是我不要听套话。第二，通过 TA 的个人经历，能看到群体和阶层的经历和处境。第三，通过对群体的关照，能够看见时代和历史。"

波澜壮阔的女性内心

在《半边天》做《张越访谈》的那几年，我们访谈的每个人物都是这样，就是在具体而普通的生活中，过着自己内心波澜壮阔的日子，而她们内心的这份波澜壮阔，又跟历史进程、跟环境密切相关。好多人让我印象特别深刻。

有一期节目是一位天津的中年女性。她爱思考、爱写作，但有一只眼睛是斜视，从小特别自卑，不敢惹任何人，不敢爱人。在生活里她习惯性地讨好所有人，谁谁谁喜欢毛衣，谁谁谁喜欢包，她就给人织或者花钱去买，转头送给那个人。后来，有一次中央电视台招编辑，她考试过了，面试之前她跑了。她本来应该有不一样的人生，但她彻底被一个生理缺陷击垮了，一辈子都想逃跑。

和这期形成对照的是一位老年女性的故事。她有一天突然跑去学现代舞，只有这样，她才觉得自己舒展了、表达了。事实上她岁数挺大的，是一位小有名气的散文家，在自己的领域不缺表达的机会。但她就是想去跳现代舞，在自编的动作里表达自己。所以那一期，我们取的标题是"跳舞就只是需要跳舞"。

我们也采访过很多特殊职业的女性。我印象很深的是一位女性法警，她是给死刑犯执行注射的警察。在她日常遇到的犯人里，很多是女性重刑犯。这几年，很多人都了解了女性重刑犯中，很多是因为情感或者遭遇家暴而实行的犯罪。所以这位女法警在面对这些女犯人的时候，常常会替她们感到难过。

她曾经有过调走的机会，但还是留下来了。每次要去执行死刑之前，她都会和女犯人聊天，甚至问她们："你还有什么心愿？我尽力帮你完成。"她就是总想着还能为这个工作做点儿什么。

女性和婚姻这个话题，到现在还是公众关注的焦点。那时候我们做过很多关于恋爱和婚姻的节目。有一期就叫《谁敢不结婚》。主人公是县城的一位年轻女性。她跟我们写信说："我必须恋爱才能结婚，但我的环境里，一相亲就是摆双方家庭条件，我跟谁都没有共同语言，马上 30 了，我该怎么办？"

在那个环境里，她说自己已经成为一个怪物。她一直在悄悄地买彩票，想着等哪天中了大奖，她就去北京、去上海开始新的生活。

我们想去看看那个环境究竟对人的压迫感有多强。去了之后，我让男编导和她一起从小区楼底下走过去。所有人家的窗户啪啪啪都打开了。她和其他人打扮也不一样，那儿的女性基本都穿一脚蹬的紧身裤，她只穿白衬衫牛仔裤，她用文艺青年的外形来表达自己强大的坚持。那是我第一次知道小城女青年有多苦闷。

还有一个类似的女孩儿，她是在县城粮食局看守仓库的。20多岁，一个人守着一座黑不溜秋的大仓库。在当地这是个铁饭碗。但她觉得自己太压抑了，没有同事，没有社交。我记得我和她站在那座没有窗户的大仓库里，闹钟嘀嗒嘀嗒的声音特别清晰。人的一辈子可能就这么过去了。

《半边天》的观众很喜欢给我们写信和打电话，其中很多是在外地打工的年轻女孩儿。她们的生活看上去已经和上一辈有了巨大的变化，但在面对婚姻、家庭时，她们的苦恼和挣扎并没有变得更少更轻。

有一期节目叫《韩春霞的嫁妆》。我们去河北采访即将结婚的女孩儿韩春霞。她在外地打工好多年，给家里挣了不少钱。她想留在城里，可是城里找不着对象。家里三催四逼，给她找了一个对象。结婚前几天，我们到了她家，她拿出一件红黑两色的毛衣，打算结婚那天穿。我问她怎么不选一件传统的红缎子，她说因为"红与黑"。我说："什么叫因为'红与黑'？"

她说，在城市打工的时候，听说有一个特别有名的外国小说叫《红与黑》。看见这件毛衣，她就决定结婚时穿这件。这代表着她向往的一个外面的世界。

她也很骄傲地给我介绍她家给她准备的嫁妆，电器、家具、农用机械，特别丰厚，在农村很拿得出手。父母准备的嫁妆里，只有一盏粉红色的台灯是她特别要求买的。她说夜里开着台灯，心里好像有了一点儿寄托。

第二天她带我们参观新房。从卧室大衣柜里，她拿出一个鞋盒，说是给自己的嫁妆，从没给人看过。里面是一大摞旧的笔记本，是她在城市打工时的日记。她说，这是她最宝贵的东西，是她给自己的嫁妆。

我们拍完节目走的那天，送给她十本从王府井新华书店买的名著和小说。那个即将出嫁的姑娘紧紧把那摞书抱在怀里。我们的面包车开出去100多米了，她还站在门口。不知道怎样的生活在等待着她。

除了打工的姐妹、小地方苦闷的年轻女性，我们也采访过很多年长的女性故事。我记忆中印象很深的是一个跟知青那段历史有关的采访对象，那期节目叫《小芳的故事》。讲的是上世纪60年代，上海知青去北大荒插队，一个叫刘行军的男知青和当地村里一个叫王雅文的姑娘好了。

两人准备结婚的时候，"文革"结束了。刘行军说："我先回上海安顿一下，你等我回来接你。"这一走就是几十年。刘行军和父亲老战友的女儿一块儿上大学、毕业、出国留学。只有王雅文那傻姑娘在村里干等。又过了很多年，刘行军离婚了，从海外回国。有一天在上海街上遇到高中同学，同学说："你知道吗，咱班有人回过知青点，那个叫王雅文的，不结婚一直在等你，病得都快站不起来了。"

刘行军从屯子里接回了王雅文，两人终于结婚了。过了几年，换刘行军得了重病。王雅文用她那种强大的生命力在一个完全陌生的大城市，给丈夫借钱看病，最后康复。

这样传奇的普通人的故事还有很多。我记忆很深的是一个被拐卖的女性的故事。她最早是不断地给我们打电话，其实就是无处诉说。后来她答应接受采访，我们去了。一个特别漂亮的四川女孩儿，17岁的时候被亲戚骗去外地打工，卖给一个岁数很大的男的。

一年后生下一个女儿，她就跑了。在另一个城市打工、学习、上补习班。有人给她介绍了酒吧陪聊的工作，她去了。中间经历几次没有结果的恋爱。

我们找到她的时候，她在一家企业做职员。没有人知道她的过往。我们问她："那你何必现在接受采访？"她说，之前每次恋爱，都因为自己过去的经历而中断，这次她想一次性告诉所有人，让大家知道她是谁。还有一个原因是，她想有一天去找回自己的女儿。"我得拿这个节目作为证据，给她看，我要让她知道我为什么离开了她，她可能不理解、不原谅，没关系，我得让她了解她妈妈这一代的女人经历过什么。"

我被她的勇气和深刻打动了。我意识到，在从农业社会转型到工业社会的过程中，乡村女性的城市化有着各种各样的方式。有像

《韩春霞的嫁妆》那样的，也有被拐卖进入城市的。

当时我们建议她给脸打上马赛克，她说不用。后来真的出事了，江南一家小报以"一个三陪女的自白"复述了我们那期节目。我看了真是如雷轰顶，打电话过去，已经找不到她了。过了一些天，她说被单位开除了，房东也退租了。那是 2002 年，之后她彻底消失了。这人也成了之后我的一个心病。

又过了几年，我在网上做一个直播访谈。突然在互动网友的留言里看到一个熟悉的名字，我认出了，那就是她的网名。我跟工作人员说："别管直播了，我要跟这个人互动。"我们又联系上了，她去了一个新的城市，隐姓埋名。之后若干年，曾经发生过的又发生了一遍，但这次她新公司的领导保护了她。过了几年，她 30 多岁了，在一次活动上被一位军官认出来，后来两人结婚生子。她最终要回了女儿，第一次开始过上平静的生活。

最后一次通话，她说一切都特别好，只有身体一般。她说："这次就是想跟你说一下，张越，到我临死的时候，我的眼前会浮现一些人的脸，其中有你。"

我想保卫她来之不易的平静生活。我去台里打了一个加密报告，申请将她那期节目永久封存，就是我自己去借也看不到了。以后都不会有人再看到了。

你走了，又剩下我一个人了

普通人的内心同样波澜壮阔，这是我在《半边天》做人物访谈时最大的感触。这些女性的命运故事让我真正进入了生活。我喜欢那段日子，带着一箱子录影带，跋山涉水，上高原、下矿井。如果不是这份工作，我一辈子也不会去那些地儿。

所有这些采访对象里，我印象最深的还有两位。

一个是东北的女孩儿。多年前，她的姐姐、姐夫闹离婚，在一次纠纷中，姐夫怒气之下打死了岳母。姐姐当场精神分裂，姐夫逃跑，多年消失不见。这个女孩儿当时就不干了，抛下工作、家庭，千里追凶，跑遍全国。每次打听到一点儿线索，她就去当地打零工，走街串巷地找人，七年后，她在长白山里找到了线索。

她带着警察抓住了姐夫。那七年，对她来说是地狱般的七年，她只有一个念头，就是要当面问姐夫："我妈死了，我姐疯了，凭什么？"只有将姐夫绳之以法，这件事才能了结，她才能开始新生活。

最初是一个别的电视栏目找她讲千里追凶的故事。做完了，她跟人说："你们去帮我把张越找来，有些话，我只想跟她说。"

我去了。她说，本以为把凶手抓住了，这个事就完了，经过了才知道完不了。她说，判了死刑之后她去见姐夫，姐夫说："杀人应该被枪毙，但是我必须跟你说，我真不是诚心杀咱妈的，是那个时候情急之下动作粗暴……"

他说："你姐姐疯了，我死了，以后你能帮我照顾孩子吗？"那个女孩儿说："那你到了那边，能帮我照顾我妈妈吗？"姐夫说好。两个人在七年后，死刑之前，互相原谅，达成了和解。

这么多年，这个东北姑娘和我一直有联系。除了她，我记忆里印象最深的，同时也是《半边天》创立以来影响最大的一期节目的主人公，是刘小样。

刘小样最初也是给我们栏目组写信。有天，一位编导说，有封观众来信挺有意思，一个北方农村的女性，说她特别喜欢读书，但是她的环境里面没什么书，她觉得自己活得挺不满足的。

我最初只是把她当成一个有精神需求的农村妇女，觉得不错，新一代的农村妇女嘛。后来同事跟她通了电话，聊完之后，说她内心很丰富，思想有别于我们通常看到的农村妇女。我说："行，能不能去采访她？"后来同事说："不行，人家不接受采访，因为环境太封闭了，一个乡下媳妇，不好好做人，跟外面的不认识的人瞎勾搭，会让村里人说闲话。"我说"那就算了"，这事儿就放下了。

又过了几个月，同事说，上次那个农村女性又写信来了，还是在说内心的苦闷。我们跟她丈夫在电话里聊了一会儿，对方在外地城市打过工，比她开明，说欢迎到家里来。我们就去了。

谁知道，机器支起来，她什么都谈不出来，信里那些丰富的感受啥也表达不出来。我想，这嘉宾得陪伴，先不走了，陪她待几天吧。

以前录节目，顶多熟悉半天就够了。那一次，我们在刘小样家待了三天，同吃同住同劳动，天天下地干活儿、回家做饭、出去赶集。三天，我们已经特别熟了，她跟我一点儿不害羞了。我说"行了，录吧"，就又摆开了架势。

就是后来大家看到的田边。又谈不出来，跟三天前一样。日常的话题可以说，但是真正有内心感受的表达，一句没有。那天下着雪，我们在田边坐了几个小时，快冻死了。

实在是"挖"不出来，没办法，只能放弃了。我就跟摄像说："您去周围多拍点儿空镜备用吧，拍了我们就走。"他去拍空镜的时候，我和刘小样的谈话已经结束了。按照一般的工作流程，他可以关掉设备，也不听耳麦了。

我已经完全死心，不知道还能聊什么。我随口问她："你老说你不开心，那么怎么着你就开心了呀？换成书里或者电视里的谁，你就开心？"

她毫不犹豫地说："你。"

我说："啊，为什么是我。"

她说："你有工作，你有朋友，你哪儿都去过，不像我，我们这些农村女人呀，哪儿都没去过。你看我住的这个地方，如果坐汽车去省会，只要5块钱，我们村前头就有汽车站，后头就有火车站，但我一辈子就去过一次西安，是结婚之后我老公带我去的。去了西安，站在钟楼，我身边人来人往，全是人，我站在那儿就觉得特别孤独，我就哭了。"

这个时候，我知道真正的谈话开始了。她继续说："在我们农村的生活里，有了钱，买衣服是正常的，买书是不正常的，买房子置地是正常的，出去旅游是不正常的。如果你要想看书，你要想旅游，你想跟外面的人说话、交朋友，你想出门，别人就说你这个媳妇不安分，可是我就是想看看外面的世界是什么样，我去不了。我就读书，书也没有。我读电视，我看电视跟你们看电视可不一样，你们就是看，我是把电视当书读的，我通过电视看到了别的地方，看到了别的人的生活……我宁愿痛苦，也不要麻木。"

她的话把我说得五雷轰顶。我一方面兴奋，觉得这就是等了几天我想要的；一方面是极度的绝望，因为设备已经关了，摄像都走了。以她的性格，如果我当时说"停"，把摄像叫回来，她也重复不出来了，你也不能让人家给你演，她又不是演员。

她的表达让我特别感慨。我说："我知道你特别难过，但是你想过吗，你的姥姥、你的妈妈，可能都没有你这份苦闷，饭还没得吃呢，房子还盖不起来呢。所以在你的痛苦里，其实也有咱们女性在时代里前进的脚步，你能听得见这个脚步声吗？"

她说："我能够听得见。"雪花落在我和她身上。这样的谈话充满了时代感、历史感、个人命运感，可是却什么都没拍下来。我紧张到浑身冒汗，外套里面的毛衣全湿透了，手指甲抠着我的手心，一直往里抠。但是我不能跟她说"你停下来"。那半个小时，我绝望极了，心里不断在重复"完蛋了，我全错过了"。

等到她都说完了，我特别沮丧。回头想找我同事都去哪儿了的时候，我才发现摄像躲在我侧后方一个特别不起眼的地方，冲我做了一个 OK 的手势。原来他一直开着话筒，一直在偷听，听到这个谈话有意思的时候，跑回来，躲在一个刘小样看不到的地方，一直端着摄像机朝我们这边拍。所以刘小样这期节目是一位摄像救下来的。

后来我老说什么叫好的团队，就是我们要真心尊重合作者和同事。比如我这个摄像，出门出差永远爱喝酒，喝完酒就出问题，要不起不来床，要不赶不上火车，要不手机丢了，要不发火跟人吵架——属于那种很多人会不愿意跟他合作的麻烦制造者。但同时我知道他的敏感，使得他不会成为一个呆板的匠人。他对节目内容永远保持着新鲜感，这就特别好。

最动人的部分全是他偷拍到的。后来节目播出之后，反响特别大。好多媒体找我要刘小样的联系方式，我打电话问了一下她。她说："别给了，任何人都别给，因为我的生活没有机会再改变了。如果我还年轻，你知道我一定待不住的，我一定要走出去的，可是我这么大岁数了，上有老，下有小，文化水平不高，我已经没能力出去了。你别再让人来招我了，我现在就觉得我待不住了，可是我只能这么待着。"

那天做完谈话后，我们和刘小样夫妇告别了，收拾好设备回到县城宾馆。当天我收拾好箱子准备回北京的时候，她突然冲进我宾馆的房间，进门就抱着我号啕大哭，她一个人哭了很长时间。

最后她说："你忽然就来了，忽然又走了，就像一场梦。你走了，又剩下我一个人了。"这些像诗一样的句子，是她在她的环境里不敢跟任何人说的话，也没处诉说的话。其实这就是我于她的价值。我内心觉得特别酸楚和百感交集。我觉得她思想的那种勤奋程度超过我见过的绝大多数人。

节目播出之后，很多人跟我讲，刘小样的身上有 TA 的影子。特别有趣的是，有同感的人不只是农村妇女，很多是男的，有搞艺术的，有做文化的，总之各行各业都有人跟我说特别有同感。

我发现这期节目，其实跟我一开始设定的"农村妇女学文化"这个主题是没有什么关系（的），事实上它表达的是一个人类的母题：生与死，爱与恨，去与留，满足与匮乏。它说的是人性的故事，这就是为什么男女老少每个阶层的人都对她的孤独感，对她既渴望又不敢去尝试，不尝试又不甘心……对她的所有的这些，有那么强烈的共鸣，乃至想起她说的话就想哭。那是因为跨越所有阶层、地域、文化、性别的分类，我们都是"人"。

这也是我懵懵懂懂开始做《半边天》人物访谈后，一直想找和想回答的问题——生活在不同地区的、不同的文化教养的、不同的贫富经济条件下的人，在一切都完全不一样的情况下，人和人之间心里到底有没有一个真正共通的东西。

我觉得在刘小样身上找到了。她没有受过高等教育，什么都跟我们完全不一样，但她那种焦虑、喜悦、痛苦，全部都有人本性中最共通的那个东西。这一切让我在那几年快速地成长，那是我最快乐的几年。

只要有一个女人

《半边天》最初是应1995年第四次世界妇女大会在北京的召开而诞生的。1995年后，几乎全国各地的电视台都开办了女性栏目。"世妇会"结束后，这些栏目大部分消失不见了。《半边天》是其中开办最早、持续时间最长的女性栏目。

为什么就它活下来了？如果它只报道大会，它早完蛋了。它存在了15年时间，因为它顺应时代的风潮，将性别平权的价值观在中国中央电视台的平台上进行了推广和启蒙。

当年联合国秘书长安南在联大特别会议上向全世界推荐，说中国有一个叫《半边天》的栏目在一直宣传性别平等。我觉得我们不是做了一个花里胡哨的栏目，而是传递过一种价值观，而且确实对很多女性产生了影响。

如果要检视1995年"世妇会"时设立的那些行动纲领和目标，

进步是有的，比如性别平等作为基本国策得到了更广泛的宣传和推动，中国高速的城市化进程也使得越来越多的女性成为职业女性。

但我们不能忽视的是，城市化进程中还存在另外一个风险，即伴随城市化而来的消费主义潮流使女性进一步成为被消费的对象，所以机遇和风险同时存在。

几年前，《半边天》因为收视率的问题被停播了，但网站还在，上面有一首诗，是美国诗人南希·R.史密斯的《只要有一个女人》。

1995 年，我加入刚成立不久的《半边天》。领导请性别研究的学者来给我们上课，老师们就给大家念了这首诗。所以我们特别喜欢那首诗，后来我也经常出去做性别话题的讲座，我也会给观众读这首诗。

我觉得这首诗说的其实是性别平等的真谛。性别平权不是女人非要跳出来向男人夺权，而是女性从"人"的要求出发，要求以一个同样平等的主体地位被对待。它是对性别刻板印象导致的生存方式、生存选择的一次解脱，它要解放的是所有性别的人类。

只要有一个女人

南希·R. 史密斯　作

社会性别资源小组　译

只要有一个女人觉得自己坚强

因而讨厌柔弱的伪装，

定有一个男人意识到自己也有脆弱的地方

因而不愿意再伪装坚强。

只要有一个女人讨厌再扮演幼稚无知的小姑娘，

定有一个男人想摆脱"无所不晓"的永恒期望。

只要有一个女人讨厌"情绪化女人"的标签，

定有一个男人无法自由地哭泣和表现柔情。

只要有一个女人因勇于竞争而被认为不女人，

定有一个男人只得通过较量来证明自己够男人。

只要有一个女人厌倦被当作性对象，

定有一个男人焦虑自己的性能量。

只要有一个女人觉得自己为儿女"所累",

定有一个男人没有充分品尝为人之父的乐趣。

只要有一个女人得不到有意义的工作和平等的薪金,

定有一个男人不得不担起对另一个人的全部经济责任。

只要有一个女人没机会学习汽车的复杂构造,

定有一个男人不了解烹饪带来的满足。

只要有一个女人向自身的解放迈出一步,

定有一个男人发现自己也更接近自由之路。

安小庆　文

金桐　编辑

2021 年 3 月 8 日

龙丹妮：酒神带领众人狂欢

青春现场

龙丹妮永远在追逃跑的人。

2020 年 8 月的一个夜晚，龙丹妮职业生涯中的最新一次"追逃"发生了——几乎从摄像机亮灯开始，不合作的声音，就充塞了位于无锡华莱坞影视产业园的 10 号棚。这里是 2020 年《明日之子》第四季"6 进 4"录制现场。

这是必须做出选择的时刻。有压力的赛制和数月来积攒的情绪，让录制现场像上了气的高压锅。三位选手陆续拒绝加入下一赛段，他们的不合作让现场开始弥漫一种危险气味。

凌晨三点，"高压锅"爆了——制片人鑫璇刚走到侧台，就听一位工作人员大喊："沈钲博跑了！"

由于逃跑的动作过于突然，三位摄像都没能捕捉到这位选手暴走的一瞬。人们还来不及反应，又有人在喊："鞠翼铭也跑了！"

逃跑前，两位选手说了同一句话："我不想录了。"他们的反抗最终引爆了录制现场。

导师之一的朴树，也加入了这场乱局。一位看过节目初剪视频的工作人员回忆，那天晚上，朴树"说了很多很棒的话，比最终播出的更真实和激烈"。

接连而来的拒绝、崩溃和逃跑，打乱了这个游戏的基础设置和未来走向。鑫璇进入综艺制作行业快10年，这是她第一次在现场看到这样的突发事件。"所有人都蒙了"，包括"明日之子"系列选秀节目的制作方、这场游戏的搭建者——哇唧唧哇的老板龙丹妮。

已经数不清这是第多少次的追逃。

1998年7月，龙丹妮担任制片人的电视栏目《真情对对碰》即将开播。录制前几日，男嘉宾不堪上镜压力，逃跑了。龙丹妮带人埋伏在长沙火车站截住他。

10年后的2008年，首届《快乐男声》冠军陈楚生在12月31日下午，从湖南卫视深圳跨年晚会的现场逃走。时任天娱传媒总经理的龙丹妮急了，"很想知道他的想法，但联系不到他"。

20 年后的 2018 年，哇唧唧哇负责运营的首个互联网选秀女团"火箭少女 101"，成团才两个月，就有三名成员宣布退出。

　　龙丹妮成功追回了绝大多数逃跑的人。过去 20 年，她喜欢用"一场大型的行为艺术"来譬喻这个充满狂欢、刺激、冒险和突发的选秀事业。

　　纪录片导演范立欣也有同样感受。2013 年，龙丹妮邀请范立欣为当年的《快乐男声》拍摄纪录片。比赛期间，节目组要求每位选手在纸上写下一位实力最弱的选手，"那太为难了，等于在背后说人坏话，但所有孩子都写了，只有小白（白举纲）打死也不写，跟节目组僵持到凌晨三点"。

　　在范立欣看来，龙丹妮一直在用选秀的形式做一种近似"人性和青春测试"的试验。范立欣好奇的是，"中国的娱乐产业，在检验、刺激、挤压人性和价值观上，到底能走多远"。

　　过去 20 多年，龙丹妮和团队是这一系列跨越数个代际的试验的设置者与观察者。龙丹妮曾说，在选秀里，"经过三个月，人的命运彻底被改变"，在这些青春和人性迸发的现场，她能够"去看众生，去看每代孩子的一个状态"。

　　她不讳言"对观察人性的痴迷"。从职业生涯早期，她就清晰地知道，"自己天生喜欢跟年轻人打交道，对人性特别感兴趣，而且特别喜欢看人性的一个变化，挑战人性的一个临界点"。

　　在无锡录制基地那个完全失控的夜晚，"临界点"显然早已被越过。肾上腺素不断在飙升。

回到那个完全失控的夜晚，龙丹妮在会议室喝酒。凌晨四点半，喝着酒的龙丹妮承认，"从业20多年没有遇到过这样的情况"。过往的所有经验，在那个夜晚被击穿了。过去20年来，一直沉浸在选秀铸就的"青春王国"中的她，被青春和荷尔蒙造了反。

这是所有人职业生涯中第一次面对没有结果产生、完全指向开放和未知的录制。在朴树的记忆里，那是一种"感觉要垮了"的状态。

2020年春天，朴树接到来自龙丹妮的邀请。在自我封闭了许多年后，朴树突然想去看看现在的年轻人是什么样。他们只签约了三集，但他很快喜欢上了这些无忧无虑、纯纯粹粹的年轻人。三期过后，朴树告诉经纪人小建，他想参加完整个节目。对一个敏感的、早已疏离人群的人来说，这不是一个容易的决定。

在别的节目中急着回家睡觉的朴树，在《明日之子》第四季待到了最后一集。那个失控的夜晚，所有人都以为他会先走，但他和选手们留到了最后一刻。他看到，"每个同学都在真实地表达"。另一位导师、"二手玫瑰"主唱梁龙说，那是个可爱的现场。

不过，那一次的"追逃"，对龙丹妮来说，胜负渺茫。鑫璇回忆，"会议室里的所有人像是在等待被判刑一样"。大门外，瘫痪的现场需要收拾。每一位导师、每一位选手都需要沟通和抚慰。

拎着一瓶啤酒，龙丹妮走了出去。

对峙已经形成

失控和被动的局面，从那个夜晚开始弥散，罩住了龙丹妮的整个 2020 年下半年。

10 月，公司旗下运营的几位偶像恋爱的新闻引发了争议。社交媒体上，粉丝哀号"房子塌了一间又一间"。不久后，公司签约艺人周震南的家庭成员被报道。一连串的新闻让哇唧唧哇和龙丹妮成了一直趴在热搜上的名字。

龙丹妮此前关于"偶像该不该谈恋爱"等话题的观点，也在这一时期，被越来越多的人翻阅讨论。

在《明日之子》第四季的一期节目中，曾有选手提问："谈恋爱对艺人是对还是不对的事情？"龙丹妮回答："我觉得人永远不要去违背人性这个事情，在我的公司，从来没有阻拦过任何一个艺人去谈恋爱。"她强调，恋爱不是重点，重点在于一个人"一定要有独立人格，真正有独立人格的人，他才有资格成为榜样"。

类似的观点还可以在更早年的表达中找到。天娱时期，龙丹妮说"千万别装，要做自己，哪怕是缺点也没关系"。2017 年，创业第一年，同样在采访中，她说"希望非常坦诚和直率地去建立人格，我们允许灰色和不完美……底线是不为恶"。

这些价值主张和过去半年来哇唧唧哇的一连串棘手事件，形成了别有意味的对照，也和 2014 年以来，受日韩饭圈影响而弥漫在社交网络空间的粉丝文化形成了歧见。

在 2020 年年底，离开湖南广电创业的第四年，公众眼中的龙丹妮，第一次大规模地陷入一场事关"选秀教母"能力和嗅觉的信任危机中："从'选秀教母'到'塌房教主'？""龙丹妮怎么了？""哇唧唧哇要倒闭了？"……

新旧世纪的交替已经过去 20 年。如果要为过去 20 年的中国当代大众文化寻找一些关键词，那么"选秀"和"偶像制造"一定是其中最重要的备选项之一。而在与这条大众文化的河道紧密相傍、全程参与形塑并始终未曾撤离时代现场的人中，龙丹妮无疑是最负盛名和影响力的那一位。

沈黎晖和龙丹妮认识了 25 年。他觉得龙丹妮"一直在上面看所有的事"，"就是会有一点点上帝的感觉，她看这些人下一步会发生什么，再下一步会发生什么，然后这么多年也对应着这些人性的变化，名利场里产生的问题，每种选择、每种结果都是她曾经遇见过的，或者说可以预见到的，对她来讲，就是一个'在上面'的视角在看这些事……这是她创造的一个小世界"。

过去，这个"世界"从未发生过巨大的震荡。不过，风暴中心的龙丹妮，并没有外界想象得那么焦灼。

2020 年 12 月的一天，她把 2009 年的快女们约到家里聚餐。老朋友、《快乐大本营》的导播陈思如看到她们发出的朋友圈后，立刻在小群里和网友一样调侃她："龙丹妮，你心真大啊，你还有心思聚会？"

龙丹妮回复她："我总要吃饭的嘛。"

在这次聚会之前不久，龙丹妮还组织过一次小范围的宴饮。那是11月下旬的一天，周六，阳光清透。哇唧唧哇还趴在热搜上。

她把范立欣、戴娆、向京等一众北京的老朋友，全约到郊外的家里吃火锅。戴娆记得，那天火锅菜很快都涮完了，又点了一波肉，大家还是没吃够。龙丹妮打开冰箱，翻出白辣椒、剁辣椒、猪肉、牛肉、鸡肉，单独炒了几大盘辣椒炒肉。"大家吃得不亦乐乎，她又给下了四斤面条、不知道多少斤的湖南米粉，我们所有吃光光，每个人肚子撑得呀。"

11月底，龙丹妮又出现在《脱口秀反跨年》节目的现场。那晚，几乎台上的每一位嘉宾，都在脱口秀中精确调侃、打趣了她和哇唧唧哇的2020年。

这多少让人有些诧异。按照某种惯例和认知，愿意现身中国脱口秀节目中的公众人物，一般早已度过了风波和争议最鼎沸的时段，很少有人像龙丹妮这样，从还在进行的风暴中走出，挂着一身争议，直接坐到台前。

一种外界对重要性的通行排序，在龙丹妮这里似乎失效了。这种"失效"也体现在她对风波的处理中。

针对多位签约艺人引发的"恋爱风波"，龙丹妮给出的处罚分别是为期30天和60天的工作暂停。在哇唧唧哇发布的官方声明中，有一句话是："我们尊重签约艺人作为普通公民的个人生活权利，但所有权利皆有边界……"

对峙已经形成。在越来越多的现于幕前的娱乐工业操盘手中，龙丹妮是不多见的不惮亮出自己价值站位的人之一，"当所有的艺人都没有独立人格，没有自己的情感表达的时候，大家希望我们未来的艺人都是塑料人和工具人吗？"

龙丹妮不认为"选秀完全是做给小朋友看的"，她建议所有大人都应该看看选秀——"不要把选秀当成一个简单的综艺节目，而是看看里面关于人性的东西"，"（反正）我自己是奔着这个目标去的，就是一定要看看真实的人格是什么样……为什么会觉得节目好看？因为我们把最鲜活、最真实的人性表达了出来，现在大家太少看到这个东西了"。

呼啸而来

2020年下半年，哇唧唧哇艺人频出的"偶像恋爱"风波，让许多网友勾陈史料后发现，龙丹妮在"独立人格"说中的大胆言辞，并非突然展现，而是由来已久。

1995年，22岁的龙丹妮加入了刚成立的湖南经济电视台，和同样年轻的汪涵、吴奇等人，一起组成了经视最初的编导团队。那个时候，国内最受欢迎的综艺栏目，是央视的《综艺大观》——主持人端庄持重，观众们则乖乖坐在台下，只需鼓掌和大笑。大学毕业后曾在广东沿海工作过一年的龙丹妮，因地理便利，观看过大量港台综艺节目。龙丹妮一直不理解："内地的观众为什么不能和节目互动？明星怎么就不可以和观众一起做游戏、抢奖品？"

凭着一种本能的反叛和平民化的视角，龙丹妮和伙伴们将一种人性中对平等、真切和纯粹快乐的需求，植入到新诞生的节目中。高蹈"快乐无罪"和平民化视角的《幸运3721》，很快成为湖南最受欢迎的电视栏目，收视率最高时曾到达60%。这档栏目直接启发了《快乐大本营》的诞生，而后者在全国的风行又被视作"电视湘军"与湖南卫视崛起的开端。

初入经视的龙丹妮，在20岁出头、荷尔蒙迸发的生命时段，正好遇到电视媒体开始狂飙突进的黄金时代，同是电视人的好友陈思如用八个字概括那时的龙丹妮：少年成名，呼啸而来。

2003年，是龙丹妮个人神话叙事的一个关键节点。这一年，她制作了职业生涯的第一个选秀节目《绝对男人》。这是中国观众第一次在电视屏幕上看到满屏的肌肉、阳光、荷尔蒙。龙丹妮的大胆，既颠覆了传统的"看与被看"，也开辟了男性选秀的先河。

次年，有了选秀节目操作经验的龙丹妮，在新节目《明星学院》首次运用了短信投票，决定选手去留的权力，第一次来到了普通观众手中。龙丹妮如冒险之旅的主人公一样，在这里遇到了被照亮的一刻。那一年的选手中，有一个只有15岁的女孩，刘欣。女孩唱歌一般，但评委沈黎晖在她身上看到一种"少年目空一切的爆发感"。

多年后，仍有当年的观众在论坛写道："李宇春2005年在全国有多火，差不多就相当于2004年刘欣在湖南有多火。当年长沙的中学女生几乎都留起了刘欣的小刺头，刘欣后来没有得到冠军，有人为她哭到快休克，也有人把家里的电视机砸掉了……"

16年后，在位于北京酒仙桥的办公室里，龙丹妮说，《明星学院》让她意识到，"原来选秀平台那么有魅力，它特别神奇的地方在于，它会无形当中放大某一个人自己都不自知的一个特质，然后被更多人看到"。

龙丹妮把这个过程称为"召唤"。

这是她第一次真正触及选秀这场狂欢仪式本身的魅力和魔力所在。同样也被一种"召唤"感召着，龙丹妮觉得自己找到了此生最爱的志业。

在这场长达20年的选秀狂欢中，她一次次搭建平台，制订规则，观看"卡里斯马"的光晕如何在一个昨天还是普通人的选手身上显现，观察"召唤"如何在每一代的选手和受众之间升起，随后又消亡。

"卡里斯马"探针

这样的"召唤"也回响在龙丹妮和她的伙伴之间。

龙丹妮团队的二号人物、哇唧唧哇联合创始人马昊，是距离龙丹妮最近的人之一。她们并肩度过了职业生涯中所有的高光和艰难。和龙丹妮一样，马昊在湖南广电同样年少成名，26岁已做到金鹰节总导演。2008年，马昊突然接到了来自龙丹妮的加盟邀请。马昊问共同的朋友杨柳："为什么我一定要去龙丹妮那里？"

杨柳告诉她："龙丹妮已经做了13年，她还能每年都做一个别人没干过的事，她永远在创新。"

在加入龙丹妮团队的过去12年，马昊并没有被遮蔽后的"影响的焦虑"，她说自己是一个极致感性的人，"特别适合做老二，就是一定要有一个老大帮我做顶级决策"。

她觉得龙丹妮有一套完备的体系，"针对14岁到24岁的这群受众，我们应该怎么样去发现偶像、打造偶像、创造新的价值，这套体系和我们的价值观、哲学观都是在一起的"。马昊评价，这套体系给她带来了"幸福感"。

哇唧唧哇CFO黄威曾在金融行业工作超过25年，她眼中的龙丹妮同样带有一圈神圣光晕。谈到龙丹妮几乎从不与朋友分享内心的情绪和感受，她认为这是因为龙丹妮"太强了"，"为什么一个人不需要倾诉？因为她什么都看透了，没什么可表达的了。"

公司经纪人童童有时会觉得，龙丹妮身上还有一支能够捕捉"卡里斯马"魅力的"探针"，这支"探针"能够敏锐发掘个体身上有待被检验、放大甚至未来可被售卖的魅力和光彩。她同时承认，这种说法"有可能把她神圣化，但她这方面确实特别特别敏感"。

2009年《快乐女声》海选期间，马昊在沈阳赛区送回的海选录像带里，看到一个留着杀马特发型的女孩。马昊回忆，视频光线很差，但龙丹妮要求再播一次视频，她觉得女孩子的歌词很有灵气。不久后，曾轶可成为那年快女中最具人气也最富争议的选手。

到了2017年，《明日之子》第一季。最初，选角导演同样是将毛不易作为某一类谐趣类型的选手介绍给节目组。在其后的选手选歌会上，龙丹妮让毛不易把所有原创都唱了一遍。她意识到他的作品可能会击中某些社会情绪。第七期第三场，毛不易演唱《消愁》，当晚直播结束后，社交网络上很多人开始转发《消愁》，被评价为最不像冠军的毛不易成了那年的黑马。

乐评人邹小樱第一次在《明日之子》中看到毛不易时，"隔着屏幕，忍不住想去纠正他按和弦时的错误手型"。但最后邹小樱发现，就像当年的曾轶可和华晨宇一样，"世界就是那么奇妙，往往打动人心的东西，只要简单的一点就足够了"。

做导播的陈思如和龙丹妮合作多年，她仍记得多年来，龙丹妮是如何一次又一次来她跟前告诉她，"这次又找到了一个怎样闪光的小孩儿，脸上就是'小朋友有个宝贝要跟你炫耀一下'的表情"。

这个"发现宝贝"的工作，龙丹妮已经痴迷了 20 年。这项事业的致命吸引力在于，一个人的眼光、嗅觉和判断，将一次又一次影响巨量人群的欲望、消费、选择和审美。而人又是最富魅力、最有趣同时最危险的产品和对象物。

作为国际唱片公司首位华人女性总裁 —— 前百代唱片中国区副总裁、前金牌大风中国区暨中国台湾地区总裁，黄伟菁这样描述娱乐行业给从业者带来的巨大快感，"就是当你做的事情，引起了如海啸一般的共鸣的时候，你会得到莫大的快感，让你觉得你的人生被丰满了。所以艺人难以脱离粉丝掌声的呼啸，幕后人员难以脱离事业带给自己的巨大快感"。

黄伟菁从事音乐行业近 25 年，曾与张学友、许巍、李健、胡彦斌等多代艺人合作。她为近几年媒体描述中的龙丹妮鸣不平："很多媒体会把她跟别人并列，我觉得这个差距实在是太大了。龙丹妮是从尘土当中长起来的大树，她不是只用资本来玩资本，或者因为做了一两个红的艺人，就由艺人去带动个人的知名度……都不是，她就是龙丹妮。'选秀教母'，不是浪得虚名的。"

心灵之战

在外界看来龙丹妮理应张皇失措的 2020 年下半年，龙丹妮的平静早已埋下伏笔。在一场旷日持久的心灵之战后，她已经不再轻易地动摇犹疑。

2015 年和 2017 年，《人物》曾两次采访龙丹妮。那分别是她在天娱的末期和创业的第一年。相比于新旧身份交接中的焦灼和求索，现在的龙丹妮眼见地快乐、松弛。在过去的绝大多数采访中，她热衷输出价值观和行业洞察，但鲜少开放个人领域。在面对一些具体的提问时，有时会展现出防御姿态。但 2020 年的冬天，《人物》作者与她进入到一场充沛的漫谈中。

过去，在湖南广电，老领导魏文彬、欧阳常林像家长一样给她荫庇，也让她有足够的自由去翻腾。但最终让她产生深刻自我怀疑的是，在度过了 15 年的电视直播生涯后，她突然发现，"过去原始认知的东西已经跑完了"，那些曾经让她激动的"荷尔蒙""高收视率"无法再给她带来更新的愉悦和价值。

一向有着充沛自信的龙丹妮，甚至产生自我怀疑，"觉得自己就是一个文盲"——一个肤浅的娱乐行业从业者。

在自我认同危机带来的磋磨中，龙丹妮发现，湖南广电大厦外的世界已经变了。过去十几年积攒下来的坚固经验，在新技术带来的变革面前，渐渐开始失效。最直接的一个表征是，年轻人已经不坐在电视机前了。

在那一段漫长的挣扎中，父母接连离开。突然间，龙丹妮只有自己一个人了。龙丹妮面前只留下一道试题：如何做一个人格独立的人？如何面对这个剧变的世界？

那几年，是她进入电视行业后看书、看展览最多的几年。她看《维特根斯坦传：天才之为责任》，看桑塔格、齐泽克、博尔赫斯，从传记到纪录片，"全部扒出来看，而且觉得越看越好看"。

雕塑艺术家向京和龙丹妮就是在那段时间认识的。向京带她拜访了许多艺术家，在和艺术家们的交游中，龙丹妮发现，"艺术家有一个好处，就是他们确实是比较独立人格的"。在交游中，向京也在龙丹妮身上看到了"极其强烈的成长欲望"。有段时间，向京很"怕"龙丹妮，"就跟吸星大法一样，'唰唰'，只要她学这个东西，'唰'就能吸干了，你知道吗，那个劲儿"。

2016 年年底，龙丹妮离开湖南广电，成立创业公司哇唧唧哇。这被她视作生命中真正晚来的"成年礼"。

她重新确认了对选秀的热情，"我这一辈子可能只能干好一件事，但是要在这一件事里面不断地创新，才能把这一件事做牛逼"。

某种程度上，她经历了一个从自发到自觉的过程，也承认了自身的某种有限性。当她听到好友沈黎晖对她如"上帝"的阐释时，她直接地反驳："我从来没有把我自己放在一个上帝视角，因为我觉得我也没有权力做这个事情，我也不可能做成这个事情，因为谁都不可能有上帝视角。"

她重新审视了贯穿于生命和职业生涯中的"荷尔蒙"，"过去是潜意识，觉得就必须做，就太好了，我酷，我就是做中国人最酷的，中国年轻人最酷的，那是无意识的"。

2019年，她对身处的娱乐行业产生了一个想法——"向肤浅和荷尔蒙致敬"，"我突然就觉得肤浅不是我们看到的。所谓的肤浅，就是说你能不能用最真实的、最朴素的、最原始的东西（去创造）"。

"我们很多时候走进了一个怪圈，我们很多时候尽量多地去包裹它，却已经完全忘了肾上腺素是什么了。你说少年，其实你做的根本就不是少年，你把TA已经包装得非常精致了，TA还是少年吗？"在《明日之子》第四季里，她鼓励在其他节目动不动就想回家睡觉的朴树："你想睡就睡，给你搬张床放旁边怎么样？"

成立哇唧唧哇后，她第一次真正面对商业的考验。她不得不思考如何在平衡商业价值的同时，避免"好的苗子过早被资本扼杀"。

她提到"流量"，"我觉得那都是非常虚的一个泡沫的东西"。在一次会议上，她向大家提了一个问题，"'毛不易我们公司做了三年了，毛毛上的热搜有多少条是跟音乐作品有关的？'我就问我们的人。没有，10%吧。"

"所以我们不 argue"，她承认这不是理想状态，但她内心感到一种目标清晰的平静，"在我们现在的方法论里面，不要过度地、深度地去挖掘和开发，比如说也不会逼着艺人每年要出专辑，毛毛出道到现在只有两张专辑，出道四年了"。

Bible 出现了

在哇唧唧哇重新出发的龙丹妮，开始接手一些崭新的挑战。2017 年，在创业后制作的第一档节目《明日之子》第一季中，出现了中国选秀史上第一位虚拟参赛者 —— 荷兹。2018 年，龙丹妮又接手了一道复杂的新题目 —— 限定偶像团体运营。

以 2018 年成团的"火箭少女 101"为例，产品限定期为两年。11 个成员，700 多天时间，背后一共有 10 家公司。哇唧唧哇运营期间创造的价值，既要属于团体，又要属于背后的每一个艺人和她们的原生公司。

这是国内娱乐经纪公司从未运营过的新产品。让所有共同体在磨合中找到了共同路径，是龙丹妮"感到很开心的事"。她需要重新理解"合作而发展"，在解题过程中，从电视媒介来到互联网，从独立公司走入行业生态共建，这一切也产生了巨大的变化。

电视时代，她和所有曾经的电视人一样，崇尚灵感和直觉带来的攻城略地。来到互联网平台，龙丹妮和团队被问的第一个问题是:《明日之子》的产品逻辑是什么? 你们对用户的洞察是什么?

在电视选秀王国里曾掌控一切的龙丹妮，受到了巨大的挑战。她很快度过了最初的不适期，开始真正在新的丛林中去思考"生意这件事"。

在电视时代，选秀的第三集是很重要的。龙丹妮解释，第三集处于海选和第一次舞台表演之间，对后续的收视率起着重要作用。但来到互联网选秀后，"三"不再重要，过去的所有经验也不重要了。

"现在就是第一集，没别的。第一集垮了，我跟你讲，就彻底没了"。

她把过去的一切果断抛在了身后。现在的龙丹妮显然已经对新世界的逻辑十分熟稔。

公司将目标用户精确锁定在"12 岁到 24 岁"——24 岁作为上限的理由是，那基本是大学毕业后的两年。再大些，人们可能很难再狂热地投入对偶像的情感中。

在来自腾讯这个强势互联网平台的再教育中，目前的龙丹妮或许已经成了电视时代的龙丹妮的反面。

一种指向理性的工业化和标准化思维，贯彻到这个偶像制造和运营公司的每个生产、销售环节。龙丹妮强调，"每一个环节都要形成手册，形成可执行的 Bible"。

Bible 能够让行动高效不变形，能够让过去说不清摸不着的审美和意识形态，准确贯彻到公司的每个人和每个环节。

她举了一个例子，"限定团用户运营的手册，字数就有三万字"。这是"火箭少女 101"动荡的两年运营期后产生的结果。可以想见，这本手册在经过 2020 年下半年的动荡后，还会继续变厚。

龙丹妮承认，"以前真的不想（这些），以前听到就头大"。这是那个已经逝去的、用荷尔蒙和直觉驱动的电视时代，她不屑于去做的事。

现在，她不仅形成了新的数字逻辑和手册依赖，她的话语风格也产生了巨大变化。

用户画像、产品逻辑、数据支撑、点击率、方法论、KPI、PGC、下沉——这些在选秀 1.0 和 2.0 时代很少出现在她嘴里的词，如今高频出现在她的采访中。

这些直接而灼热的新时代词语，似乎覆盖了过去的直播、海选、荷尔蒙，组成了一本新的偶像打造词典。

自反

至少从表面上看，来到互联网疆域的龙丹妮，已经和过去的龙丹妮完全不同了。

2020 年 11 月中旬的一个下午，正值多事之秋。公司艺人毛不易的新专辑选歌会正在一间狭长的会议室里进行。

龙丹妮坐在正中，带领众人逐一点评每一首原创的歌词和曲子，讨论未来主打歌的选择和曲目的先后顺序，乃至实体唱片的宣传节奏。

两个小时的时间里，从王洛宾、鲍勃·迪伦、张雨生、崔健、李宗盛、王菲、张惠妹，再到五条人、苏诗丁、宋冬野、周震南……她共计谈到了近 20 位歌手的名字。这些歌手的活跃生命时段覆盖了整个 20 世纪和 21 世纪的前 20 年。

这是一种颇为奇妙的场景：在这间自我标榜为"青年文化先锋"，并以 14 岁到 24 岁女性为主体用户的偶像制造公司里，一种早已消逝的唱片工业时代的手艺，似乎在这个下午又短暂复活了。

龙丹妮愉快地提起多年前去鲍勃·迪伦的首次北京演唱会朝圣，那天的舞台舞美简陋至极，"我的天，就是洗漱灯一样的大白光，但老头儿无所谓，搞了一晚上，所有人都疯狂，因为他是那个时代经典的东西"。

对"经典"的咏叹并未持续太久，龙丹妮马上回到了她身处的 2020 年："要是换今天的用户，会说，'哇唧唧哇不肯花钱！'"

就像那个下午的唱片企划会一样，龙丹妮和她的公司，以及她倡导的价值观，存在一些看上去既矛盾又有些杂糅的"自反性"。来自过去的 DNA，并没有完全被新世界的逻辑格式化，依旧在对她产生着绵长和复杂的作用。

创业后，互联网平台给龙丹妮上的最重要一课是"标准化和工业化"。但龙丹妮不满足。她还想要同时保持住"灵感和创意"。她不希望"最后只有标准，而那个迷人的东西不见了"。

Lucas 在哇唧唧哇负责团综和短视频业务，在他看来，龙丹妮一直在做的是"刷新和重塑整个行业流程、标准和价值观的事情"。

Lucas 承认，目前他们做得还不够成熟，"但是她对外公开的发声都是在讲，我们的偶像行业、中国偶像艺人的标准是什么样的"。

2018 年，Lucas 进公司后不久，曾听到龙丹妮谈及公司战略，"要建造一个非常繁盛的花园，让非常多有才华的艺人在其中闪闪发光"。

但龙丹妮志业中这座群星闪耀的"人间神殿"，在公司员工、艺人马伯骞的经纪人童童看来，"是一个乌托邦似的存在"，而"乌托邦本来就是一个很不现实的、在现实中很难实现的东西"。

童童觉得，最简单的生意就是"你不如就把它做成一个套娃，大娃娃套小娃娃，小娃娃再套小娃娃，只要一个娃娃被市场认可了，所有的娃娃都可以按照这个去复制"。但龙丹妮"就是要每一个偶像要有自己的性格和人格，哪怕那个东西可能逆市场，或者是不迎合现在大众的口味也没关系"。

至少从现实来看，龙丹妮的"乌托邦花园"战略实施得并不顺利。2020 年下半年以来，连番的风波和争议，让龙丹妮的探索仍充满未知。

但她没有要改变的意思。她依然觉得，"不论是否有才华，人首先应该成为一个有独立人格的人"，而"独立人格也并不代表着完美"。

龙丹妮认为"明日之子"系列体现了她认同的审美趣味，"选手都特别素"。她也承认"'明日之子'可能不是最赚钱的节目"，"但我们这里看得到多样性，就是年轻人的多样性"。

从事亚文化和粉丝文化研究的学者白玫佳黛认为，从行业历史来看，一般只有魅力超群、天赋卓绝，"并且不完全靠粉丝供养，反过来还能给予粉丝更多的明星，可以做自己，可以谈恋爱——这是粉丝对巨星的一种豁免"。

在流量时代，年轻的偶像们与粉丝之间存在一种豢养式的契约关系。白玫佳黛认为，哇唧唧哇目前的艺人相似性太高，依旧以流量偶像为主。这让产品的实际供给和龙丹妮对"独立人格"的声张之间产生了抵牾。

但矛盾的存在，不影响龙丹妮继续去追逐她想要的那种"多样性"。

2020 年 7 月，无锡录制基地那个失控的夜晚，正是这样的"多样性"时刻。龙丹妮看到，有选手像困兽一样从舞台上奔逃；有选手坐在台阶上唱"我不想被世界改变";有选手因为现阶段乐团的实力和第一高位的人气不相匹配而自省,要退出;有选手告诉朴树,想回草原了⋯⋯

回顾自己的选秀从业史,龙丹妮认为这是"最难能可贵的一集"。她看到了这一代年轻人自我意识的成长与真实,而她觉得要保留这些真实,哪怕会因此产生对节目创作者的挑战甚至诟病。

2018 年以来,互联网选秀已经成为中文世界越来越庞大的一门生意。在绝大多数节目的舞台上,年轻的选手们谦和、励志,总在 90 度弯腰鞠躬。每个人都显得稳定、光滑,比赛的每个环节都安全、可控。这让那个失控的夜晚以及少年们不驯和嶙峋的行为,在当下的偶像制造图景中,具有了某种异质性。

无锡的那个夜晚结束后,龙丹妮的团队像过去每一次面对逃跑者一样,最终控制住了局面。

在一条朋友圈里,龙丹妮再次回忆那个夜晚,她感慨:"为什么青春总是有着这样无穷的魅力啊!"

高饱和的生活

龙丹妮女士或许是唯一一位在拍摄杂志封面照时,嗨到手舞足蹈的公司 CEO,可能也是不多见的、叼着牙签从饭桌回到影棚的拍摄对象。

迁居北京超过十年，来自长沙的影响清晰可辨。提起长沙，龙丹妮形容那是一个"特别 local、特别活色生香的地方，就是叼根牙签，'咔咔咔'就可以出去了的那种"。

2020 年岁末的一个上午，东五环外一间摄影棚。临近午餐时间，哇唧唧哇的工作人员婉拒了我们帮龙丹妮点餐的举动。龙丹妮至今热爱湘菜。马昊知道，"哪怕是最忙的工作环境里，谁点的盒饭不好吃，她都要垮脸的"。

和她热爱的长沙一样，龙丹妮也一直过着一种活色生香的世俗生活。

2010 年，龙丹妮组织马昊、曾轶可等十几个朋友去罗布泊无人区穿越。那是一个七天的旅程，她为大家把所有的装备物资安排好。有酒有肉有朋友，浩浩荡荡地出发了。

同一年，黄威和龙丹妮在中欧商学院成为同学。有一天，龙丹妮竟然找来一位导演，给全班 60 多位同学拍了一支 MV。"每个人都去录影棚唱黄龄的《HIGH歌》，大家都乐疯了"。

在马昊看来，这就是典型的龙丹妮式的游乐。"她狂爱这一切，就是她一定要掌控这个生活的乐趣"。

龙丹妮的办公室、行李箱、车的后备厢，都放着酒。有一年冬天去贝加尔湖，马昊发现，龙丹妮的衣服口袋里也始终装着一小瓶酒。

谢涤葵是知名的电视制作人，曾制作《变形记》《爸爸去哪儿》等现象级电视节目，他也是龙丹妮的高中同学。在去北非做"火箭少女101"的团综前，他收到龙丹妮发来的微信，第一句是："你带什么酒？"从撒哈拉沙漠里走出来的那个晚上，众人坐在银河下，喝光了龙丹妮带来的几瓶威士忌。

在黄伟菁看来，龙丹妮是那种最典型的媒体动物。在这个远离重复和日常，致力于为受众提供愉悦和快感的职业里，从业者需要像昼夜不停歇的钻井一样，开凿自己的精力和创意。

二十几岁初入电视台时，她曾在暴雨的露天舞台连续加班，泡发了七双球鞋。也是从那时起，她怀有一种极强烈的愿望，希望每一刻，自己都在进行着一种高饱和度的生活。

经视时期的老同事吴姿记得，那时节目组老被龙丹妮喊出去唱K。"大家都没什么钱，也年轻，都是周末的下午场或者零点过后唱通宵的晚晚场。她爱点王菲的歌，每首歌都唱了无数次。"

也是在经视时期，工作几年后的龙丹妮想买一辆天蓝色的MINI COOPER。长沙买不到，听说广州的车行能买，她一个人跑到广州，把车开回了长沙。朋友们回忆，她是长沙大街上第一个开MINI COOPER的人。

那时，不管下班多晚，龙丹妮必须去一趟酒吧。

1999年12月31日，千禧年前夜。世纪末的恐惧和新千年即将来临的兴奋，同时笼罩着所有人。龙丹妮一个人从长沙逃到北京，跟一帮朋友在一个酒吧里度过了世纪之交。

在长沙居住时，龙丹妮还和朋友合伙开过一间酒吧。酒吧的名字叫"日落大道"——美国好莱坞那条地标性街道的名字。"日落大道"在长沙名气不小。老板龙丹妮精力过人，"所有人都喝垮了，她还坐着"。但因为她一直请客，不让人买单，酒吧最终倒闭了。

2017年，从湖南广电离开创业后，龙丹妮把热烈的宴饮习惯从电视带到了互联网。最初，合作的互联网团队不理解，为什么每场直播完了必须所有人一起吃饭。"所有人一起面对面喝酒吃火锅，才能真正理解'人'是怎么回事。人和人之间哪有说讲一两句话、做一两个PPT就能搞定的呀？"

在老朋友、歌手戴娆看来，龙丹妮一直过着一种流水席般的生活。不论在工作还是生活里，她敞开感官，全面沉浸在由荷尔蒙、青春、美酒、音乐、美食、狂欢组成的尽性生存里，力求在每一个有限的生命单位时间，"必须把荷尔蒙和能量造完"，造完后再"吭哧吭哧把皮撕了"，像又新生了一样。

2020年夏天，哇唧唧哇在长沙开会。会议从早上九点开到晚上八点。Lucas记得，夜里吃完饭，喝了酒，龙丹妮还不尽兴，"走，去逛夜市"。凌晨两点，龙丹妮带着大家在长沙街头用气枪打气球。

朋友们都喜欢她喝得晕乎乎的时刻。聊着聊着嗨了，她开始跳舞，或者变身大演说家，"nothing，所有这些都是nothing"。

"到这种时刻，她讲的东西都和自己无关。到这种时刻，她特别照顾人类社会，关注哲学——'维特根斯坦的这本书你看过吗？马昊，你连这个都没看过！'"

但与许多人眼中烈火烹油、鲜花着锦的观感不同，在马昊眼中，龙丹妮是一个很悲观的人。她记得，自 2006 年在一起工作后，许多时候大家喝酒聊天，龙丹妮都会谈到死亡。

"从认识那天起，她就特别好奇死亡"，在马昊看来，这是龙丹妮多年的狂欢生活之下铺着的一层暗色，"所以她基本每天都要喝一点点酒，她知道会死亡，可是仍然乐呵呵的。她的人生态度里有悲观的部分，但也有及时行乐，就是乐和悲都在她身体里面"。

死亡和任诞

龙丹妮最早开始思考死亡，是在五六岁的时候。

龙丹妮记忆中的母亲，一直多病，在龙丹妮 30 多岁时早早离开。从小，龙丹妮就觉得死亡离她很近，她常常觉得下一秒钟，母亲可能就要离开她了。

父母在 40 岁之后才生下她。母亲的疾病，加上父母衰老带来的威胁，让幼年的龙丹妮对死亡产生了好奇和恐惧。

她很早就开始看许多跟死亡相关的东西。"再烂的电视剧，只要在演一个人快死了"，她就坐在电视机前，"很认真地看他们是怎么死的"。

再大些，她买来一张美国片子，里面是各种关于人离奇死亡的视频集锦：游泳溺亡的，被火车撞死的，头皮掀掉的，甚至还有火葬场把逝者送进焚化炉去火化的……

回忆童年和少年时期对死亡的恐惧和探索，龙丹妮说："我其实不是爱好，我是真的想看看生命是怎么回事，死亡是个什么东西，为什么人有的时候，突然就没了。"

死亡带来巨大的暗影。幸运的是，龙丹妮的生命里，还有另一重称得上自由开阔的明亮世界。

她是家里最小的女儿。从哥哥、姐姐再到她这里，父母像是管不动了，也似乎是出于一种更充沛的宠爱，整个童年和少年时代，龙丹妮不受束缚地长大。

她只上过一天幼儿园。那天上午，幼儿园老师要求每个人必须背着手坐好，午后必须午睡，从没被这样管束过的龙丹妮崩溃了。第二天，父亲骑着二八单车送她去幼儿园。快到门口的时候，她突然跳下后座，使劲往家里跑。

一位穿着高跟鞋的老师，从草丛对面追过来，鞋跟咔一声断了。父母没有办法，"算了，算了，随她去吧"。从那以后，她成了部队大院里的野孩子，"每天跟各种不同的人类打架，打打打打打"。

后来上了小学，临近小升初，作业量剧增，龙丹妮又崩溃了。一节自习课上，老师有事要外出，让她带着同学复习。老师一走，她站起来振臂演讲："同学们，你们还能忍受吗？同学们，这么大的学习压力，你们还能快乐吗？"等老师再回到教室时，所有学生都不在了。隔天，老师让她写检讨。站在讲台上，龙丹妮告诉老师："我还是觉得我没做错。"

那段时间，1983版《射雕英雄传》开播了。那是龙丹妮第一次追星，也是她第一次看到一个不完美女主角，"黄蓉个子不高，又不贤良淑德，挑战所有传统，总之就是'老子偏不这么干'"。

龙丹妮在黄蓉身上找到了一种真实人格的自我投射。从那时起，龙丹妮发现自己喜欢的，"永远是唱反调的女主角"。

谢涤葵记得，20世纪80年代末，他和龙丹妮、何炅都是湖南师大附中的高一学生。有一天下午，学生会副主席龙丹妮听说长沙城里新开了一间歌舞厅，"就是黑乎乎的，很多人跳贴面舞那种"。

好奇的龙丹妮，带着师大附中高一整个重点班的同学，逃课去了歌舞厅。进去之后，龙丹妮还不过瘾，她号召每个同学写纸条，现场投票选出班上最美的男生和女生。

"那时，别人班里也会讨论，但把它公开地表决选拔出来，只有龙丹妮在搞。"谢涤葵觉得，"这可能就是她原始的选秀DNA吧。"

这种澎湃的生命力和野性，一直持续到大学。大学毕业时，她本可以留在大城市工作。为了能够和男朋友在一起，他们一起去了位于遥远南中国海边的阳江电视台。只有那里能够同时接收两个相爱的年轻人。

足够幸运的是，一路走来，不论在家庭还是在学校里，龙丹妮的本真天性几乎从未被修剪和损伤。在许多关键的路口，她凭本能做出的决定，一再引领她走到了今天。或许这是成年后的龙丹妮，痴迷人性观察和一再强调"独立人格"的原点。

在生命意志充分飞扬的另一面，死亡带来的暗影也一直存在。初一那年，龙丹妮来例假了。她感到害怕，"别人都说来例假意味着青春期来了，我第一感觉是要死了"。

青春与死亡，任诞与恐惧，以及多年后马昊在她酒杯里看到的"乐与悲"，或许都从那时起，深深嵌入龙丹妮的生命版图中，构成了来自生命本源处的启示。

这种启示也贯穿了她的青年和壮年，让她始终在过着一种近似酒神精神般的生活。

酒神狄俄尼索斯是古希腊的酒、欢庆和戏剧之神。与日神代表的秩序、规范相比，酒神狄俄尼索斯站在生命本质是悲剧的基底之上，追求生命意志的释放、任性、狂欢和迷醉。

很长一段时间，龙丹妮的微信签名是："绝望，然而好玩；好玩，然而绝望。"这是陈丹青对鲁迅性格质地的形容。龙丹妮觉得，"这真的是我们的人生写照。其实人生就（是）一次一次在绝望当中活着，你总不能去死吧？死就是人的宿命，假定我还能活20年，倒计时已经开始，或者明年就怎么样，谁知道呢？可是活着的时候到底怎么办？"

龙丹妮的解决方案是，在承认绝望的同时，拼命燃烧。音乐、青年文化是她选定的毕生燃烧方式。而通过选秀，在自我生命意志的实践层面，龙丹妮最大长度和最高密度地沉浸在她追慕和热爱的青春王国中。在一次次对青春和本真人性的沉浸、挤压、激发、放大中，她以此去对抗死亡、衰老、重复、无趣和庸常。

今年47岁的龙丹妮，暂时还没有宗教信仰。如果一定要锚定一根能够对抗虚无和悲剧感的木桩，她觉得对她来说，"是对生命本质的一个信仰"。

"就是生命肯定最后是灰飞烟灭的，那么既然存在了，你就为它做点什么——就是因为人生是个悲剧，时间也太短，你才必须拼命燃烧自己，去做觉得好玩的事"。

迷雾

在选秀这件值得燃烧着去做的"好玩的事"里，"巨星"占据着重要的位置。

对一个以寻找和制造明日之星为志业的人来说，"巨星"代表着这个行业最高的光荣和梦想，"我最大的感叹就是，我们做选秀最大的 learning 在于，我们是在看每一年中国青年人都在干什么、在想什么，然后我们每天都处在一个时代变化的风起云涌当中。我觉得我最大的兴趣和爱好就是在这里面，我们能见证这个时代，我们看到了春春，我们看到了花花，我们看到了毛不易，我们看到了各种各样的孩子。"

"这个时代没有巨星了"，在五年前的一次采访中，龙丹妮宣告了巨星的终结。"如今只有自我和自我的碎片"。龙丹妮认为，这个时代，人和人之间不再有神秘感，也就没有了巨星存在的一个时空要件。

英雄是时间的产物，巨星也是。现在的偶像则相反，他们似乎总是当代人。对一个痴迷发掘和放大人身上光晕和魅力的"卡里斯马捕手"来说，这不能不算是一重"悲凉之雾"。

五年后，龙丹妮在重新思考这个命题的时候，也有了新的认识。她认为巨星只能诞生在"时代罅隙的碰撞里"。因为，"巨星是有争议的"。而在后疫情时代的全球化语境里，整体呈现出来的混沌、极化、裂化、端化，是有新的未知的可能的。"只有在一个没人能主导意识的混沌时代，很多东西在来回撞击，在和时代做呼应，巨星才会横空出世，因为 TA 代表了很多人喜欢的和不喜欢的想法。"

学者白玟佳黛认同龙丹妮对巨星的看法，"巨星需要冒犯，需要脱溢出规范，需要一个允许更多样性的存在环境"。

她也能理解龙丹妮对多样性和独立人格的审美价值偏好，"但对多样性的允许程度，实际上不掌握在龙丹妮手里，而是取决于更广阔的结构力量和时代土壤"。

龙丹妮曾是时代结构和土壤的巨大受益者。乐评人邹小樱认为，正是长久以来中国社会的人口红利，尤其是年轻人口红利，成就了"教母"龙丹妮和同业者们20年来的选秀大航海时代。但眼下这个新世界，显然不是一片"碰撞""混沌"和"争议"勃发的土壤。

这样广大和无形的逻辑，也在今天，像迷雾一样包围住了所有人。即使是龙丹妮，也无法将这张大网精确地与自己剥离开来。

她身处一线。她的公司是广泛的消费主义和消费社会的参与者和推动者。但身在其中的龙丹妮，又对消费主义有着清醒的认识，她认为当下，"全球最大的意识形态变成了消费主义"。

在选秀中，"可能就三个月，粉丝突然从零到了一百万，年轻人怎么面对他们的焦虑和困惑？"龙丹妮看到的每个人都很焦灼，"一方面想表达自我，一方面确实面对着一个巨大的消费主义时代"。

迷雾中的龙丹妮也没有答案。她批判性地看待日韩饭圈影响下的粉丝文化。在从业者中，她是罕见的持续在发声的人。但这种现代性张力般的"自己反对自己"，是否就能表明她的全然无辜？她今天所厌恶的逻辑和土壤，是否与她本人毫无关联？

在著名乐评人李皖看来，龙丹妮不仅是粉丝文化在中国语境中的早期共谋者，并且是"全程的一种制造者和共谋者"，"就是在这个行业的推波助澜下，粉丝文化迅速做大，变成当代文化生活的一个庞然大物，渗透到了文化生活的方方面面……成为一个更强大的力量，威力不可掌控"。

粉丝的不可控和复杂让龙丹妮挠头。她想了很久，还是没有办法，"我的能力无解，只能埋头先做自己"。

"她需要自己面对所有东西。"黄伟菁认为，"正因为你是前锋、开拓者，因此没人能告诉你怎么走。这个人生是你选择的，你责无旁贷。"

平庸时代

在朋友们的宴饮聚会中，看雕塑艺术家向京和选秀教母龙丹妮"掐架"，是一个永恒的乐趣和景观。

向京完全不看电视和综艺。有时，龙丹妮会推荐一些她觉得有意思的歌手，或者自己公司艺人的 MV 给向京。两个人行业相隔遥远，没有利益往来，向京评论起来毫无负担，很多时候，"话都很难听，甚至显得苛刻"。

在向京的地图和疆域里，龙丹妮在外部世界获得的前缀、标签、光晕，都不重要。"因为我首先当她是一个'人'"。

但有时，向京又会觉得，龙丹妮的那些口号、宣言、愿景、野心，"可能是她面对人生时的一种本能和自我激励。因为人生，其实挺虚无的，从 A 点到 B 点这一段过程，要赋予它一个什么意义，才能去克服掉所谓生命虚妄的那一面"。

包括过去五六年来，龙丹妮对当代艺术的热爱，以及热心于要让娱乐行业和精英艺术之间发生点什么的执着，都让向京觉得，"她是不退缩的，总想做些不同的尝试"。

对于是否接受这次采访，以及是否要在公共领域去谈论好朋友龙丹妮，向京有不小的疑虑。在不久前的一次火锅局中，向京提到这次采访，她告诉龙丹妮自己想拒绝，"除非你让我胡说八道"。

"行行行，随便你。"龙丹妮回答。

对于围绕在好朋友龙丹妮周围的个人神话，以及长久以来与"教母"有关的神化氛围，向京有着艺术家本能的疏离、冷峻和警觉。

在向京看来，今天的时代总体来说是平庸的，"马克斯·韦伯说的'卡里斯马'，还有本雅明的'灵光'，那个时代其实已经翻篇儿了，过去了"。

在这个平庸的时代，向京觉得今天的所有人，我们，everyone，都是普通人，"所以今天这个时代，我绝不会 —— 不是因为我吝啬，是因为我诚实——我不愿意把'天才'或任何类似这样的词儿加到任何人身上，我不轻易、我不随随便便把这样的大词儿用到谁身上，因为这是一个太稀缺的东西"。

"丹妮是实战派，她并不是创作者本人，她是创作者的发现者"，向京认为，准确来说，龙丹妮是一个"discoverer"。

向京不愿意把她推向神坛，因为"以她本性，或者以她的工作性质来说，她不是创造者本身，而是一个对创造力敏感的人，她努力地在这个平庸的时代发掘创造力"。

资本永不眠。在向京看来，好朋友身处的娱乐业，充满金钱的气味。但向京觉得，在那个昼夜不息的交易场里，龙丹妮还是一个独特的存在。

"首先她非常明显地，甚至有很多时候不加掩饰地，就是喜欢有才华的、有创作能力的人才。她充满兴奋劲儿，对她发现的那些有才华的小孩儿，她是把他们当成一个人去看待，而不是当成一个商品。"

向京承认，这或许是在美化龙丹妮，但这也是她们还能成为朋友的重要原因。创业四年后，向京眼中的龙丹妮有了很大成长，不仅仅是挣钱能力，还有心脏承受能力。"那是一个太险恶的行业，风浪也太大了。所谓鲜花和臭鸡蛋，她都得一个人承受。"

在这种时候，向京发现龙丹妮身上有一种"钝感"。这种"钝感"部分来自她精力旺盛的好身体和自己编织的那些价值。但向京也承认，或许正是这些"能够自圆其说的东西"，像一张"用所谓的意义努力编织成的盔甲"一样，把龙丹妮坚实地包裹了起来。

在穿梭于娱乐工业的丛林时，"她穿着那盔甲，又钝感，又不会受到'暴风骤雨''枪林弹雨'的袭击。同时，人一旦信了一个东西，就坚定了，能勇往直前了"。

死亡酒吧

拨开沉重的迷雾，在直播、选秀、狂欢之外，龙丹妮现在的生活和早年间有了许多不同。平静比快乐更珍贵吗？她不知道怎么回答。但遛狗比泡吧更美好吗？现在当然是的。

四年前，朋友怕她孤独，送了一只秋田犬给她。她给它取名"噗噗"。最初两年，她自己遛狗。有一次遛噗噗的时候，草丛里跑出一只流浪狗，跟着噗噗一路走，怎么也不分开。

龙丹妮没有办法，把那只狗也带回了家，取名"龙社会"。从此，"两只公狗，心心相印"。为了让两只狗放开撒欢儿，她给它们买了台后备厢宽敞的吉普车。

休息日的上午，黄伟菁穿着睡衣上门。有时，正碰上龙丹妮在厨房熬猪油。客厅里在播放黑胶唱片，两人在厨房边喝啤酒边聊天。

吃完龙丹妮煮的面条，两人一起开车去郊外遛狗。整片白杨树林里没有人，只有阳光穿过树梢，两只狗像列车轰鸣而过时一样狂奔。

新冠肺炎疫情带来 2020 年年初的停顿。和很多人一样，龙丹妮有了一个突然的假期。她一直喜欢做饭。那几个月里，她在家依次学会了做豆腐、咸菜、腊八豆。吃完午饭，打开手机地图，看郊区还有哪些地方没去过。收拾好露营的东西，往车上一放，喊上几个朋友，带上酒和冰块儿，去郊外烤肉，看云看树看狗过一天。

我们第二次长谈，暮色在冬日傍晚坠落的时刻，龙丹妮提到了墨西哥传奇女歌手查维拉·瓦尔加斯（Chavela Vargas）。38 岁后最焦灼的那几年，龙丹妮在朋友的工作室里，偶然听到了她的音乐。

龙丹妮被这个 90 岁老太太悲悯的歌声攫住了。那是被酒精和痛苦浸泡出的声音。龙丹妮找来她所有的专辑和传记。这是一个天赋异禀、年少成名的女歌手，但她喝酒喝到总是迟到，上台总是乱七八糟，最后所有酒吧的老板都愤怒了，不再用她。唱到三四十岁的时候，她彻底消失了。

再次被看见，已经是 70 岁以后。岁月和痛苦把她的才华淬炼得更耀眼。她还是爱喝酒，但她慢慢懂得了自律和自省，学会了围护自己余下的生命能量。她重新回到舞台的那一场演唱会，西班牙导演阿莫多瓦就在现场。他重新发现了她。

后来，90岁的查维拉要坐轮椅出行了。但只要有舞台，她必须站着歌唱。龙丹妮觉得老太太是真正的巨星，"独一无二的世界巨星"。

某一年假期，龙丹妮前往墨西哥寻访查维拉生前留下的足迹。她去了她曾经唱过歌的酒馆。在查维拉生前的纪录片中，有这样一句话："有个事实永远是不争的真理，当你做真实的自己，忠于自己，你就是最后的赢家……即便代价很大，要承受的东西很多，但最终胜利的是你。"

龙丹妮从查维拉这里获得了不小的支撑，"就是她用所有的能量燃烧，尽情地去燃烧，直到没有力气，真的把自己燃烧殆尽了，就结束了"。这才是"很用力地玩儿完了这一生"。

但衰老正在进行。马昊和龙丹妮开玩笑，将来老了，还要一起做选秀，颤颤巍巍地站在录制现场，看一代又一代的年轻人。

而龙丹妮有自己的计划。这个计划依然浸染着末日的狂欢色彩。她想老了以后，再开间酒吧。所有的朋友，都还要像小时候一样，动不动就溜出来喝酒。所有人都要来。

谁先"挂"了，就把谁的照片挂到酒吧墙上。

到下次聚会，每张照片前面摆杯酒。活着的朋友笑眯眯地喝，墙上的朋友也笑眯眯地看着。她们还讨论过，等所有人的照片都上了墙，再进酒吧喝酒的客人可能会被吓死。

至于酒吧的名字，龙丹妮也早想好了，"长沙话里有一句话，一个人要是'挂'了的话，叫 niao 掉了"。

那个酒吧，就叫"niao 吧"。

安小庆　文

安小庆　刘蓓佳　姚璐　闫坤沐　采访

姚璐　编辑

2021 年 2 月 22 日

一艘自己的涉渡之舟

不安

2021 年春天，我喜欢上了爬山。如果不出差的话，几乎每个周一，我都会去深圳塘朗山郊野公园行山。

广东是一个四季不分明的地方，一年中有九个月都是盛夏。或许正因为这种混沌，生活在这里的人，反而对季节的转换有更多的敏感。每年的 3 月中旬，大叶榕会在一夜之间掉落一身黄叶，换出一树嫩绿的新芽。

这是一年中所有岭南人最雀跃的时刻。走在路上，你会看到无数人停在树下，仰头举起手机拍照。大叶榕的新绿至多能持续十天。十天后，整座城市又复返葳蕤葱茏的深绿。

我第一次爬出巢穴一般的写稿屋去爬山，就是在这样一个新绿的春日。周一是编辑部开会的日子，我不在北京，省去了这个流程。周一下午，同事们在北京的办公室评报，我在山上一边爬，一边思考要做的选题和要写的稿子。

给许多读者带来触动的《平原上的娜拉》，就是在上山下山的步履更迭，在岭南植物的辛辣气味和潮湿山林空气的包围中，慢慢慢慢完形的。

有次行到半山，接到编辑的电话，她问我打算怎么去写刘小样的故事。山上信号很差，那天我换了七八个位置才打完这通电话。最后我起身的地方，有一片扑着山体生长的野生覆盆子。这个夏天，我从这里摘了好几捧红果果。

对我来说，爬山是生活中少有的能够实现多线程作业的事。出差采访是快乐的打猎，回家写稿是漫长的囚刑。写稿太痛苦了，常常枯坐半日，也写不出一个开头。

我从小喜欢植物和树，不管遇到多烦心的事，只要看到它们，我就觉得有被安慰到。加上2021年下半年，我计划去青藏高原完成一个持续了几年的采访，为更好地完成工作，我想到了用爬山来缓解写稿的痛苦，兼提高心肺功能。

在爬山的过程中，许多坐在电脑前想不通的问题，反而通达了。最近一次爬山是在半个月前，当时我脑子里盘旋的问题是，到底要不要打一个补采电话。

那几天，我正在对植物科学画家曾孝濂先生的稿件做最后修改。文章的内容和结构，已基本定型。但我内心始终有一种不安。

2021年的春天，我在昆明用一周时间完成了对曾孝濂本人的采访。那一周里，我发现曾孝濂的夫人张赞英，始终以一种极为沉静和耐心的状态在照护曾孝濂：一天三次提醒他下楼吃饭，给他剥橘子、倒水、泡咖啡，转达外界发来的每一封邮件和每一条信息。曾孝濂也早已习惯这种全方位的照护，从食堂走出来，自己忘了扔掉的纸巾也会递给妻子。

张赞英每天要处理的事务繁多。我只在一个午后，找到机会跟她聊了两个小时。那天，我们的话题主要还是围绕曾老师的创作和患病后的治疗过程。

离开昆明后的几个月里，我又采访了差不多20位曾孝濂的社会关系对象。他们的讲述，帮助我建立起讲述曾孝濂故事的丰厚材料仓库。我和编辑都觉得，这些内容足够行文了。直到快要定稿时，我脑子里突然出现一个场景：我们一起从食堂走出来时，曾老师把用过的纸巾递给张老师，张老师迟疑了一秒，还是接过了那团纸。

到底要不要再给张赞英打一个电话，补采一下过去70年，她眼中的故事版本以及她作为个体的生命经验呢？爬山途中，我一直在左右互搏。

左边说，不用了吧，材料已经足够，初稿快三万字，容不下更多内容了。右边说，可是你在昆明的时候，想问的问题都没问完，这样的采访肯定不完整。左边又说，现在的人压力大，喜欢宁静圆融的故事，没必要打破这种"纯净"。右边又说，反正不补采的话，你一定会后悔的。

我跟张赞英约了两天才约到时间。她太忙了。那几天，城里的老房子淹水了，房门、家具、画作都被泡坏了。她要坐公交车进城收拾，还要和物业公司、保险公司、楼上住户逐一沟通。

夜里九点，电话接通。我说，她眼中的故事版本、她本人的生命经验，以及她在家庭生活和曾老师职业生涯中所起到的作用，是这个采访中不可缺少和应该得到重视的。

张赞英听了，完全没有我预想中的客气、推脱和谦让 —— 我们对承担了传统家庭角色分工的老年女性，总是怀有这样的刻板印象 —— 在电话那头，她坚定地告诉我，是的，确实是这样，曾老师"单纯"（张立宪评价曾孝濂语）的生命状态背后，是她常年的承担和付出。

那天晚上，我们聊了三个多小时。这位 80 岁的女性跟我分享了她一生中最重要的若干抉择时刻，讲述了她生命中的遗憾和痛苦。当她告诉我，这些话从来没有跟人说过，包括最亲近的家人，而这些遗憾到她离开的那天都会一直存在时，我的心脏像在被一双沾满粗盐的手狠狠揉搓。难过的同时，我也庆幸自己打了这个补采电话。

半个月后，文章发出。读者们为曾老师的故事所打动，也有不少人在留言中向张赞英致意："张赞英的人生同样值得写这样一篇文章。"

这让我想起更早前，《平原上的娜拉》一文发出后，我写了一篇作者手记。在那篇手记中我谈道，之所以在采访和行文中比较重视丈夫王树生的声音，是不希望他只是一个单薄的背景板式人物。同样是在留言区，一位读者评论："真的很想看王树生的故事……想知道王树生是如何成为王树生的，这一次，倒也未必非得是女人才行。"这条评论获得了近500个赞。

这些都是工作中的快乐时刻。作为作者，你通过自己的工作，部分实现了不同性别、身份、文化、地域、阶层的人们，对彼此的关心、好奇和共情。通过自己的工作，你抓住了一个极宝贵的机会，成为一个从来没有被分享过的生命故事的听众，让一个独一无二的生命经验不再是树影似的私语，而成为一扇明亮的窗、森林里另一棵迷人的独立的大树。

不忍

这就是我工作的常态——常常要处理和性别问题相关的选题。在《每日人物》和《人物》工作的五年多时间里，我大概是编辑部里最常做女性人物述评和报道的作者之一。

加上我在日常生活、工作群、朋友圈里，常年口无遮拦地刻薄有性别偏见的男性，批评看不惯的性别不公现象，差不多从七八年前起，就不断有人小心翼翼地问我："你是不是成长过程中吃过很多性别的苦？"

我记得工作后的某一年，参加李思磐等老师组织的一个名为"媒体与社会性别意识"的训练营。那两天，一个男性媒体人一直在课间和饭桌上大讲黄色笑话。我几次出言嘲讽都没有用，最后只得换了一张桌子吃饭。一位女性同行后来问我："你反应这么大，是不是以前吃过亏？"

我的白眼简直可以从下巴翻到后脑勺。这种看似理所当然的推测，实则是一种极大的思维上的懒惰和对他人的冒犯。后来，在这种推论的刺激下，我开始慢慢去翻查自己的成长经历。

在回溯中我发现，我不能说自己从未遭遇过性别带来的阴影。但与朋友们、同事们，以及我在工作中和社交网络上了解到的平均状况相比，我认为自己确实不是一个典型意义上的"性别受难者"，也不是一个痛苦的"绝地反击者"。

相反，我可能成长在一个和绝大多数传统中国家庭，或者和大部分少数民族家庭的性别观念都十分迥异的家庭。

我的父母、我那些出生年代更久远的族人，是生活在中国西南群山深处的彝族山民。数千年来，尽管远离平原和权力中心，但父权制和男权文化的无边大网，依旧牢牢笼罩着在这片边地上生活的八百万彝族人。

在漫长的历史和生活中，彝族女性承担大量生产性劳动，却不能进入族谱，没有和男性一样的家庭财产继承权。没有生育儿子的妇女会被终生歧视甚至被离婚，未婚女性在婚姻市场被明码标价，作为人力商品在家族之间流通……

在这样无孔隙的文化塑造和结构性歧视中，长久以来，彝族家庭极少将家中的女儿送到学校接受教育。而我的家庭则是一个例外。

爸爸妈妈生养了五个孩子。我最小，上面是两个姐姐和两个哥哥。在姐姐们渐渐长大的 20 世纪 70 年代末，我们全家从山里搬到了县里。姐姐初中毕业后，家里又把她像哥哥一样送去成都念高中，后来又上了大学。

家里五个孩子都上学，其中三个是女孩。在很长一段时间里，爸爸妈妈都是当地社群和亲戚眼中的怪人。我依稀记得有时他们会跟不理解的亲戚解释："彝族女人活在这里实在太辛苦了，我不想我的女儿也这么苦。"

这样的话，不仅是妈妈在说，爸爸也常说。这个家庭所有的决策都是他们一起完成的。成长过程中，我固然看到爸爸身上无法忽视的许多父权作风，但也常常看到他在我们面前、在亲戚面前，毫不吝惜地赞美妈妈的聪慧、能干和美丽。

或许是因为爷爷去世太早，奶奶一个人带大他太辛苦，爸爸对彝族女性的生存状态有强烈的不忍和同情。又或许是因为爸爸妈妈出身背景相似，从祖辈身上早早看到文化和知识的力量，所以他们始终相信，不论时代如何变幻，知识能够照亮一个人的生命，甚至改变一个人的命运。而这样的照亮和改变，对自己的女儿们来说，尤为重要和必要。

这就是我的爸爸妈妈做出所有决策的起点——不忍。今天，有不少朋友、同事将我视作坚定的女性主义者、平权主义者。但如果要为我对性别问题的关切寻找一颗最遥远的种子，我想我生命中最早出现的女性主义者和性别平权的践行者，就是我的爸爸妈妈吧。

最初，他们只是想让自家的三个女孩和男孩一样享有受教育的权利，享有获得智慧、真理和美的权利，享有去更广大世界逍遥游的权利，享有更自由和更主动地掌控自己生命的权利……

很多年后，我和姐姐们都大学毕业。加上两个哥哥，我们家一共有五个大学生。即使在今天的凉山，这也是非常罕见的。在爸爸妈妈的影响下，慢慢地，越来越多的亲戚也把女孩送进了学校。

等到姐姐们结婚时，爸爸妈妈又做了一个令所有人诧异和不解的决定。准确地说，那是她和他早就达成的共识：女儿结婚时，绝不要男方家庭给的"身价钱"。

"身价钱"大致可以理解为汉地的彩礼或者聘礼，由男方家族支付。完成"身价钱"的转移后，女性就从一个父系家族被转交到另一个父系家族手中，从此与自己出生的家庭没了本质的联系，家里所有的宗教祭祀活动也不再包括她。

童年时，我常常听爸爸骂那些"卖女儿的人"。他替他们感到羞耻——为人父母，怎么可以把自己的女儿当作牛马一样标价买卖？

直至今天，彝族民间婚姻市场对每一个未婚女性都有一套严密的打分和标价系统。无学历、初中、高中、大专、本科、硕士、博士，分别对应不同的价格。没有工作、私企工作、体制内工作、老师、公务员，又对应不同的价格。这些再叠加年龄、家族名望、面容长相等因素，计算出一个总的价格。双方通过中间人就此讨价还价，最终达成交易。在传统中，这笔钱和新婚夫妇无关，全部由女方父系家庭拥有。

姐姐大学毕业时，按照那时的"市场行情"，一个大学生可以获得数十万元的"身价钱"。但直到我结婚，爸爸妈妈都没有从三个女儿身上牟取到这笔暴利。

这个决定令周围所有人侧目。很多人说他们脑袋有问题，做了一辈子生意却不懂生意。而与送女孩上学相比，不要"身价钱"一事显然太难模仿。在我记忆中，似乎还没有其他亲戚这样做过。

后来我上大学了，在书里看到"物化"这个词。我想，爸爸妈妈蛮新潮的，是老家反抗"物化女性"的先行者。但现在当我坐在电脑前，追溯这些过去的碎片时，我才意识到，作为出生于20世纪中叶，从第一口呼吸开始就浸泡在浓厚父权和男权文化中的他和她而言，能从切肤的不忍和不忿出发，做出和周围人完全不同的选择，这需要多大的勇气和多坚定的想法啊。

不沉默

在一个少数民族聚居的社群里，做异类向来是辛苦的。对我的父母如此，对我而言也是这样。如果一定要在童年时期找出一些沉重阴云，那么除了邻居的初中男生在我们小女孩面前调笑男女隐私部位之外，我那时最大的困惑和伤害，其实是来自身份问题。

我两岁多就上了幼儿园。那时县城的机关幼儿园里基本都是汉族干部的孩子，老师也是汉族。老师不喜欢刚从山里搬到平地、连汉语都说不清楚的彝族小孩。尽管还在蒙昧和混沌的幼年期，但我依然敏锐地识别出了来自大人的区隔和恶意。

后来上了小学，我终于能用语言表达自己的好恶了。一年级刚开学，班上有几个男生总是挑衅地叫我"蛮子"。在这之前，我只从街上大人们的口中听过这个词，知道那是不尊重人的称呼。

放学回家，我把这件事告诉了妈妈。妈妈说："明天他要是再敢这样骂你，你就反问他，'我偷了你抢了你什么东西，你这么叫我？'如果他还是不听，你就告诉老师。如果他敢动手，你就用手肘撞他肚子。"

妈妈的话很有用。在我的语言反击下，那些顽皮的男生后来都闭嘴了。从那时候起，我知道自己是有安全网的，而人受了欺负是不必沉默和忍耐的。沉默和忍耐不是美德，愤怒和人的修养也没有关系。

这或许也是我从爸爸妈妈身上看到的最明亮的品质之一。

税务局算错了数字，爸爸会据理力争。有亲戚在纠纷中丧命，爸爸买来图书自学法律知识，帮他们写材料、打官司。每年春节，爸爸会给街上的流浪汉发压岁钱。有一年，其中一个大高个儿还唱了一首《小草》送给爸爸做礼物。

妈妈同样地将人的尊严视作存在基础。她一向教育我们，不能欺负别人，但受到欺负的时候，不要害怕，不能退缩。我的二姐姐上初中时，在下晚自习的路上被同级几个女生霸凌，其中一个女生是县委书记的女儿。第二天，妈妈去学校，带着姐姐从一排教室里找出了那三个女生，要求她们逐一向姐姐道歉。

这些都是我六七岁的时候发生的。我至今还记得姐姐下晚自习回来时满脸的泪水，也记得那晚，爸爸妈妈坐在客厅沙发上告诉姐姐："别怕，明天我们去把那几个人找出来算账。"在这样的氛围中，我和姐姐都习得了一种理直气壮，那就是人捍卫自己的尊严和权利，是再正当不过的事。

有一次，我和姐姐去菜市场买菜，看到一个大叔从老乡背篓里偷拿了一捆折耳根。姐姐捉住他的手，让他放回去。而刚刚过去的一年，姐姐一直在想各种办法帮助一位被家暴的同事维权。平时她还会穿着"WE SHOULD ALL BE FEMINIST"的T恤去上班。

和姐姐一样，我也几乎保全了自己的天性。小学三年级的期末，音乐老师临时改变了考试方式，让同桌的两位同学一起唱一首歌，根据二人表现打一个平均分。

那时，我的同桌是一个五音不全的内向男孩。我们站在老师面前唱了一首歌，老师在成绩册上填了83分。我觉得这太不公平了，当场就告诉老师："这不公平，我要退出这次期末考试。"

音乐老师没想到一个小女生会反抗她的安排，第二天又让数学老师来给我做思想工作，希望我像其他同学一样配合考试。我拒绝了。最后，似乎是班主任参与调停，给我争取来一个90以上的分数。

到了五年级，班上的几个大龄男生，总爱从语言和行为上骚扰我的一个好朋友。她很漂亮，几乎从不跟人发生矛盾。有时候，为首的那个男生甚至会用手去触碰她身体的敏感部位。我看得怒不可遏。可言语上的反击也没有作用。

有一天，我的好朋友被他们吓到在座位上尿失禁了。那天我实在气疯了，放学回家的路上，我一面安慰她，一面从墙上的粉笔画里得到了启示。

我把为首那个男生的名字写在一条小巷的墙上，骂他是王八蛋。男生很快就知道是我骂了他。他在同一面墙上反击了我，还去校长那里告了我的状。

放学后，我们都被校长叫进办公室。校长是个快退休的小老头儿，那天一进门，我便感到极度气愤和羞辱，我大哭着问校长："你凭什么把我喊过来，你难道不知道×××都干过些什么吗？"

吼完他们，我摔门走了，回到家里，也没有跟爸爸妈妈说这件事。之后，那几个男生不太骚扰我的朋友了，校长也没有找我麻烦。过了好几个月，妈妈才悄悄问我为什么要一个人处理这件事，不告诉大人。我没有回答。可能因为这涉及朋友的隐私，也可能因为我对成人世界还是抱有疑虑，而这又是当时的我觉得必须去做的事。

再遇到类似的事，是到了高三。有一天，我的好朋友没来上早读。我在宿舍找到她时，她正趴在床上哭。她说，早上来学校的公交车上，她被一个老头子性骚扰，下车时才发现裤子都弄脏了。我到现在还记得她的无助和破碎。

那种恶心的感觉让她在宿舍躺了两天。我们认真想过要如何去

"复仇"。可是高三的时间太紧张，"复仇计划"还没来得及展开，我们已经进了大学。

不甘心

一路向北，火车开了两天两夜。曾经铁桶一样围住四周的高山，成为快速移动时掠过车窗的模糊背景。

成都平原富庶，菜叶极油绿。观音山嵯峨的蜀道果真难于上青天，黄土高坡确有人住窑洞，豫东平原的暮色中不少乡村教堂，德州扒鸡一般，天津大麻花乏味……

这是我第一次离开故乡独自远行。此前，我们住在凉山深处的乡野。不论站在二楼的阳台远眺，还是奔跑在麦田或者过人高的油菜花田里，四周都是墨绿近黢黑的高山。常常在背书或者发呆的时候，我会去想山那边是什么样的世界。

对群山之外的不甘想象，大多来自家人。爸爸出差，带回柚子、烤鸭这些本地没有的物产。到寒暑假，在北京、成都上学的哥哥姐姐全回家了，带回《基督山伯爵》《乱世佳人》《南方周末》、张爱玲、钱锺书、集邮册、咖啡、连衣裙、流行金曲……

快开学前，妈妈用腊肉、香肠塞满他们每个人的行囊。我极其羡慕这种待遇。通常是出发前的夜晚，东西收拾好了，一溜摆在墙边，我假意提起其中一只沉重的大包："再见，我要赶火车去北京了。"

所有人都笑起来。那年大概是寒假尾声，爸爸决定带我一起送姐姐去成都报到。我记忆中最大的一场雪，就在出发前的夜里降临了。

雪花有成年人的拇指盖大小，从铅灰色的深空簌簌落下。暴雪阻塞了县城汽车站通往最近火车站的山路。一连四天，每天都是让我们回家等。

当时，我用铅笔记下了从开初兴奋到锲而不舍再到最终沮丧的全过程。在日记里我还做天问状："这些山怎么这么难翻过去啊！"

后来，我终于翻过群山，考进州里的民族中学。可是高原城市的四周还是墨黑的高山。一个周末的夜里，我趁妈妈睡着，打开了电视机，那大概是接近零点的《半边天》重播。我用微小的音量，看完了来自北方平原的陌生女人刘小样的故事。

和许许多多的观众一样，我被震住了。那是我第一次在国家媒介平台上，看到一个普通的中国女性讲述自己对存在本身的不满和困惑。那时我还没有念中文系，不懂西西弗斯，不懂现代性的张力，也不懂娜拉和女性主义。

在懵懂的巨大的冲击里，我内心最深切的感受是：她怎么说出了我心里的话？平原上的她，对远方世界的向往，为何和群山包围中的我一模一样？

这个夜晚之后，日子似乎还和过去一样，但也有一些东西和过去不一样了。在那时的周记里我写道："以后高考填志愿，全部都要填省外的，越远越好。"

高原小城拥有我记忆里最荒凉和最令人心慌的阳光。每到傍晚，和苞谷叶子一样枯黄的余晖，让人产生一种对人生最广大的惘然和恐惧。奇怪的是，看过那期节目后，我心里似乎静定了一些——刘小样女士可能像一只火把，让同处荒原的我看到了同频的光和讯号。

同样重要的是，从那期节目以及《半边天》的其他几期节目里，我开始清晰地意识到，女性是一个多么美好、复杂、丰富、充满灵性的物种啊，这奠定了我后来的审美。我也喜欢主持人张越说话的方式，喜欢她和同事在遥远的地方，源源不断地带回不同的人的故事。

这些新的碎片和爸爸妈妈最初带给我的那些影响，可能一起长成了树上的一只果子，它偶然地掉落到一个人的生活里，在果肉剥离降解后，留下一颗种子或者变作一支船桨。

后来，我真的跨到山的另一边。新生活次第展开，在浩瀚的课堂和图书馆，我第一次体会到无功利学习的快乐。此刻的我，不再为老师的赞美、家长的骄傲、同学的羡慕、高考的分数而学习，我只为了我，为了自己全面而自由地发展。

北京师范大学的中文系课堂，是我所有求学阶段中最想穿越回去的地方。文学院的老师们，带我们进入古今中外人类所创作的如星空般无垠又迷人的文学经典和杰作中。

那之中不只有文学和文字的美，也有人性的复杂和幽微。不只有对具体文本的无限靠近和精确解剖，也有退到"零度"和具体时空之外，对写作、创作者及其意义生成之网的冷峻审视和批判研究。

我也读到了更多与女性有关的创作和理论。北师大中文系的本科课程设置严格艰深，每到学期末，除了每门课程的闭卷考试，还会有至少四篇以上的课程论文或者读书报告。

在高强度的学习中，我学会了快速寻找资料，完成文献综述，再以此为基础论述自己的观点。在我大学四年完成的近 50 篇论文和读书报告中，几乎一半涉及女性的主题。这些技术和主题上的积累，也成为我后来喜欢做女性人物述评报道的一个原因。

然而中文系四年对我最深远的影响，并不在所谓的文笔或阅读量。大二时，我已经清楚地知道，那时我非常热爱并最终选定的专业方向 —— 文学理论，将对我本科、研究生阶段的学习，乃至具体的生活和生命，产生全面的影响。

文学理论，是中文系所有专业方向中最具抽象思辨能力和跨学科视野的一个。它不仅致力于研究文学的每个细小部件，如语言、结构、原型、意象，也将野心扩展到整个人文社科领域，从社会学、心理学、人类学、媒介批评、性别研究、电影研究等学科中大量吸取理论资源，对文本之外那些与人类文化生活相关的种种社会现象进行研究和批判。

北师大拥有全国最好的文学理论专业。老师们带领我们这些刚刚摆脱应试教育的学生，进入到一个几乎是新的世界。这里不止于文学的美，还有理论带来的真和锋芒。

学姐们都说文学理论方向的课程拿高分很难，对刷学分绩点没太大功用，不过我还是选修了这个专业面向本科生开设的近十门课程。其中"文学概论"这门课，王一川老师给我打了99分——成绩来自闭卷考试和一篇有关鲁迅的读书报告。此外，其他多门文学理论相关课程也拿到了高分。

如今想来，我所收获的巨大乐趣，源于我似乎找到了一扇望向世界的窗户。从这扇窗户望出去，我对世界和所处社会的许多困惑得到了解答。从那时起，我已经开始无意识地打造一艘船，这艘船里不仅有文学的美和救赎，还有一些别的同样重要的东西。

比如，历来如此便是对的吗？人类的话语和修辞是如此具有欺骗性，而一旦文化研究和批判的视角进入血液，你便获得一种免疫力。在人类的世界，没有什么东西是纯洁的"自然而然"。文学经典是这样，浪漫爱的神话是这样，革命是这样，启蒙是这样，母爱是这样，童年是这样，核心家庭是这样，广告是这样，娱乐产品是这样，"女孩应该有女孩样"是这样，连历史（history）本身也是这样。

大学毕业前，我以丁玲延安时期的多部短篇小说为细读对象，研究革命中"受侮辱和受侵犯的女性歧义修辞"，获得优秀毕业论文。那时我并不知道若干年后，我将在采访和写作中一次又一次地遇到丁玲、萧红和张爱玲。

但文学院也并非一个完美的乌托邦。在大学四年里，我和同学们目睹了不少发生在女学生和男教师之间的所谓"浪漫爱情"。有的老师甚至公然将心仪女生免试招录到自己门下读研，这极大损害了教育的公平性。

除了这些"红袖添香"的"逸事"，我记忆中印象最深刻的是一位青年男老师对戴锦华老师的评价。那时，不论在现代文学课、当代文学课还是文化研究、电影批评的课上，戴老师在不同时期留下的经典著作，都给我们带来了深刻的洞察和新鲜的阅读体验。但有一次，这位男老师告诫我们，这种满地都是锦绣碎片的文风学不得，学问不是这样做的，文章不是这样写的。

在这里，先不必去谈他对戴老师学术著作的整体性偏见和误读，单说他那段告诫背后的潜意识，就非常有意思。我想，大概在这位老师关于文学研究的"正统"观念里，女性的语言和声音都是碎片化、无中心和缺乏理性的吧。更有意味的是，当十年时间过去，对照这两种学院教师的生命轨迹，是谁一直在影响和启示一代代年轻人，又是谁在持续不断地做着真正的知识生产工作并坚定履行着一个知识分子的职责呢？

不放弃

如果说，从家庭里自然生长出的女性意识，以及对尊严、公平、正义的倚重，是我在成长中获得的第一支船桨，那么在大学期间获得的知识框架和批判思维，则是我找到的第二支船桨。此后的记者工作，幸运地给我一具能够跻身其中的船身，我以它们渡过正在面对的生命河流。

研究生毕业后，我来到广州南方都市报工作。那时的"南都"，有国内最开放、最开诚布公、最具新闻专业主义的业务氛围。我在那里获得了宝贵的职业训练，也交到了许多许多好朋友。

但我不得不说，那时的市场化媒体中普遍存在一种大多数从业者不自知和不自省的"厌女"氛围。女同事是可以轻易用来开黄色玩笑的。而年轻的女实习生们，每个暑假源源不断地到来，是已婚和未婚的男老师们心照不宣的"猎物"和"礼物"。

上班第一个月，我和摄影同事一起出去采访，明明车上还有空位，这位男同事却叫我坐到司机腿上。我直接建议他："你把你家人找来坐司机身上，TA 们走了我立马坐上去。"

在工作群里，也常常有男同事发色情图片，这似乎已经成了一种公开的社交礼仪。一次，广州一位官员被曝出在澳大利亚性侵女性。一位男同事在群里嘲笑那人只用"手指"实施犯罪，"实在不算个男人"。我在群里狠狠骂了他。过了几年有人告诉我，那男同事不仅试图在 KTV 侵犯实习生，还曾经在出差时性骚扰一位女同事。

这样的氛围，许多人习以为常。有一次开会时，一位女同事又被调笑说："你坐他大腿上吧。"我直接告诉那个男同事，这个玩笑真的很老，一点都不好笑，最重要的是，这很不尊重女性。事后，他觉得十分委屈。最令我惊讶的是，还有一位女同事觉得我太敏感了。

在性别问题上，许多别人觉得"正常"的，我都觉得"不正常"。但凡遇到这样的事，我从不忍耐，就算那些言语、行为来自我的朋友或者领导，我也选择直接说出自己的感受。很多人说："直接说出来，不觉得场面很尴尬吗？"

我想说，制造尴尬和不快的不是我。而且对于所谓的尴尬和社死，我早就习惯了。初中一年级的时候，少数民族的男同学们热衷举办同乡会。有一天，我收到来自同一个县的同乡会邀请，我以"老师找我有事"推脱了。我能够想象同乡会的场面，男生们按照各自的姓氏攀查亲戚关系，喝啤酒、吃烧烤、称兄道弟，模仿成年男子展现一些可笑的男性气概，建立一些虚弱的兄弟情谊。女生则在他们的暗示和提示下，不断敬酒。太幼稚了啦。

那个周五放学后，我一个人从宿舍收拾好东西回家。当我走到路口，准备上坡时，我发现旁边聚集的那堆人，正是我的同乡们。

那是我人生中真正的第一个大型"社死"现场。坡道有两百米长，在他们的注视下，我一个人缓缓爬了上去。那之后，"拒绝"不再成为使我尴尬的来源。做人就是要开心，不是吗？所以，当许多报社同事认为是我带来了尴尬时，我觉得应该改变的是他们。

或许是因为那几年我不间断的敲打，或许是因为人本身所具备的自省和共情，不少同事后来都发生了变化。我和他们中的不少人都成了好朋友。

两年前，其中一位朋友告诉我，是我对他的性别观念进行了启蒙。这是很大的词，我不认为自己做到了。我只是不掩饰自己的愤怒。或许是因为我成长的家庭环境，或许是因为我的知识结构，从一个正常的坐标系出发，我才愈发感受到许多不正常和不公平。我想做些什么去改变这一切，哪怕只是抽走这面高墙里的一块砖。

最近，我从播客《随机波动》的一期节目中知道，日本学者上野千鹤子在一本书中谈到"一人一杀"[1]这个说法。大意是，女性在日常生活和工作中，不应该放弃"挽救"和"改造"男性的机会。简单来说，就是能救一个是一个。

我想自己基本上做到了这一点。有一位男性好友，这几年来一直接受我全方位的"敲打"。他是一位标准意义上的性别受益者，

1　［日］上野千鹤子，田房永子：《从零开始的女性主义》，北京联合出版公司，2021年，第89页。

过去他习惯将许多性别带来的"特权"视作理所当然。

变化是如何发生的呢？他的妈妈两年前罹患癌症离开了，他一直很悲恸。半年前，他给我发来一段微信，说前不久奶奶也到了肺癌晚期。老家的叔叔和亲戚们要求他把妈妈葬回老家，说这样奶奶的病才能好。按照南方的风俗，他觉得父亲肯定也是这么想的。

他犹豫了很久。他始终记得妈妈临终时说过，不想再回去了。他说那个时候，"她头脑也不是很清楚了，但想到她生来也不是谁的老婆，也不是哪家的儿媳妇，也不是谁的妈妈，她就是她自己。所以就决定了，在市区买块墓地让妈妈一个人待着"。

这是我今年听到的最好的故事之一。正如大家将在这本书中看到的，《人物》的作者和编辑们在过去六七年里，饱含耐心和深情，用文字讲述了许多有关女性的故事。就我个人而言，可能一半的工作都要面对性别议题。这是我在日常生活之外，选择的另一种"有一杀一"，或者日拱一卒。

我还是常常感到愤怒，有时这种愤怒让我无法平静下来。我将它转换成文字。

在《香港为什么有那么多"疯女人"》里，我试图描绘香港这座超级大都市长久以来存在的酷烈一面。在《林奕含身后一周年：她留下的血肉擦痕，我们永远记得》中，我加入林奕含用文字"复仇"的队列，去告诉更多人，"任何关于性的暴力，都不是由施暴者独立完成的，而是由整个社会协助施暴者完成"[2]。在《韩国演艺圈：父权幽灵下的"绞肉机"》中，我试图为死于父权铁幕和"无意识杀人团"的女孩们写下一篇"葬花吟"，也试图让更多人看到东亚数千年来的父权制文化与高度发达的娱乐工业如何联手制造出如空气般无处不在的"厌女症"氛围。

在愤怒之外，我也在文章中描摹过许多美好、强大、丰富、充满生命力的女性，她们是代驾司机、艾滋病人、生态移民、出家人、演员、商人、歌手、作家……几乎每一个人都给过我力量。

最新一季美剧《傲骨之战》中，每当遇到难事，女主戴安就会跟幻想中的 R.B.G.[3] 对话，寻求她的帮助和开解。事实上，R.B.G. 已经离开我们一年了。2020 年十一假期，我坐在电脑前写了一篇名为《她度过了不起的一生，1933 年出生的"金智英"》的文章，以讣闻的形式怀念属于我们所有人的金斯伯格女士。很奇妙，那篇文章完成后，每当遇到一些困难，我就会在心中自问："如果 R.B.G. 遇到这样的事，她会怎么做呢？"

这个和戴安撞梗的自问，真的蛮有用的。老太太的存在，让我在愤怒之外，更相信坚持和持续做事的价值。就像金斯伯格曾经描

2　林奕含：《房思琪的初恋乐园》，北京联合出版公司，2018 年，第 242 页。

3　鲁斯·巴德·金斯伯格（Ruth Bader Ginsburg），美国联邦最高法院史上第二位女性大法官，一生致力于争取、维护与保障女性权益。许多人习惯以其姓名缩写"R.B.G."来称呼她。

述自己的工作是"幼儿园教师"。

在漫长的岁月里，她通过一个个的案子，一次又一次耐心地、重复地让最高法院的男性大法官和法庭外的人们，睁开眼睛，穿过蒙昧，去看见和共情女性作为"二等公民"的生存处境。更为难得的是，金斯伯格在愤怒的同时一直坚信，如果女性想要获得平等，男性也必须从刻板的性别期待和塑造中被解放出来。

在搜集资料的过程中，最令我震动的一个故事是，金斯伯格用了近30年的时间，才让最高法院前首席大法官伦奎斯特，从对性别平权的观点充满攻击和怀疑，到在自己的审判中真正尊重女性作为"人"的意义。

金斯伯格说，那确实非常艰难，"我试着教导他们的一个观点是，在你心目中试想一下，你的女儿和孙女所生活的理想世界是什么样的"[4]。

不愧悔

对记者来说，这显然不是一个理想的世界。在工作五年后，纸媒成为人员迁徙最浩荡的黄昏行业之一。不过我还是很喜欢记者这

---

4 出自纪录片《女大法官金斯伯格》(*R.B.G.*)。该片于 2018 年在美国上映。

个工作，它在满足我对人的好奇心的同时，似乎能部分缓解我对死亡的恐惧。

我小时候非常怕死。有一次，二哥从北京回来过暑假，我在阳台上问了他一个问题，人死了之后会怎样？他说，上天堂啊。这个回答并不能让我满意，后来我发了几天呆。

是到了这几年，我开始有了一点明晰的认识，是不是喜欢做记者的人，从内心深处来说，都是比较怕死的，因而也比较计较自己要做些什么，才能从密度和质量上扩充这段时空有限的旅程。

这种对死亡的恐惧和对职业的困惑，在 2020 年春天达到了顶峰。在一种普遍性的动荡和悲观氛围里，我开始思索，如果有一天不干这个职业或者生命终止了，哪些选题没有完成，我会觉得特别特别遗憾。我打开手机备忘录、电脑文档、小本本，画出了几个题目，其中一个就是《半边天》和刘小样。

我用了大半年的时间，完成了这个如果不做一定会后悔的选题。在整理速记和资料时，每当读到小样在《半边天》节目里说的话，或者某个时期她再一次筹备要出走时，我的心绪都跟随她而激动、忐忑和兴奋。有时甚至要从文档上移开眼睛，平复一下呼吸才能继续下去。

稿件发出的那几天，正是白银越野事故等大新闻持续引发公众讨论的时期。我和编辑都没有料想到，读者对这篇两万字的静态人物报道，会报以如此热烈的互动和大量的讨论。

和 20 年前一样，刘小样的故事，再次击穿了地域、年龄、性别、职业的区隔。许多未看过当年节目的年轻读者，都在表达同一句话：我们都是刘小样。许多朋友、同事乃至新的采访对象，都在不断向我表达他们对这个故事的无尽感触，以及对刘小样女士的尊敬和感谢。

后来，我在微博上看到深圳的女工互助公益组织"绿色蔷薇"，围绕刘小样这篇报道和鲁迅的《娜拉走后怎样》，在两个周末分别开展了两期读书会。

这些交流都让我有一种久违的真实感。在一个愈来愈便利、光滑，愈来愈抖音化、小红书化的时代，真实成了最稀缺的感受。标记自己，售卖自己，带领更多人进入图片、视频和消费的狂欢，似乎成了今日的现实。

成功和被人关注，好像从来没有像现在这么飞速和容易。然而在这一切的另一面，又存在似乎从未有过的乌云压城式的集体焦虑。

在"娜拉出走"成为五四时代最强音的 100 年之后，"回家"成了另一个更强大、更富有诱惑力的声音。毕业回家、和父母捆绑共生、上岸、考公、考编、相亲、三孩……每个人都很焦灼，急于寻找到一套稳固的、一劳永逸的方法或答案。这个时候，我开始理解为什么在 20 年后，刘小样的生命故事再度让许多人震动和触动，获得启示甚至巨大的勇气。

关于人如何正当地活着，如何诚实地面对自己，以及在死亡必然到来前，人是否勇敢天真地实现和充分燃烧过自己……所有这些微小但重要的启示，都要感谢我们的采访对象，感谢 TA 们做出的独一无二的探索。也要感谢过去的许多内容生产者，没有 TA 们敏锐、先进的选题意识和对人巨大的理解与共情，我们无法在之后不同的时刻，一次次和故事中真实的人相逢。

最近一次爬山，我遇到一位从内蒙古包头来深圳看女儿的阿姨。在爬山的两个小时里，她跟我讲述了过去五年，如何从身体和情绪的深渊中，凭借自己的力量把自己打捞上来。讲到体内避孕装置引发的医疗事故和家人对她"总是想太多，怕不是疯了吧"的评论时，她站在荔枝树之间的一段土路上抽泣起来。

我轻轻抱住她，拍着她的肩膀。下山的路上，我说："阿姨，你真的太棒了，你应该为自己感到骄傲。"一个月前，我也有过同样的失控瞬间。那是一次采访前的半小时，我想起了一件让我不开心的事。

大概两年前，我和几个同事在完成工作后去按摩。那天两位女师傅都被选走了，我只好接受一位年轻男师傅的服务，我请他只按摩脚部。在结束前的十几分钟，他建议我躺下来再按按四肢。我犹豫了一下，还是躺下了。当天我穿的是半裙，他在提起我的腿往膝盖处按压时，我感觉至少有两分钟时间，自己的内裤是露出来的。

那一刻，我感受到许多女性受害者讲过的"僵直反应"。即使是我这样一向彪悍的人，也在那一刻产生了迷惑和迟疑："他在做什么？我应该喊停吗？会不会是我想多了？"两分钟后，时间到了，他马上离开了。这是不是意味着他并非有意为之？

这样的自我问询，以及背后潜藏的自我责怪，在此后的两年里，不时像心魔一样出现在我脑海里。那一天在我又陷入这种迷途似的诘问和寻找时，我的采访对象来了。她也是一位女性。不知道为什么，或许是出于信任，或许是无计可施，我把一团乱麻似的思绪全都告诉了她。

她并未觉得眼前的记者太奇怪或太冒昧。她告诉我："不要再责怪自己，这不是你的错，我也遇到过这种情况，我可以大概率地告诉你，他就是有意的。不管你怎么小心，这样的人就是会去做伤害别人的事，所以不要再为难自己了。"

这是我十年记者工作中，唯一一次在采访开始时向采访对象求助。她的抚慰真的让我放下了那个包袱。采访结束后，我抱了抱她，感谢她本不必为我做的。这样的女性情谊总是让我动容。

前几日，曾孝濂老师的稿子刊发了。我把许多读者向张赞英致意的评论告诉了她。她回复说："谢谢小安，我看了留言，很受感动。"

我们分别是 80+，50+，40+，30+ 的女性。在爬山的路上，在采访开始的桌边，在深夜的电话里，我们短暂地理解和温暖了对方。这是我用工作这艘"涉渡之舟"，于河流上漫游和劳作时意外获得的珍贵礼物。

最后，我想谈谈作为女性主义者或者说女权主义者的身份认同。我始终相信，这世上多一个女性主义者，就多一份自由的保障。

这几年来，在重复的愤怒、书写和表达之外，我仍为很多人（主要是男性）感到遗憾。

生而为人的一生，其实极为难得。但如果一个人终其一生，都无法真正正视、理解、共情另一半人类，那此生不是太可惜了吗？甚至不用说一半的人群，这样的个体，恐怕连自身也无法真正理解——这实在是太遗憾了。

女性主义者要求的不是特权，而是一个人应有的正当权利。这个"人"，许多人想当然会觉得是男人（man），是像男人那样存在的人（human）——这固然是数千年历史文化的默默塑造。

而这实在也是很大的误解和自恋。也许有一天，你会发现，获得特权的人同时也获得了同等重量的诅咒。真正的女性主义者，并不想要成为拥有特权而不自知的傲慢的压迫者、混沌的剥削者。我们想成为的是真正全面发展的"人"，这种发展不以牺牲他人的利益和损害他人的尊严为代价，不以贬抑其他群体的生命活力和将自己确立为第一性或者绝对主体为前提。正如著名当代文学研究学者洪子诚在评价戴锦华时所说，"'女性主义'的身份、视域、理论，目的是要通过自我解构，来培育一种内在的、'边缘化'的、不断发出'异己者'声音的力量。"[5] 它要解放的其实是处于性别桎梏中的全人类。

我还想引用戴锦华老师的两段话：

"女性主义最重要的力量是我们拒绝本质主义的刻板化印象。女性主义最重要的力量在于，我们尝试朝向世界，看向主流社会当中种种边缘的、弱小的、另类的人群，看到 TA 们的生命所具有的、提供给我们的（价值）。不论我们是否是主流人群，不论我们是否是主流社会，不论我们是否是强国，不论我们是否是富国，我们要看向世界的弱小群体和各个角落。我们经由女性，看向形形色色像女性这样的曾经被指任为 TA 者、被放逐在文明之外的人群，看 TA 们的创造，看 TA 们的累计，重新发现 TA 们对于人类的资料性的价值。"[6]

"但那不是某种既存的话语表述，更不是某种教条式的戒律，相反，是某种知行间的挑战，要求着持续的、智慧的即兴创作。"[7]

"妇女"，"最漫长的革命"。这条漫长的革命之路，希望抵达

5　洪子诚：《在不确定中寻找位置——"我的阅读史"之戴锦华》，载《文艺争鸣》，2008 年 12 月，第 12 期，第 24 页。

6　出自《戴锦华大师电影课：性别与凝视》。该视频节目于 2021 年在哔哩哔哩上线播出。

7　戴锦华：《涉渡之舟：新时期中国女性写作与女性文化》，北京大学出版社，2007 年，第 382 页。

的终点其实不是女性本身，而是全人类的福祉。在这个可能永远也无法完成的版图里，我们能不能像上野千鹤子老师所自问的那样，把一个不用对后人说抱歉的社会交到他们手中？我们能不能探索和践行更自由、更丰富、更多元的性别生存脚本？能不能"要自己和别人，都纯洁聪明勇猛向上……要除去世上害己害人的昏迷和强暴……要除去于人生毫无意义的苦痛。要除去制造并赏玩别人苦痛的昏迷和强暴……要人类都受正当的幸福"[8]？

希望以采访和写作作为"涉渡之舟"，度过不愧悔的一生。

安小庆　文

2021 年 10 月 22 日

8　鲁迅:《鲁迅全集: 第一卷》，同心出版社，2014 年，第 63 页。

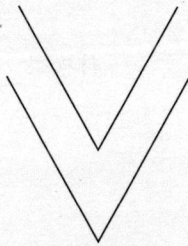

人终究可以通过个体的努力，超越时代，去做一些事情。记录人类中的一部分人曾经怎样活过，在那些故事被遗忘之前，记录、写作和行动，让它们水落石出。

—— 林松果

在长丰，女性向前一步

2020 年 5 月，在互联网上曾有一场针对冠姓权的激烈讨论。一些人发现，早在 2014 年，安徽的小县城长丰已经有过"姓氏革命"——孩子随母姓的家庭，将得到 1000 元现金奖励。这在当下的语境中显得超前和稀奇。因此《人物》作者去往长丰，想观察这个政策的结局与遗产。

但到了长丰后，我们很快明白，这里发生的远不止这些。一个宽阔丰富的性别平等试验，在这个县城持续了七年。它相对纯粹，不设 KPI，不与政绩挂钩，只追求人观念的革新、思想的解放。

它不是任何遥远的主义，不是口号，而是草莓地和稻田里真实开辟出来的空间，让女人们在自己的土地上更自由地生活。也是一点星星之火，留下一些回响，让后来人无须惊讶，那些现在看起来了不得的事情，勇敢的人们早已做过。

联合国官员的三次眼泪

距离北京 1000 公里，安徽中部，长丰县城的夏日景观与其他县别无二致。正是庄稼换季时，日头明亮灼热，沿着微微起伏的丘陵，地里都是收割小麦的农人。傍晚时分喇叭放着乡村新闻，农人们佝着腰，把秧苗一根根点进田里。车开在村道上，掠过刚刚空下来的草莓大棚、正当季的羊角蜜瓜大棚，水域宽阔，杉树高大。入了夜则是另一副样子，到处都是跳广场舞的人。男人在公园的湖里钓鱼，巨大的鳝鱼在桶里挣扎，水珠溅开，好多人围上来看。

但如果再四处走走，会发现些独特之处。县城的水湖公园里，最显眼的雕像是爷爷抱着孙女，底下牌子刻着："关爱女孩，幸福的女孩被爷爷高高举在肩头。"附近立了一个巨大的爱心门，是为了表达"自由的爱情"。走进路边公厕，比例科学，女厕蹲位比男厕蹲位要多一半。在街道上能看到女性城管在工作，而医院病房里有男护士。

在一个叫创新社区的村子，妇女主任陆瑞云领我去看一栋刚粉刷好的二层小楼。这栋楼比村委会还要崭新气派，这是女性村民代表独立的议事空间，叫"妇女微家"。11 位成员通过竞选产生，每个月一次，她们忙完农活，骑着车走过乡间道路，在这里开会议事，学《反家庭暴力法》和《婚姻法》，为村里的女性争权益，对道路水电之类的大事提意见。这种生活在这里已经存在许多年。

2013 年 6 月末，也是这个季节，村子里麦浪翻滚，一些改变发生了。

这一天，创新社区要开村民代表大会，修订村规民约，这是村民民主协商与自治的基础。全村共 111 位代表，来了 105 位，有些还是从城里赶回来的。小小的村委会议室，坐得满满当当。

一共 31 条细则，每条都要举手表决，超过半数即通过，不超半数则划掉。前面都比较顺利，但到第 15 条，卡住了——这条的内容是鼓励妇女参政议政，提议村民代表中，女性代表的比例应该达到 40%。这次修订前，村里女性代表实际占比为 35%；村规民约的草稿里，规划的比例是 30%；在征集意见阶段，提高到了 40%。

但在现场，一位女性代表站起来问："为什么是 40%？为什么不是 50%？既然倡导性别平等，男女代表就应该对等，一半对一半。"

这不是孤立的声音，她得到了全体女性的声援，但也让男女分裂成两个截然不同的阵营——先按 50% 表决，所有男性都不同意，他们沉默了，没人举手。再按 40% 表决，所有女性都不同意。双方互不相让，僵持了好几分钟。最后是在场的乡镇官员出来调停，双方达成妥协：村民代表中女性代表的比例不应该低于 45%。

这是一次临时的、突如其来的冲突。表决结束后，一位短发女士要求发言。她站到台前，声音哽咽，被自己的眼泪打断了三次：

"我倡导性别平等几十年，到过很多地方，当问到为什么女性不站出来主张自己的权利，大家都说几千年了，都习惯了。今天在长丰，我亲眼看到了女性站出来主张自己的权利，而且坚持不让步，让我看到了多年来的性别平等倡导有了希望。"

她是来自联合国人口基金的项目官员文华，也是人类学博士、性别项目专家。这一天文华本没有计划发言，但看到现场这一幕时百感交集，她拿过了话筒。

从20世纪90年代至今，文华一直关注性别领域的议题，参与了许多反对针对妇女暴力和治理出生人口性别比失衡的项目，在全国各地做田野调查。那是2013年，正是她觉得艰难的时刻——人们一听到性别平等，第一反应往往是："我们不是早就平等了吗？"

但如果拿着一个个更细的问题去问，隐藏的东西就会浮出水面。比如当你问女儿嫁出去之后，或者嫁进来的妇人离婚之后，还能不能在村里分地，这时候人们的回答就会不一样了。

2011年，当时的国家计生委与联合国人口基金开始在长丰做一个性别平等的试点项目，修订村规民约就是项目的一部分。创新村那个午后偶然发生的争执与对话——女性的"向前一步"，触动了在场的很多人，至今仍在亲历者的记忆里熠熠闪光。

我们的女儿到底多优秀

当天会场第一排还坐着一个人，他没有上台发言，但感触跟文华一样深。时隔七年，他还能回忆起现场发生的一切，声音、画面、气味，纤毫毕现。他是这个试验在当地的主要执行者，时任长丰县计生委副主任的龚存兵。

在长丰，每当提起龚存兵，大家都愿意评价几句。他不喝酒，身材清瘦，写得一手好字，因为会表达、口才好，常常四处去讲课。听过他讲课的村干部们都不吝惜赞美，认为他有文化，思想超前，有人格魅力。

但在那时，这位计生干部正为工作发愁。2010 年前后，正是我国出生人口性别失调最严重的阶段，而安徽则是情况最严峻的省份之一——第六次全国人口普查，安徽的出生人口性别比达到了 128∶100——每 128 个男孩出生，才有 100 个女孩出生，这个数据远超正常值。

有人口专家认为，当时民众的生育意愿下降，长久存在的男孩偏好，加上胎儿性别鉴定与人工流产技术的发展，共同造成了这个局面。

联合国项目开始前，龚存兵已经在长丰做了一系列改革，算是某种意义上的穷则思变—— 2010 年，长丰县出生二孩的性别比高达 172∶100。而当时的计生工作，也涉及考核和升迁——为了治理出生人口性别比偏高问题，当时的国家人口计生委，把出生人口性别比作为各级政府单项考核的硬性指标。

龚存兵是老计生干部了，1992 年就开始在乡镇计生办工作，三年后调到长丰县计生委。他成天琢磨：为什么出生性别比降不下来？原因到底在什么地方？

那时候他还没有任何社会性别平等的意识，更多是靠本能和直觉，"工作很难做，感觉到女孩地位很低，是不是可以给女孩抬高抬高地位？也许这样大家就愿意生女孩了"。因此，当时长丰计生系统的工作重点有二：一是全国都在做的打击"两非"，二是根据长丰当地情况做的"关爱女孩"项目。

所谓"两非"，即非医学需要的胎儿性别鉴定和非法选择性别的人工终止妊娠。这个词已很少在当代词典中出现，但过去许多年，打击"两非"始终是计生系统非常重要的工作。在龚存兵看来，抓"两非"终究只是治标，是打急救针——抓得紧了，数据确实会降下来，会好看，但治不了根，一旦松懈就会很快反弹。

他更看重的是"关爱女孩"的项目，就带着计生委几个人，设计了一整套方案。长丰那时是贫困县，但还是花了上百万在县城公园立起了关爱女孩的雕塑。他们给农村独女户、两女户的父母办养老保险。每个考上大学的女孩，县里都给助学金。每年夏天县里都会做一台晚会，让所有独女户、两女户家庭里上了大学的孩子参加，自编自导自演，让大家看看，我们的女儿到底多优秀。

这套方案里有一条现在看来很激进：全县所有独女户、两女户家庭的女儿，中考都加十分。十分是什么概念？"比如长丰一中，差一分，甚至都（要）上万块。加一分可能你就进了长丰一中，但你一分加上去，有可能让别的男孩下来了。"这个政策实行了几年，有人强烈反对，认为政策初衷是让男女站在同一起跑线上，但加分造成了新的不公平，所以后来就取消了。但这种直给利益的政策，足见主政者的决心。

那时恰逢国家计生委和联合国人口基金做的性别平等项目，在全国寻找试点县。这个项目的执行者、中国人口与发展研究中心的研究员汤梦君，向《人物》作者说起这场试验的缘起。那时国家层面其实已经出台了"关爱女孩"政策，只不过还强调政府该怎么做，"你总还是觉得少了什么，比如源自基层和草根的自发力量，比如女性作为主体的一种声音，这是比较缺失的。"那时已经有几位中央党校的学者在河南登封做了一个民间试验，在村庄里修订村规民约，在最基层的制度上赋予女性地位。试验被认为是成功的，村庄的性别观念有巨大的革新。

汤梦君与她的同伴们也想着，能不能在村庄里实实在在做些事，看看会不会有变化，以及民间能生长出什么样的力量。在寻找的过程中，安徽省推荐了长丰，它最终入选，成为全国三个试点县之一。

不是倡导跟母亲姓，而是倡导讨论

试验并不容易。汤梦君记得，他们刚开始给官员们上课，讲什么是性别平等，大家都很蒙、很困惑。有人说："这个太抽象了，不好落实啊！"还有人问，这和之前的"关爱女孩"项目有什么区别？很多男性干部一开始不太能认识到性别不平等，谈到这个话题，他们的第一反应往往是："我的钱都给我老婆，我老婆比我地位高哇！"

因此学者们设计了一些参与性的课程，不是对着课本讲理论，而是从生活中很小的现象讲起，让他们明白性别平等这个事情离自己很近，身边每天都在发生。比如，为什么大家给男孩起名都喜欢用"雄""伟"，而女孩的名字总是"丽""美"？再如，你给儿子玩什么玩具？给女儿玩什么玩具？是皮球还是洋娃娃？你心目中的男孩和女孩是什么样子的？

课讲得多了，慢慢触动就有了。龚存兵下了课就开始思考：为什么公交车上扶手的高度都是以男性为标准设计的？女性要是个子不高的话就够不着，为什么男性标准会成为社会的标准？

他意识到自己的观念正在变化。他开始觉得原来自己做的"关爱女孩"项目，理念上是有问题的——"我们提出'关爱女孩'，其实是不准确的，关爱是对弱势群体的，但是女性并不是社会特殊群体。她们需要的不是关爱，而是平等。"

也是在那时，他的个人生活也经历了一次挑战。他的妻子当时正在一个三万多居民的社区做书记。他目睹妻子的辛苦，她的能力强，做事情不比任何男性差。但也因为忙碌，她不能照顾家庭。支持与抱怨，两种情感在他内心作战。

这种切身感受也让他更理解，女性要真正闯出一番天地，要经历多少艰难。"我们对女性的认识，第一就是你是不是会影响到家里。凭什么女性干工作会影响到家，男性干工作却不会有人这么觉得？还是'男主外女主内'的思想在作怪。第二，很多人觉得，你女性再干又能干到什么样呢？这又牵扯到男女发展机会是不是平等。"

想清楚这些，他觉得眼前豁然开朗："哦，这个项目的空间太大了，能做的东西太多了，但我们要撇开'两非'，撇开性别比，撇开这些浅薄的事情。男孩出生率偏高是社会性别不平等造成的，我们要找到社会性别不平等最根本的问题，去突破它、碰撞它、调整它。"

他的想法与人口专家的想法不谋而合。汤梦君在当时的一份报告里建议安徽省，不要用人口出生性别比的结果来考核这个项目，而是应该更多考查各部门是否出台了社会性别平等政策，它是柔性的，"从治标转为治本"，这也为改革和探索留下更大的自由空间。

一个最典型的案例就是2014年的"姓氏革命"。2014年，长丰县在下塘镇、朱巷镇、左店乡等乡镇试点，倡导新生儿可以随父姓、随母姓，或者随父母双姓，并对随母姓的家庭给予 1000 元奖励（其中一个乡镇规定，男孩随母姓奖 1000 元，女孩随母姓奖 800 元）。

这个政策的目的不在于让多少家庭真的这样做，而是为了让家庭有个讨论的过程。龚存兵说："让新生儿随谁姓的问题上，有一个平等协商和讨论的过程，从而淡化父姓意识，从根本上解决男孩偏好问题。"

这不是一时冲动做出来的决定。汤梦君说，当时学界已经对男孩偏好有过很多研究，男孩偏好的根源是家族传承，传承的标志就是姓氏。学者们普遍认为，提倡随母姓，对改善男孩偏好是有用的。但之前这只是一个理论共识，并未付诸实践。

而长丰当时具有实践的条件：整个决策集体是支持这项改革的，且这个项目的灵魂人物龚存兵真正想干这件事。在基层做事，这两点很重要。汤梦君说："如果他想干这件事，他又有推动力，那就是可以非常快推进下去的。"

当年，这样一项政策出台，也仿佛一枚核弹投入舆论场。一家媒体以"子随母姓奖千元"为题报道此事后，上百家媒体的采访电话打过来。法新社做了报道，联合国人口基金总部也发邮件到北京询问……大家都没见过这阵仗，县委书记紧张，龚存兵也紧张，"很担心，感觉这不得了，怎么搞啊"。当时国家计生委正好有工作人员在安徽，安慰他们："不要怕，让他们讨论。"

龚存兵后来在央视的采访中解释了自己的想法。这个政策并非让孩子都随母姓，否则就跟让所有孩子都随父姓并无区别，只不过，有了这个政策，会激发家庭内部的讨论，政策倡导的正是这个讨论过程，这本身就是观念的解放。另外，正因为姓氏牵扯到每个家庭，牵扯到社会性别不平等的根源，才引发了全社会的关注。这正好证明他们选对了，触到了根本。

"姓氏革命"推行不久，同年11月，全国人大常委会对《婚姻法》第二十二条做出了法律解释，在原来"子女可以随父姓，可以随母姓"的基础上补充了新的内容：公民有正当理由的，可以在父姓和母姓之外选取姓氏。长丰的"姓氏革命"，也入选了中国"2014年度性别平等十大新闻事件"。

比姓氏革命还早一些，在试点刚开始的2012年，长丰就做了公厕改革，要求全县对新建公厕一律审查，看看是否符合社会性别平等的要求。具体来说，就是男女厕所蹲位要按照1∶1.5来设计，没有达到这个比例的不予审批。不符合这个标准的旧公厕，也要改造。

这个改革思路来当时安徽省计生委的一位副主任，他去韩国接受了一次性别平等的培训，回来后便提出在长丰做试点。他们认为公厕不是一件小事，那里面盛满了性别视角——你看到的不是蹲位多少，而是政府怎么去分配公共资源。

政策之外，龚存兵也尝试在教育的源头做一些探索。在一家乡镇幼儿园，他试图培养孩子们的无性别意识——男孩踢球，女孩也可以，女孩踢毽子、跳绳，男孩也可以，没有某个项目只有男孩或者女孩才能做——他认为，如果只对成年人做性别平等的教育，那么等儿童长大了，成见依然不会改变。但这个过程并不轻松。最难的是教育教育者，反复去跟这些基层的老师上课，让他们接受这些理念，并在日常中刻意去引导孩子。

在这个过程中，他们确实看到了一些美好的东西。小女孩的性别意识不强烈，她们愿意去和男孩一起踢足球，她们的勇猛、争抢、好斗，还没有被压制；她们的勇气、担当和竞争意识，可以在这个过程中被培养。而男孩也可以跳皮筋，也可以被允许是温柔的、安静的。孩子们曾被要求在一张长长的画卷中画出自己心目中男性和女性的样子，龚存兵记得，他们的画里，男性和女性的形象并不像成年人想象的那样，他们一起做家务，一起劳动。在这个年龄，孩子们的观念中，还没有那种刻板的定义：爸爸必须干什么，妈妈又必须干什么。

性别问题还存在于大量的乡村生活细节之中。比如外嫁女儿、离婚女性在宅基地、土地确权等问题上受到歧视，后来每个村在修改村规民约时都给了她们保障。还有一些看似微小却坚固的风俗，比如女孩不能上坟。比如老人去世后必须由儿子顶棺下葬，女儿不行，如果死者没有儿子，那就相当麻烦，要找家族里其他年轻的男丁。

创新村有过这样一个例子：父亲去世了，家中只有两个女儿，村干部就坐在家里，让女儿去做所有的事情。家族里亲戚们不同意，翻脸了，闹得一塌糊涂，但最后还是做下来了。龚存兵当时跟村干部说："也许这个做完，100 年都没人做。但就是一个星星之火，100 年后如果有人想做，可以把我们搬出来，我们已经做过了。"

从女孩到主任

关于这个试点是怎么改变了具体的村庄与人，汤梦君建议我去一个叫安费塘的村子，去找女村主任袁庆。傍晚时分，我在小学校舍改造成的村委会门口见到了袁庆。她站在晒满小麦的篮球场边，30 岁上下，一张柔和的圆脸，眼镜也圆圆的，整个人很斯文。她来招呼我，有一种温和的热情。

村委会的墙上画满了性别平等主题的招贴画，颜色已经有些暗了。2016 — 2018 年，联合国在这个村做了第八周期试点，也是在此期间，袁庆从村里的计生专干成了村主任。

汤梦君记得项目刚开始时袁庆的样子："她很羞涩，我们去村里，她给我们介绍情况，脸涨得很红，结结巴巴的，还不擅于在公众场合说话。"而现在袁庆每天夜里骑着电动三轮在村里巡逻。我们一起走在村道上时，村民们自然地迎上来问事情，喊她"村长"。

走到这一步不容易。袁庆出生在安徽滁州的山村，她出生后，父母想再要个儿子，但又生了个女儿。当时计生政策严格，母亲的第三胎被引产，家里的牛也被牵走了。但奶奶重男轻女思想严重，逼着继续生，家里又欠着债，父亲无法承受争吵与压力，便自杀了。当时袁庆4岁。

随后母亲改嫁，袁庆被送到大姑家里，读到初中毕业就不让读了。大姑说，女孩总是要嫁人的，读那么多书干吗？大姑的儿子继续往上读，16岁的她则进了服装厂当学徒，一个月300块工钱。工作没几个月，大姑来要钱，一起的小姐妹都跟她情况差不多，都气不过。她就这么打工，在夜市推荐啤酒，看仓库，稀里糊涂活到20岁。遇到喜欢的男孩子，想结婚，家里还是大姑做主，要十万元彩礼，对方给不起，但袁庆还是想嫁。她说自己从小不被爱，"好不容易遇到个对我好的人"，这很珍贵。

婚礼当天，娘家人都没出现。袁庆自己买了件红旗袍，打着车，从滁州到了长丰，身边只有当时在工厂的几个小姐妹。嫁到安费塘村这个家，婆婆是聋哑人，公公有视力障碍，还有年幼的小姑子小叔子，袁庆夫妻俩是唯一的劳动力。丈夫在外面打工，她在家里边带孩子边做零活，直到村里选她做了计生专干，情况才稍稍好转。

项目开始时，袁庆心里隐隐被某些东西触动着，但还说不清那到底是什么。她的一项工作就是发现身边不平等的案例，去记录和调解。2017年的某天，她写着案例，突然联想起童年往事，"我心里面想，我寻找了半天，原来自己就是这么一个典型的例子啊。"那念头如冷水浇头，一下子迸发出来，"那种恍然大悟的感觉，好透彻"。

她也开始在这样的视角上看自己的村子。男人们常常有一种惯性，可以很自然地说出类似"现在已经男女平等了"这样的话，但那些具体的、细碎的、沉默而顽固的细节，仍存在于每个乡村女人的日常生活中。

几年前，村里有些家庭，每到逢年过节或者宴客，女人都不上桌。这被认为是一种不成文的礼数。"做饭的是她们，吃饭的又是男人"，袁庆把这个事情拎出来宣讲过几次，2017年又做了一个活动，性别角色互换——让男人做饭，做完了让女人吃。女人们坐大桌上，男人们坐边上小矮桌。

袁庆拍视频记录这一刻，举着手机问一位村民："叔叔，你今天在这个小桌子上吃饭什么感受？"对方有点不好意思，说："还好吧。"还有一个人说："你们终于翻身了！"逗得大家哄堂大笑。后来，村里有男人开始做饭了，也不多，有那么几个。

作为一个年轻的女性，就算是做到了村主任，袁庆也有她要面对和牺牲的东西。2016年她刚上任时，一次领导来视察，她跟着村里的治保主任（一位年长男性）一块儿去迎接。领导见到他们两人，没问谁是谁，直接一步跨到治保主任面前，握住他的手说："哎呀，主任，你好你好。"袁庆手都伸出去了，又收了回来，觉得非常尴尬，只好马上笑了笑。

5月底的某个夜里，我们骑着电动三轮车在村中巡视，怕有人在夜里烧秸秆。袁庆说起作为年轻女性处理村里大小事务的难处，她必须隐藏一些本能的东西——温柔的、好说话的、和善的特质，她要努力克服这些，转而展现一些无性别的，或者说刻板印象中属于男性气质的东西，比如彪悍、雷厉风行、说一不二。这些会更好地帮助她工作。

饭桌上性别互换的小试验，大概只算是摇下父权制大树上的一片叶子。但还有些改革，真正让女性自己从土地上生长出了力量。

安费塘村里留守女性多，家庭分工一般都是男人去城里打工，女人在家里照顾老人小孩，还要伺候几亩地，辛苦不说，总归是要管男人伸手要钱。搞试点的三年，村里开始请人来做技能培训，有五位女性因此考到了家政资格证，在城市里找到高薪工作。那些被老人孩子绊住、无法出门的女性，也开始搞广泛意义上的女性创业。原来她们种水稻，一亩田一季度最多收入两三百块钱。后来镇上提倡虾稻共养，田里还是水稻，但田边沟里同时养小龙虾，同样的面积，一亩田能多挣一千多块钱。

钱的力量是真实的、强大的，袁庆见证着家庭内部权力关系的变化。"以前女人在家里就是消耗钱，现在她们的收入可以支撑家里的开支，男人的钱可以存起来。这么着，男人就算想发脾气，是不是也要掂量掂量？"

5月底6月初，正是小龙虾上市的季节，路过田边，稻苗青青。在看似不变的辛苦生活中，女人们逐渐开辟出自己微小的、逐渐壮大的领地。

认真的　直率的　热情的

在安费塘村，我和46岁的村民陶有美聊了一次天。黄昏时分，她刚从田里回来，踢掉胶鞋，擦了把脸，笑着拉我到后院坐。地上一筐新蒜，地里一茬茄子，一树梨树已经结了小小的果子。客厅里坐着9岁的小儿子和90岁的老公公，丈夫去城里打工，女儿去上大学，她一个人管家。

这几年，陶有美去过村里组织的每一次培训。一般是袁庆在群里通知，她算好时间，骑着电动三轮车开过村道，五分钟就到了村委会。几十个女人，就坐在院子里听，昂着一张张在地里被阳光雕刻过的脸。城里来的老师讲课，陶有美有时候听得懂，比如讲为啥不让女人上桌吃饭，她又赞同又愤怒。但有时候老师讲一些理论，文绉绉的，她就不懂了，但也没关系，还是每次去。她非常肯定，这件事对自己有益无害。等到男人从城里回来了，她就把培训时听到的事告诉他，敲敲他的警钟。

也正是这样一群女性，正成为村庄治理中不可缺少的主体。在安费塘，女性村民代表占了一半比例。袁庆发现她们身上的一些特质非常可贵，比如公开和直率，敢说真话，抢着发言。原来村里评贫困户，男代表容易碍着面子，稀里糊涂把所有申请人都打上钩。女代表却锱铢必较，会问："这家人的情况我清楚，条件还可以，是不是不该选？"

在创新社区的妇女议事会上，她们讨论村里的大小事，小的比如婆媳吵架、家长里短，大事比如修路、引自来水。

几年前，她们帮一位从四川远嫁而来又离婚的女人争得了五亩八分地。这位四川媳妇是 20 世纪 90 年代嫁到村里的，落了户，后来与丈夫离婚，婆家不愿意分地分房给她。她在这里没有亲人、没有依靠，但有权利意识，坚持要拿回属于自己的一半土地。双方僵持不下，找到妇女议事会的会长陆瑞云。

陆瑞云觉得她的要求理所当然。"我们要讲道理，不管她从哪里来，不管她现在住不住在村里，她现在是这个村里的人，拿回属于自己的东西，理所应当。"她们去这婆家讲道理，先找婆婆，再找丈夫，在家里聊了好几次，对方最终松了口——十多亩地，分给了四川媳妇一半。不仅如此，按照创新社区村规民约的要求，这位女性如果再婚，她的丈夫同样享受村民待遇。

试点进行的七年时间，汤梦君去过长丰十几次，逐渐与村庄里的女人们熟悉。她认为她们都有非常强的参与公共事务的热情，"能人非常多，语言表达和思维都是很好的，参与的诉求也是很强烈的"；她们直率，能秉持正义和公道，"只要你给她们一定的教育熏陶，给她们机会"。

袁庆则跟我提起这两年让她印象深刻的两次对话。

一次是去年村里做土地确权。镇上的工作人员过来和村民签协议，有一家是女主人过去签的。工作人员一看来的是女人，下意识抛出几个问题："你是户主吗？你家男人呢？你能说话算话吗？得让你男人来签。"

女主人一下就怒了："哪个讲不能签？我能做得了主，我做不了主干吗来这儿？我既然来了，我就能做得了主，我会负法律责任的。"对方意识到自己问得不合适，连忙跟她道歉，反复强调自己并不是歧视她，只是担心他们家庭内部没协商好。

还有一次发生在袁庆自己家里。10岁的女儿一直跟着母亲进进出出，在性别平等的环境里被熏陶。有一次丈夫让袁庆去做饭，女儿就站出来问爸爸："爸爸，现在性别平等，你不能做饭啊？"小女孩的家庭哲学很先进，她说："家务我可以做，但你们也得做。妈妈做，爸爸也要做，大家一起做。爷爷说自己做饭不好吃，就不做了，但爷爷，你可以学呀！"

星星之火

从 2011 年秋天到 2018 年夏天，性别平等试验在长丰持续了七年。2020 年 5 月，我们到长丰回访，寻找这个试验的遗产，并与曾参与其中的人聊天，想看看它如何改变了人。

每一个受访者都多多少少描述过这样的画面：女人们人手一台乡间代步必需的电动车，骑着它们从村道上呼啸而过，去听一些与自己接近的或者是遥远的知识，去开会议事，结束之后又骑着车呼啸而去，回到田里，继续埋头干她们的活计。

诚实地说，她们生活中的痛苦和琐碎没有任何变化。与过去许多年一样，她们白天站在长丰最常见的水田、草莓大棚、羊角蜜大棚里劳作，夜晚则照顾孩子老人，将一生献身于家庭。但这几年的试验，给了她们一些精神上的自足和丰盈。

第七周期试点结束后，龚存兵从长丰县计生委调任县委宣传部，不再负责这部分工作。但他始终认为那是一段最珍贵的时光，"值得一辈子回忆的五年"。现在再问他当年的事情，他都能记得是几月几号，纤毫毕现。

后来还有一次，安徽省卫计委的一位领导问他："做这个事情，你的收获是什么？"

龚存兵愿意把自己的职业生涯分为泾渭分明的几部分，"我这辈子就干了几件事：第一件事是为计生工作起草文件、写材料；

第二件就是用五年时间做了这个项目，影响了一些人。""我不再像以前那样，做事是为了升迁，为了证明自己能做什么。我做这件事，就是我想把它做好，不是为了做给别人看，这是我自己的东西。"

采访结束的晚上，他一定要把当时联合国人口基金驻华代表处代表何安瑞写给他的一封信找给我看。在深夜的县委办公室，他在电脑里翻了半个小时，那是他非常骄傲的、像钻石一样珍视的东西。那封信上何安瑞形容他，"such a great partner"。

执行这个项目的学者汤梦君，是位干脆爽朗的女性，回答问题时反应迅速，用词克制，不拖泥带水。但提到这七年试点对她的影响，她语气里也有了缓慢和温柔："我原来主要做理论研究，没有全身心投入去做一个这样的实践，在长丰是第一次。但只要你真心去做了，你会觉得特别有成就感，因为基层真的发生了变化。而且你就觉得，中国乡村那些女性，她们非常有前途、有智慧，在中国基层真的有很多能人。你千万要相信，只要有机会，她们真的有能力提升自己、改变自己。"

但汤梦君同时强调，回顾这个项目时必须承认，它成功，有天时地利人和之处。包括 2010 年那个时间点，计生仍是非常重要的工作，当时安徽省政府对治理出生人口性别比一事高度重视，有极大的决心；再往下，合肥市和长丰县政府愿意给钱、给人、给资源；项目实施者龚存兵，个人有热情和能力；另一个小小的偶然因素是，当时安徽省人口计生委分管性别治理工作的副主任，刚好就是长丰人。

放在微观视角里看，一个县级政府推进政策也不简单。如龚存兵所言，就算在长丰也不是全县试点，而只选了三个乡镇。三个乡镇里又只有一个做得相对好，因为这个乡的主要执行者——一位副乡长，最懂龚存兵的理念，且能完全执行。这其实非常珍贵。政策执行过程如漏斗，一层层筛选淘汰。机缘巧合之中，每一层刚好都有想做事、能做事的人，才成就了最后的好局面。

这样的成功也许不易复制。第七周期结束后，专家们曾提出把试点成果在安徽其他地方推广。但正巧遇上国家机构改革，计生系统与卫生系统合并，在繁重的公共卫生管理工作中，平衡出生人口性别比不再是最重点的内容。另外，2015年实施全面二孩政策，出生人口性别比也不像之前那样严峻。这项推广也就没有再继续了。

还有一些本可以更深入的工作，因为项目结束和龚存兵离任，没有再继续。比如家庭内部的性别角色定位问题。做第七周期项目时，龚存兵意识到，家庭是社会的基本细胞，讲性别平等，最终还是要回到家庭。第八周期项目期间，长丰继续了一些家庭与社区的活动，但似乎不如第七周期时那么轰轰烈烈。

特别是在农村，如今依然是"男主外女主内"的家庭结构，只不过有时变体为"男女共同主外，女主内"，这是一种看似温柔但本质残酷的不平等。他认为可以在家庭内部做一些试验，不一定要求"男主外"或"女主外"，也可以将男女的社会角色进行互换，或者让男女共同完成同一个社会角色，所谓"一起挣钱一起花"。

文华和龚存兵都对《人物》作者提到他们的遗憾，这一类试点项目到最后，最难的便是"持续性"，"说实话，当时我们做项目时轰轰烈烈，感觉会把事情做得很大很大，但到后期项目推进就变得很难了"。他们都呼吁顶层设计，希望通过制度将其固定下来，这样才能把在长丰点亮的灯，照亮到更多地方。

但他们也同样认为，至少在这个县城里，这项试验留下来了灿烂的遗产。村规民约不是遥远的文本，而是贴在每户人家墙上的法律，把农村女性的政治和经济权利固定下来。更重要的是它带来的性别视角，它的启蒙与唤醒，深入到基层政府之后的每一次决策中，让性别平等的理念在此深入人心。

2020 年 5 月的夜里，我问龚存兵，回忆那五年，他脑子里第一个跳出来的画面是什么？

他说是一些女孩子的脸。那些在夏日晚会上演出的、才华横溢的、来自长丰独女户家庭的女孩，那些提出让孩子跟自己姓的母亲，那些站起来争取平等选举权的女性村民代表，还有那个坚持要自己给父亲顶棺的女孩，"这是破除了我们几千年的传统，多么勇敢，是非常值得感动的事情"。

她们让他明白了一个道理："所有女性骨子里都厌恶这种不平

等，有争取平等的意愿，这种意愿是潜在的、强烈的、可以被激发的，而且激发起来会很强大。也是这种力量，在推动社会性别平等往前走，就像星星之火，我们要鼓励大家，继续往前走，继续争取。"

林松果　文

糖械　编辑

2020 年 6 月 16 日

免费 HPV 疫苗，
一座城市给女孩们的礼物

2021 年 4 月，鄂尔多斯市发布一则通告，将免费为 13 岁—18 岁的女生接种 HPV 疫苗。在 HPV 疫苗自费且一针难求的大背景下，这条新闻很快登上热搜。一些人怀着这样的困惑——举目四望，无论富有、现代或发达程度，似乎都有更典范的城市，可为什么是鄂尔多斯这样一座位于内蒙古自治区的地级市，成为免费为市民接种 HPV 疫苗的第一城？

《人物》作者也好奇这件事是怎么发生的。7 月初，我们前往鄂尔多斯，找到了这项政策的发起者、制定者和执行者。我们发现，接种疫苗并非一个孤立的政策，如今的鄂尔多斯，已经建立了一整套抵御宫颈癌的系统，免费 HPV 疫苗只是其中一环。

这个系统的建造，也并非一两年之力，而是缘于许多人长久的努力：有怀着国际视野的科学家，有为之奔走了 20 年的女性医生，还有在关键时刻敢于决断的女性官员……他们有耐心和韧性、热情和担当。

现实也在回报这种努力。从最理想的情况来看，不久后，鄂尔多斯也许会成为中国最先消除宫颈癌的地区 —— 严格的癌前筛查，如同通往癌症道路上的一道道路障，将保护这一代的母亲；而这一代和下一代的女孩，则会因为疫苗的存在，获得更自由和安全的人生。

如科学家所言，这种努力就像纵身跳入平静水面，终将激起更大的浪花。

女人与女孩

在鄂尔多斯市准格尔旗的妇幼保健院四楼，有一条长长的走廊，从东走到西，数间诊室，你会觉得是在穿越女性的大半生。

最东边是一间 HPV 疫苗接种室，为 13 岁到 18 岁的女孩开放，提供免费的二价 HPV 疫苗。疫苗充足，存了满满一冰箱，不须预约，来了就能打。

7 月初的一个下午，我遇到刘雅欣 —— 一位绑着马尾辫的初中毕业生，父亲带着她来接种第三针疫苗。她正在度过 16 岁的夏天，还很懵懂，问她知不知道 HPV 病毒是什么，她摇头。边上的父亲说，娃娃还小，是班主任在家长群里发了通知，他和妻子知道是好事，才领着孩子来。刘雅欣班上的女生，也都已经接种疫苗。

刘雅欣旁边，同样在等待接种的是一位 20 岁的女大学生，她去年高中毕业，是准格尔旗接种免费 HPV 疫苗的第一批学生。去年夏天接种了两针之后，她离家去呼和浩特上大学，现在来补上最后一针。在大学里，女孩们已经知道什么是 HPV，有条件的人已经在排队预约 HPV 疫苗，而她是最早接种的那批人。

再往西走，门上贴着各种红色指引单的，分别是 B 超室、妇保科、宫颈癌实验筛查室，这里属于 35 岁到 64 岁的女性。从 2011 年开始，这家妇幼保健院常设两癌（宫颈癌和乳腺癌）筛查门诊，配有医护人员约 15 名。这个季节，每天都有 20 多位女性来做免费的两癌筛查。

在帘子围起来的检查室里，每个女性都要走上检查床，医生会查看她们的乳房和阴道，再做一个 HPV 检查 —— 如果结果呈阳性，就意味着她们感染了 HPV 病毒，需要继续做 HPV 分型，弄清楚她们到底感染的是哪一种型别的病毒；也许还需要做阴道镜和宫颈活检，进一步分析她们的宫颈是否发生了病变，以及病变程度到底有多深。

这样一项筛查，在准格尔旗已经进行到第十个年头，普及人数已经超过 70%。这就意味着，当你走在准格尔旗街头，迎面走来的大多数女性，可能都已经做过两癌筛查。7 月初来到门诊的那些人，很多是医生们对着花名册逐个清点、打电话找来的，属于最后一批还未做过检查的人。

医生们这样严阵以待的，到底是一种怎样的疾病？

在整个癌症图谱里，宫颈癌是一种特殊的癌症 —— 它病因明确，HPV（全称"人类乳头瘤病毒"）持续感染，是诱发宫颈癌的主要原因。30 多年前，德国科学家哈拉尔德·楚尔·豪森（Harald zur Hausen）从宫颈的肿瘤组织里检测出了人类乳头瘤病毒 DNA，发现了其中某些类型与宫颈癌的高度关联，他也因此获得了 2008 年诺贝尔生理学或医学奖。

此后，人们可以通过检测 HPV 是否存在，来确认病人是否有患癌风险。有足够证据表明，从感染 HPV 到发展为宫颈癌，中间需要很多年，这使得人类有机会进行癌前诊断和治疗。另一个利好是，2006 年，世界上第一款 HPV 疫苗就已上市。尽早接种疫苗，可以使女性终身免受宫颈癌的威胁。这一切因素加成，使宫颈癌成为第一个可预防、可消除的癌症。世界卫生组织在 2014 年发布的《子宫颈癌综合防治基本实践指南》里写道："所有（宫颈癌）患者的死亡是不必要的。"

但另一个现实是，死亡仍在发生。过去这些年，全球每年大概有 30 万女性死于宫颈癌 —— 只少于乳腺癌和肺癌。并且，绝大多数的死亡都发生在还未建立宫颈癌预防系统的欠发达国家和地区。按照医学杂志《柳叶刀》的研究，2018 年，全球超过三分之一的宫颈癌疾病负担分布在中国和印度。许多发达国家的宫颈癌发病率在下降，而我国的宫颈癌发病率和死亡率仍在攀升。

就算在国内，地区之间的差异仍然存在，比如城市的宫颈癌发病率要高于农村，但农村的宫颈癌死亡率却更高。2006 年，中国卫生部和科技部开展了第三次以癌症为重点的全国死因回顾抽样调查。如果摊开一张中国地图与之对照，你会看到一条绵长的、自南向北的宫颈癌高死亡率地带 —— 从湖南、江西一路向北，内蒙古就在这条线的最北端。而鄂尔多斯，是整个内蒙古宫颈癌发病率最高的地区之一。

不过，这都是过去的故事了。在准格尔旗这家妇幼保健院四楼走廊的尽头，立着一张专家坐诊的告示牌，上面是一位名为段仙芝的医生，密密麻麻的文字记录了她 40 多年的从医经历。

鄂尔多斯与宫颈癌对抗的故事，大概是从她开始的。

抢在宫颈癌之前

这一切的起点在 2005 年，两位对宫颈癌防治有兴趣的医生，在那一年相识了。

2005年秋天，在中国医学科学院肿瘤医院，预防医学专家乔友林接到了一位同事的消息，说有位内蒙古来的妇产科大夫，想约他见一面。这位大夫叫段仙芝，多年前在肿瘤医院进修过，后来独自在内蒙古做宫颈癌防治，"跑了好多地方，见到内蒙古人民的苦难，也走了很多弯路"。不久后，在鄂尔多斯驻京办，两人见了面，吃了一顿饭。

那一年，乔友林50岁，已经是中国在宫颈癌防治领域最权威的专家之一。他博士毕业于美国约翰斯·霍普金斯大学公共卫生学院，这是一所世界顶尖的医学院。博士毕业后，他最初在美国国家癌症研究所工作。1997年，中国医学科学院肿瘤医院去美国招聘，乔友林应召回国，想的是服务国家。第二年，他开始在国内做宫颈癌防治的研究。段仙芝找到他的时候，他已经在山西襄垣县和深圳建立了宫颈癌防治的示范点，开始培养基层医生。

乔友林在一篇文章里记录过自己当时的感受："我曾经在山西襄垣、阳城等基层单位为很多农村妇女进行宫颈癌的筛查，看到不幸罹患宫颈癌的妇女渴望治愈、求生的眼神，也看到农村妇女因为贫穷无钱治病的无奈。这些景象深深刺痛我的心。"

段仙芝那年53岁，是内蒙古自治区人民医院妇产科的主任。与乔友林受的精英医学教育不同，她出生于鄂尔多斯准格尔旗的农村，是全村唯一一个读了高中、上了大学的女孩子。大学毕业后，她从最基层的医院做起，从准格尔旗到鄂尔多斯市，再到自治区首府，每一步都走得不容易。从医 30 年，她见到的是数以万计的底层女性。对她们的困境，她有最切身的感受。

20 多岁时，段仙芝在准格尔旗县医院做妇产科医生，她所在的村子就有多名女性确诊为宫颈癌。一次，她的一位亲戚来县医院探亲，她让对方顺便做个检查，对方说："查什么呀，我什么感觉都没有。"结果一查就是宫颈癌，但发现得早，还有得治，活了下来。另一位亲戚则没有那么幸运，也是偶然查出癌症，可惜到了晚期，放疗化疗都做了，但已经来不及了，不到半年就去世了。还有一次，她回村探亲，听说一位邻居生病去世了。一问才知道，老太太绝经好多年，又开始流血，这是宫颈癌的典型症状。老太太没有去医院治疗，就在家里挨着，直到生命的终点。

在 20 世纪 80 年代的鄂尔多斯，宫颈癌还是一个被认为必死无疑的癌症。段仙芝记得，那时候到医院看病的病人少，而且基本都到了晚期，已经没有什么好的治疗方法 —— 医院会给她们做一些淋巴清扫，或是放疗化疗，但基本都是姑息性的，很难彻底治好。

但在那之后，作为一名基层医生，段仙芝开始经历医学技术的更新。

1985 年，她 33 岁，到北京进修，像海绵吸水一样学新知识。先是到了中国医学科学院肿瘤医院，学怎么治肿瘤，在那里她第一次看到了阴道镜。说起这个，她兴致勃勃，一双圆眼睛带着笑："我就好奇得不行，怎么会有这种，还能放大看呢。"后来她又去北京协和医院学习葡萄胎的放化疗，最后又去北京妇产医院学了产科，带着一身本领，回了内蒙古。

接下来十多年，她的观念逐渐改变——比起被动治疗已确诊的宫颈癌，主动在广大人群中筛查，也许能帮助到更多人。

2021 年 6 月底，我在北京同仁医院的亦庄院区见到了段仙芝。她今年 68 岁了，早就到了退休的年龄，但还在上班，一天做七台手术，每隔一段时间还要回到鄂尔多斯坐诊。58 岁那年，她从内蒙古调到北京，三周之内学会了开车上下班，强悍又有生命力。

见面那天，她下了手术台，摘下口罩帽子，露出一头卷发，和善一笑，一口浓重的内蒙古口音。讲起当时自己观念的转变，她引用了一句古话："上医治未病，下医治已病。你得了病来治，我们医生就是下医了。上医是治的什么？就是预防呗，我就想，我为什么不能当个上医？"

去找乔友林之前，她已经独自开始在内蒙古做筛查。2003 年，她所在的内蒙古自治区人民医院妇产科，买了一台可以做液基薄层细胞检测（TCT）的仪器。TCT 是当时最先进的宫颈癌筛查技术，对宫颈癌细胞的检出率接近 100%。段仙芝给相熟的基层妇幼保健院的医生打电话，开始了筛查的第一步。

在鄂尔多斯市西南部，乌审旗妇幼保健院的前任院长金华向《人物》作者回忆，2005 年年初，她接到段仙芝的电话，让她组织当地的女性参与宫颈癌筛查。金华曾经去内蒙古自治区人民医院妇产科学过剖宫产，因此与段仙芝相识。到了那年5月，段仙芝带了六位医生到了乌审旗，一边培训当地的医务人员，一边开始做筛查。

这一筛倒好，来了400人，检出了4个癌症、28个癌前病变——这是相当高的检出率。

同一年，段仙芝与乔友林见面，讲了内蒙古的情况，请他帮一帮内蒙古。乔友林理解她的努力，他为内蒙古争取到了来自意大利的300万欧元赞助，送去了器械，又办了好多次学习班。宫颈癌筛查需要经费，就拿TCT一项来说，患者自费就是160元。有了科研项目意味着有了钱，他们开始免费给内蒙古的女性做体检。

从一个项目到政府行为

站在今天回顾鄂尔多斯的宫颈癌筛查史，一个民间项目之所以能够取得成功，有一个不能忽略的关键因素，那就是它获得了政府的信任和支持——这不仅意味着有钱、有人，还意味着政令的保障、执行的通畅。

2005年是第一个转折点。段仙芝在乌审旗做两癌筛查时，鄂尔多斯市卫生局的局长专程去视察过，认为他们做得不错，是"在给老百姓办实事"，并认为这件事应该全市铺开。到了2010年，在那位局长的支持下，鄂尔多斯就开始在全市范围内做免费的两癌筛查，所有的开支来自政府支出。

鄂尔多斯市卫健委妇幼健康科科长王淑云告诉我们，2010年到2015年，鄂尔多斯做了整整五年的两癌筛查，只不过当时没有下达硬性指标，比如规定每个旗县要完成多少，这更像是一个纯自愿的惠民项目。

但作为公共卫生专家的乔友林明白，这还远远不够——任何一种疾病的控制，都需要覆盖足够的人群，这就是后疫情时代大家都熟悉的"群体免疫"。根据世界卫生组织的建议，宫颈癌筛查覆盖率应该达到70%，"如果达不到这个数字，对疾病的控制是微不足道的"。

2014年，乔友林和段仙芝开始了辛苦的游说，劝说鄂尔多斯市政府做一个覆盖全人群的两癌筛查项目。

这一对伙伴性格迥异——乔友林外向善谈，有专业背景，一副精英学者的派头；段仙芝更内向，拙于表达，但优势在于她是本地出身的妇产科医生，且多年来一直在做实事，天然让人信赖，她明白本地的文化和逻辑，也积累了人脉。他们因此分工：靠段仙芝去约鄂尔多斯能拍板的官员，约好了，就让乔友林去讲。

2021年6月，我们在中国医学科学院的办公室里见到乔友林。他还清楚地记得，在官员们面前，自己当时是如何"慷慨陈词"的："我们用的是先进的HPV核酸检测，就是取个分泌物，一点不麻烦。成本也低，一个妇女做一个筛查，50 块钱可以管五年。居民和纳税人为城市做了贡献，现在我们为她一年花 10 块钱，这不算多。"

这样的游说，进行过许多次。2016 年，鄂尔多斯市政府终于下定决心，两癌筛查全覆盖。这个城市所有适龄的常住人口都可以享受免费两癌筛查——不是户籍人口，而是在此居住超过六个月的人，都可以享受这项服务。

说到这里时，乔友林提到的是一些特定的人，比如那些在餐馆工作的女性，那些清洁工、拾荒人、流浪者。因为公共卫生不仅仅是科学，还是跟公平相关的事业。越是身处贫困中的人，往往越需要这些关怀。

几十年来，乔友林在中国的几十个城市做过宫颈癌试点，鄂尔多斯是第一个响应他的建议、开始做全面两癌筛查的城市。他说，这件事能做成，科学家和医生"一个巴掌拍不响"，当时鄂尔多斯确实也有一群开明的有社会关怀的官员。

当时鄂尔多斯市卫计委（那时机构还未合并）的主任姓何，是一位女性，2010 年她就对段仙芝在准格尔旗搞的两癌筛查很有兴趣。再比如当时卫计委的副主任姓王，是一位男性，学公共卫生出身，有专业背景，且后来到了市政府担任副秘书长。一旦这些官员明白和认同这件事的意义，靠他们在上层推动，事情就变得更容易。

2016 年，鄂尔多斯正式启动这样一个项目，要在 2016 年到 2020 年的五年时间里，给 35 岁到 64 岁的女性做免费两癌筛查，五年结束时，筛查率必须达到 60%。

这是一个真正意义上的政府行为 —— 政府出台了实施方案，成立了技术专家组，下发了技术指导方案，每年有 600 万的专项资金。王淑云记得，那五年，他们每年都给各个旗县下达筛查任务，每年要考核，一旦发现这一年这个旗县可能完不成，市卫健委就会下去督促。

截至 2020 年，五年期满，整个鄂尔多斯筛查了 20 万女性，筛查率达到了 59.6%，基本完成了目标。

被看到的女性

在鄂尔多斯这样一个城市，为近 60% 的适龄女性做筛查，会有多难？

今年 7 月，我们到了鄂尔多斯，真正到了这里，才对"辽阔"有了实感 —— 从西南边的乌审旗到东边的准格尔旗，需要五个多小时车程。车开在草原和森林之中，人和车都少，只有道路一直往前延伸。又因为海拔高，天空和云团都离得近，更显得天地广大。路过牧区，路边是零星的人家，很少聚居，都是远远相隔。

两癌筛查的第一个困难就是距离。让所有人都主动到旗县的妇幼保健院来筛查，这不太现实。乌审旗妇幼保健院的副院长嘎日格说，每到农闲时节（比如6月牧民剪完羊毛，会有一段休息时间），他们就会带着设备下乡。有的偏远乡镇，开车要三四个小时才能抵达，一天无法来回，有时就睡在救护车里。就算是这样，有的牧民从自己家到乡镇还要70公里，骑摩托都得一个多小时。

不管是段仙芝、乔友林，还是执行筛查工作的基层医生，大家都知道，做两癌筛查要对抗的远不止疾病本身，还有贫穷、信息匮乏，以及女性对于身体的羞耻，还有围绕在她们周围的那些成见。

嘎日格记得，最初那几年，他们去农牧区做检查，千辛万苦把人召集过来，先查乳腺，大家相对还能接受，但一听说查宫颈"要脱裤子"，"人就都跑光了，就不查了，都走了"。段仙芝调查过当地女性不愿意参加宫颈癌筛查的原因，依次分别是：不了解检查的好处，做妇科检查难受，查出病后有心理负担，没有症状，查出宫颈癌也治不好，害怕上当受骗……还有1%的人给出的理由是：丈夫不允许。

为了让大家筛查，有的旗县给女性居民送米、送油。嘎日格的方法是开讲座，每年都讲十几二十场。他是蒙古族，开朗善谈，也理解牧区文化，每次和汉族同事一起下去，他用蒙古语做讲座，同事再用汉语讲一遍。他打开电脑，把一份上百页的、名为"为了姐妹们的健康"的PPT给我看，多年磨炼之下，他已经掌握了对基层女性言说的技巧。

他往往不会一开场就说宫颈癌，而是从年轻人结婚生子说起，再到孕前筛查和遗传疾病，中间自然转到宫颈癌。人为什么会得癌症？不能说"细胞出现无限制恶性增生"，大家听不懂，就说细胞变坏了、不听话了，"一句话完事儿"。

女性的子宫颈，他把它比作甜甜圈，宫颈生了病，就是"甜甜圈没保存好，发霉了"。PPT 文字不多，都是一眼就能看懂的图。为了让大家相信，他们还采访了一些确诊的病人，把采访视频播给大家看，一点点动摇她们身上那些顽固的羞耻和成见，让她们能放心走上检查床。

在这样一个规模巨大的筛查过程里，你会看到最广大的女性，看到她们的生活、处境、情感，以及正在遭遇的命运。

医护人员们印象最深的，首先是筛查刚开始时，检出了数量巨大的感染者和癌症患者 —— 在准格尔旗，最初的 HPV 阳性率甚至达到了 23%，几乎每个人都能举出身边人的例子。因为很多人都是人生第一次做筛查，HPV 感染者一时间迅速涌现。

很久之后，人们才逐渐理解鄂尔多斯的环境与疾病的关系。过早结婚、孕育，多产，是牧区女性感染 HPV 的高危因素。而草原的干旱和风沙，地表和地下的煤矿、天然气、稀土，会让她们的免疫力变弱，病毒不易清除，时间一长就开始恶化。

在早年的农牧区，女性往往过着贫穷而忙碌的生活，她们的日常是饲养牲畜，养育孩子，每个季节都有该做之事。像每一个女性那样，她们同样体验着身体的痛苦：怀孕、生产、流产、子宫下垂、卵巢囊肿……但HPV的感染是隐秘的，它通过性行为广泛传播，且绝大多数HPV感染都没有明显症状，包括两种高危致癌亚型（HPV16和HPV18）在内。随着病情发展，下身开始流血，她们才终于发现，但那时候往往已经癌变。

2005年，段仙芝第一次在乌审旗做筛查，乌审旗妇联有一位工作人员叫团月，帮忙召集患者。段仙芝招呼她，既然来了，也查一下。那时检查还是自费，每人160元。团月一个月工资1000多块，离了婚，独自抚养两个孩子，这笔钱说少也不少。她心里矛盾了几天，觉得身体似乎还好，但又不放心，最终还是决定查一查，在一个雨天，骑着摩托到了保健院。两个月后，她接到电话，知道自己得了宫颈癌。那年她才36岁。

之后几年，团月做了一个又一个的手术——先是宫颈锥切，还不行，接着拿掉了整个子宫，但癌细胞还在长，最后拿掉了卵巢和输卵管，"刮得光光的，全没了，全拿掉了"，癌细胞也消失了。2021年7月，我们在乌审旗见到团月，她过了50岁，脸上有了皱纹，已经做了外婆。这十几年，她没再出过问题，为了锻炼身体，每天走路上下班。她说自己身体指标足够好，甚至比很多同龄人还要好。

其其格是乌审旗妇幼保健院护理部的部长，她也对一位患者印象很深。那是 2013 年的夏天，已经开始免费两癌筛查了。保健院门前有个公共厕所，有一位 63 岁的清洁女工负责卫生。有一天人少，其其格就招呼那位女工来查，灯下一看，她的宫颈已经是黑青色，拿棉球清理分泌物，一碰就渗血。其其格有经验，知道事情紧急，直接给患者的女儿打了电话，让她带母亲去上级医院检查。后来查明是癌前病变，因为她年纪已经大了，卵巢、子宫全切。她恢复得不错，现在已经退了休。

以上这些，是在凶险中幸存下来的故事，但并非所有人都如此幸运。其其格还记得另一位病人，是一位牧区的蒙古族女性，一年 6 月剪完羊毛，过来找其其格做筛查，她下身已经在疼痛流血，TCT 结果显示是高级别病变，必须马上手术。一个多月后，患者去与乌审旗接壤的陕西榆林做了锥切手术。

宫颈癌患者做完手术，有 20% 的可能会复发，因此复查相当重要。术后第三个月，其其格打电话回访，提醒患者按时去复查，对方说家里事情多，没顾得上，过段时间再去。第六个月，其其格再打电话，患者还没去。等到第三次打电话过去，得知对方在住院了 —— 因为复查不及时，癌细胞已转移，一切都已来不及。从确诊到去世，只有一年时间。去世时患者刚满 39 岁，是相当年轻的。

这就是最无力的地方，也是医生们的集体苦恼：怎么把触角伸到最边缘、最难触及的角落？康丽是准格尔旗妇幼保健院的妇保科医生，她在这家医院工作了 20 年，因为准格尔旗的筛查已经进行了 10 年，感染率和患癌率都在降低。但她接诊过两位特殊的病人：她们来自偏远的乡村，天生或后天患上精神疾病，偶然被亲人送来筛查，一查就是宫颈癌和癌前病变。在乡村的环境里，可能性生活过早，可能被动有了多位性伴侣，且卫生条件有待改善，这都是感染 HPV 的高危因素。在康丽看来，她们是那类最没有自保能力的人，也是最需要照护的人。

如何让这样的最弱势群体更早得到保护，让类似的事情不再发生，是鄂尔多斯接下来要面对的另一个命题。

疫苗，以及第一个吃螃蟹的勇气

因此，到了 2019 年，乔友林觉得是时候了 —— 该把疫苗提上议程了。

国际医学界早有共识，宫颈癌预防系统一共分为三级：第三级是治疗，第二级是筛查，第一级则是所有医生与科学家的梦想、皇冠上的明珠，那就是注射 HPV 疫苗，这是能够一劳永逸消除宫颈癌的方法。

实际上，早在 2011 年，乔友林就在准格尔旗提出了"母亲做筛查、孩子打疫苗"的方案，计划给 2000 位母亲做筛查，给她们的孩子注射 HPV 疫苗。当时已经在全旗选出了 2000 人，登记了档案，来自美国的 10000 支疫苗已经到了海关。但那时，这过于超前，国内还没有任何 HPV 疫苗上市，由于种种顾虑，那批疫苗没能入境。这也成为乔友林和段仙芝一直以来的遗憾。

后来这些年，他们没有放弃过关于疫苗的游说。三八妇女节，段仙芝回鄂尔多斯做健康讲座，台下坐着官员。只要有机会，她就讲"宫颈癌的三级预防"，讲疫苗有多好，讲世界上已经有多少国家开始注射疫苗。

2019 年，乔友林和段仙芝决定重提疫苗一事，把这个想法送到了鄂尔多斯的一位副市长面前。与八年前相比，官员们对此事的接受程度明显更高了。不久后，由乔友林和段仙芝牵线，鄂尔多斯市卫健委的主任和国外的疫苗厂家在北京见了一面，进行了一次谈判。

王淑云是鄂尔多斯市卫健委妇幼健康科科长，那次谈判她也在场。她向我们回忆，在谈判过程中，厂家表现得很积极，二价的 HPV 疫苗一共三针，全价接近 1800 元，厂家只收一针的费用，也就是 580 元。这是一个超出他们预料的优惠力度。因此鄂尔多斯市政府很快决定，在全市免费接种 HPV 疫苗，这个费用政府财政全拿，此事也很快通过了鄂尔多斯市人大常委会的决议。

当然，这也基于鄂尔多斯的实际情况。鄂尔多斯人口不多，常住人口有 200 余万，初高中女生加起来也才 50000 人，如果全部接种，需要 3000 万元人民币。同时，鄂尔多斯矿产资源丰富，财政收入一直稳居内蒙古自治区首位。

事情到这里，进展都很顺利，之后却在一个关键地方卡住了——打疫苗的费用需要从市财政局划拨，而这个钱迟迟不能到位。实际上，这笔钱财政局拿得起，只不过，最根本的原因是，需要从政策上找依据：这笔钱为什么花在这儿？其他城市有没有打 HPV 疫苗的先例？既然北上广深都没做，我们做第一个，这合不合适？

这几个问题一问，打疫苗一事就暂缓了。之后的故事，乔友林在接受媒体采访时讲过许多次——

当时段仙芝跟他说，准格尔旗有个主管文教卫生的女副旗长叫张银银，可以去找她谈谈。张银银在准格尔旗工作了许多年，整个宫颈癌筛查工作她都熟悉。2020 年春天，他们去见张银银，听了此事，张银银没太犹豫，很快拍板同意。按国际惯例，一般只给 13 岁—15 岁的初中生免费接种，但张银银最后决定，给初高中女生全打上，一口气打到 18 岁，"之前没打，是因为不知道，算是我们亏欠她们的，高中我还管得到，也给她们打上。"她想的是，18 岁的姑娘马上要上大学，或者进入社会，打了疫苗，她们就不再有后顾之忧。

和我们见面时，乔友林反复感叹张银银的担当，说她身上有一种"舍得一身剐"的侠义之气，为官一任，要真正做些好事，哪怕可能会有些风险。他为之敬佩。

这件事做完不久，张银银调离了准格尔旗，如今已经在另一个岗位工作。准格尔旗率先接种 HPV 疫苗后，一些媒体从乔友林那里知道了她的故事，希望采访她，她不想邀功，全都拒绝了。2021 年 7 月，我们在鄂尔多斯见到了张银银。她身形不高，一头短发，我们在她的车上有过半个小时的交谈。

她说，打疫苗这件事的基础，首先是段仙芝和乔友林多年来在准格尔旗的辛苦工作。段仙芝每回讲座，只要有时间她都会去听，因此也明白了宫颈癌防治的重要性和接种疫苗的好处，这项工作她愿意支持。另一个条件是，当时准格尔旗刚好在做民心实事项目，她分管卫生和教育，刚好把给学生打疫苗做成一个"健康进校园"活动，这不需要和其他部门协调，她有比较大的自主权。但最重要的还是，"看你想不想做，你要想做，我觉得还是能做成"。

理解她的另一个角度也许是，她也是一个女儿的母亲。她的女儿已经在读研究生，在女儿大学入学的第一年，张银银就让她打了自费的四价宫颈癌疫苗。作为一位女性、一位母亲，接种疫苗的好处她早已了解。

2020 年 8 月 1 日，准格尔旗开始 HPV 疫苗的接种。准备工作很低调，没有邀请任何媒体，事前也没有在网上发布任何信息，在场的只有乔友林和段仙芝的团队，还有一些必要的医务人员。乔友林说，前一夜他还在担心这件事会被叫停。

但最后，那一针顺利打下去了。那是准格尔旗免费接种 HPV 疫苗的第一针，也是全中国免费接种 HPV 疫苗的第一针。大家都很高兴。

乔友林和第一个接种的小姑娘拍了一张合影。距离他和段仙芝第一次到鄂尔多斯做宫颈癌筛查，已经过去了 15 年。从第一次提起疫苗至今，已经过去了 10 年。他们等待这个时刻已经太久了。

把浪卷起来

在如今的鄂尔多斯，宫颈癌的三级预防系统已经建立。各旗县妇幼保健院的医生，是离普通女性最近的一道防线，她们像毛细血管一样遍布整个城市。

乌审旗妇幼保健院的妇科只有一位医生，叫曹小燕，在她诊室里旁观的一天，《人物》作者看到了医患之间可以有的一种理想而和谐的关系。曹小燕熟悉很多患者的症状和病史，她受过训练，知道怎么问出那些私人的问题，同时又让她们感觉被尊重、被关心。她知道很多人经济状况不好，花一点钱都会心疼，因此基本不收检查费。有病人给她送自己做的凉粉，她会接受。但还有人要塞红包，把她和小护士"吓得半死"，这是不可以的。

曹小燕本来是乡镇卫生院的医生，2015 年调到乌审旗妇幼保健院。她所经历的成长过程，正是这个系统培训医生的缩影——

来到妇幼保健院之前，曹小燕在乡镇卫生院只看一些最基础的妇科病，做做体检。2016 年，鄂尔多斯市开始做两癌筛查项目，她被送去北京上阴道镜的专培班。每个妇幼保健院送两个人，在北大第一医院，封闭培训了 21 天。老师严苛，不让她们逛街，会随时拨打视频过去检查，要求她们努力刷题。从北京回来，她有了一些知识、一些自信。

后来这五年，她筛查了乌审旗上万名适龄女性。2020 年，她一个人就查出了 30 多个癌前病变，这意味着那 30 多个人只要治疗及时，就不会有性命之忧。她是在死亡之路上中途拦下了她们。

2021 年鄂尔多斯全市疫苗开打时，市卫健委曾有人提出，五年一周期的筛查刚好结束了，要不要就此中止，以后把每年 600 万的经费全部用在疫苗上。段仙芝一听，有些着急，说这是绝对不行的，宫颈癌筛查绝不能停止。

她向我们解释了原因。第一批打疫苗的孩子是 18 岁，大概 15年之后，她们就到了宫颈癌高发的年龄，但是发病的可能性已经变得极小，比她们更小的女孩子，也都会受到疫苗的保护。但接下来这 15 年里，那些无法被疫苗保护的成年女性，依然需要宫颈癌筛查来阻断通往癌症之路。

因为这个原因，宫颈癌筛查暂时不能停止。鄂尔多斯市政府也采纳了段仙芝的建议，这个三级预防系统会继续运行下去。

王淑云说，筛查难度最大的人群，是那些居住地特别偏远的女性，尤其是牧区的蒙古族女性。他们在考虑怎样把工作进一步下放，比如放到村或者社区，让筛查服务变得更可及。非洲的卢旺达，就是靠着村庄里的医护人员，完成了宫颈癌的筛查及疫苗的接种，现在那里已经基本消灭了宫颈癌。当然，这很考验技术和人员，是一件有难度的事情。

鄂尔多斯疫苗开打之后，66 岁的乔友林继续在全国各地飞来飞去，继续宣讲宫颈癌疫苗的好处。他始终认为，偏远地区最为重要，只有这些地区做得好，消除宫颈癌才成为可能。2021 年 6 月，《人物》的作者联系他时，他正飞往青海。2020 年全国"两会"，他也写了一个关于 HPV 疫苗进入计划免疫的提案，通过北京市医保局局长向上提交。

乔友林说，鄂尔多斯与宫颈癌的故事，说明的是一个道理：在这样一个巨大的国家，全国齐步走，免费接种 HPV 疫苗，在短期内可能难以实现，但有条件和意愿的地区确实可以先做。比如目前在全国范围内，已经有鄂尔多斯和厦门免费给女孩接种 HPV 疫苗，正在推动的有深圳，还有两个省份也对此表现出兴趣，分别是广东和海南。

而他们这些年在鄂尔多斯做的所有努力，就像在平静的水面上扔下一颗石子，"如果一直没人做，水面不会起波澜。但只要有人能扔个石头，或者有人敢跳下去，就会把这个浪卷起来。"

人类与宫颈癌的战斗，的确也已形成一股浪潮。2020年冬天，世界卫生组织发布了《加速消除宫颈癌全球战略》，其中就包括要在2030年时，保证90%的女孩在15岁前完成HPV疫苗接种。194个国家许下了承诺，中国也是其中之一。这也是世界卫生组织第一次宣布，要消除一种癌症。

在鄂尔多斯，要做的也还有很多。2021年7月下旬，乔友林、段仙芝和准格尔旗妇幼保健院的医生们，准备带着设备再次下乡。在最难以触达的广袤的农区和牧区，还有一部分女性的宫颈癌筛查没有完成。这一次，他们准备扎在那里，再走4个乡镇，满负荷工作30天。等待筛查的，还有3000名女性。

林松果　文

姚璐　编辑

2021年7月12日

前妻

2020 年 8 月 7 日下午，张玉环出狱第三天，在张家老宅门前，宋小女被记者们团团围住。有人抛出一个问题，在前夫张玉环和现在的丈夫于胜军之间，她怎么处理这个关系。

她回答，两个人都是她最心爱的。她曾为张玉环付出，不顾一切，但现在她要回到于胜军身边去。

但最重要的不是她回答了什么，而是她接着跟这位记者说："谢谢你，问出了我的心声。"她敏锐地看到，在过去与现在的生活之间，出现了不可避免的冲突。

她的爱丝毫不减

张玉环故事的转折点，发生在 2017 年冬天。腊月二十七，当时江西电视台的记者曹映兰，从南昌赶到几十公里外的进贤县张家村。不久前，同事跟她说起这里的一个冤案，眼下临近春节，人们都回了村，她要去见见他们。

到了那儿，许多人等着，包括张玉环的哥哥、弟弟、妹妹，以及当年主张报案的村医。还有一个人也来了，是张玉环已经改嫁的前妻，47 岁的宋小女。

曹映兰大学学的是法律，毕业后做了多年的法治报道，见过各种案件里的复杂人性。前妻，尤其是一个已经改嫁近 20 年的前妻，这是以往极少出现的角色。年深日久，妻子们往往避之不及，不愿意再和"杀人犯"有什么关系。

但宋小女很不同。

曹映兰当时的视频里，记录下这位前妻第一次接受采访时最真实的状态——

她站在当年和张玉环共同生活的老屋子里，四周已经破烂不堪了，她却说："我在这里住，这是一个多好的家啊。"她说起改嫁后第一次去现任丈夫于胜军家里过年，吃年夜饭，婆婆一直给她夹菜，"我吃，我吃，我没有哭，我一直笑，一直笑，一直笑……那是笑吗？"

她已经从年轻女人变成了抱着孙子的奶奶。但说这些的时候，她眼神明亮，抬头望天，又哭又笑，因为激动而几乎晕厥，被人一把抱住，掐了人中才缓过来。

这个案子里有很多动人的故事：张玉环自己多年如一日地写申诉书；当时主张报警的村医张幼玲内心受到煎熬，联系和推动记者采访；张玉环的大哥张民强寄出了上千封申诉信，50多岁时开始学着发微博，每编辑一条要四个小时，也是他风雨无阻，趁着中午午休的半个小时时间差，去江西高院询问案件进展。

但在现场，曹映兰最难忽视的是这个女人。她的眼神、她的表情、她抑制不住的对张玉环的爱，"那种藏不住的甜蜜，仿佛回到了青春年少的时候，20多年丝毫不减"，"她希望帮助张玉环清白地出来，那种愿望很强烈，你真的能非常清晰地感觉到……我无法拒绝。"

曹映兰联系了此前在某次冤案报道中结识的律师王飞和尚满庆，两位律师接下了这个案子。

三年后的夏天，张玉环出狱了。江西省高院再审宣判称，张玉环犯故意杀人罪的事实不清、证据不足，按照疑罪从无的原则，不能认定他有罪。

张玉环入狱后无人居住的老屋，最直接呈现了时间破坏的暴烈程度。一棵构树从后墙长出来，这是东南部乡间最常见的树木之一，生命力强，但这棵树长到了七八米高，很罕见，它结满红色的果子，树枝穿透了墙面。与它的坚韧比起来，老屋摇摇欲坠，像一个立起来的纸盒。

原本这是一座新房，年轻时的木匠张玉环亲手做的床、柜子、竹篓，现在都成了碎片。30岁的大儿子张保仁已经活过了父亲入狱时的年龄，他站在这一片废墟和他们过去的生活中间，回头说："你看，岁月的力量有多大。"

时间也改变了人。出狱后的张玉环置身于一个崭新的、剧变的新世界，他木讷，不善交谈，因为常年见不到太阳，皮肤白得发光。他以为前妻早已改换心意。至于宋小女，她老了许多，因为在渔村生活太久，皮肤晒得发黑。相处的短暂几天，两人没有好好交谈过。

出狱后的第三天，他们照全家福。好多媒体围着，宋小女觉得尴尬，在那里谨慎地张望，不知道自己站在哪儿比较合适。最后是儿子把她按在了最右边的位置，让她抱着孙子。

她和张玉环没有坐在一起。他们之间隔着一段新的婚姻、一个没有完成的拥抱，以及分别的27年。

破碎的生活

从南昌坐动车到厦门，换汽车到云霄，上了漳州东山岛，再沿着漫长的海岸线开上一个小时，岛屿尽头的小渔村，是宋小女现在的家。

说是家，倒不如说是一个租来的临时住所，这种临时体现在方方面面——房间里没有衣柜，仅有的几件衣服都挂在晾衣竿上，几张大床铺着凉席，筷笼也是用装三七花的瓶子改造的。

年租金7000元的小楼，已经是他们能承受的最好的房子。再早些，他们住在靠海更近的木头房子里，房子太潮，孩子总生病。如今这个房子是石头的，上边一块牌匾写着"春光永驻"。台风天，雨滴滴答答从天井落下来。

宋小女和两个儿子住得很近，从2008年开始，男人出海打鱼，女人守在家里带孩子。这就是她好不容易建立的生活，一家人团聚的安稳日子。

在张玉环入狱后的前十年，这种生活都是奢侈。父母子女，四人四地——张玉环在看守所，宋小女在南方打工，大儿子张保仁跟着奶奶生活，而小儿子张保刚跟着外公——用保刚的话说，他们不是光没了父亲，其实也没了母亲。

都是破碎的生活。

张玉环在1995年和1996年分别自杀过一次。那时他的案子被江西高院以"事实不清"为由发回重审，六年里等不到开庭，也见不到家人，是他"最痛苦"的日子。到了晚上，他偷偷撕破床单，跑到放风间，两次把自己吊在挂毛巾的钢管上，都被狱友救了下来。他心灰意冷，想到老婆孩子，"他们过着牛马不如的生活，见不到，但我都想象得到"。

两个儿子的少年时期在孤独中度过。因为是"杀人犯"的儿子，被挑衅，被欺负。小儿子保刚性格刚烈，要打回去，最后，书也读不下去了。大儿子保仁隐忍、沉默，最深的记忆是饥饿——奶奶节省，买了一斤肉，一天只切一点点，变质了也不扔，洗一洗放好，下一顿再切一点点，继续吃。

保刚怨恨母亲，宋小女在他3岁时离家打工，7岁才回来，那也是他记事后第一次见她。"别人让我叫妈妈，我很排斥，根本不叫。我父亲是被冤枉了抓走了，我妈还在，为什么不跟我们在一起？我百分之百不理解。"

直到后来，日子稍微好些了。2002年到2005年，他们一起在西安生活，保刚才确认母亲对他的爱——那时他爱吃排骨，宋小女就一天买两斤，炖给他吃。他仍然好奇母亲在1993年到1997年间的生活，想弄明白一件事：那几年，她心里到底有没有自己。

但宋小女从来不愿多谈自己的辛苦，保刚就去问舅舅、姨妈，知道了一些。那时宋小女在餐馆打工，攒下了一两万块钱，除了支付他们的学费，就是用来帮张玉环申冤。他知道了她白天努力工作，晚上想到远方的丈夫和儿子，咬着牙哭；知道了她的委屈和无奈，"她不是不管我们"。

两个男人

1997 年，宋小女与现任丈夫于胜军在江西进贤县见了第一面，是弟弟宋小小撮合的。宋小女一头长发，白皙漂亮。于胜军一个圆脑袋，笑起来很有亲和力，看着是个开心的年轻人，但心里灰暗又破碎，用他自己的话说，那时候"生离死别、一穷二白、人财两空"。

于胜军的上一任妻子刚满 20 岁，得了白血病，送到南昌大学第一附属医院，医生问他公费还是自费，他根本分不清，医生就明白了，劝他别治了。他回答说不想放弃，"尽我全力吧，能治一天是一天"。过了半年，妻子还是走了，留给他一个 4 岁的儿子。

那之后，他去了 700 公里外的陌生小岛讨生活。刚上岛时，闻到巨大的腥臭味就发晕，1996 年第一次出海，吐得昏天黑地。没过两年，手上几个指头都受伤了，因为钢丝绳、铁板，或者是涡轮。更巨大的危险来自海面，最早乘的是木船，巨浪把船举到两层楼高再跌下来。但没办法，还要还债。

于胜军和宋小女是相似的人，同年生，性子直来直去，都有过去的伤口，对命运沉默又顺从。宋小女提了三个条件，于胜军答应了，这是后来大家都知道的——第一是对小孩视如己出，第二是不能阻止她去看张玉环，第三是要让她看婆婆。她就到了他身边，把根扎在了异乡的土地上。

如果说宋小女最初的选择是因为生病，要给孩子找寄托，那20 年后，他们之间的感情已经超越了这一层。她爱这个男人，信任他。家里很多事情她不管，比如她搞不清楚从东山岛回进贤，到底该怎么转车、需要多久。一问她，她摆摆手，一笑，瞥一眼于胜军："这个你要问我老公。"

她依赖他。大家坐在一块儿聊天，她会时不时压低声音喊于胜军，一笑，用方言和他说悄悄话。保刚说起这些年自己与继父的关系，是"相敬如宾"，也称赞继父对母亲好，是"无微不至"。

刚从南昌回家时，宋小女在高铁上看了些抖音上的评论，那是她拍自己和于胜军的视频。有人问她："这是想张玉环吗？"她气得头晕："为了想张玉环我就得死吗？1993 年到 1999 年，我少想了吗？我嫁了老公，我也有我的生活呀。"一量血压，190 多，她赶紧摆手，让我别声张，别让于胜军知道。

可还有一些她没办法的事 —— 她的爱情并没有随着时间的变化而消亡。

在一起的头两年，她常常喊错名字，把于胜军喊作张玉环，一喊出来，又马上捂嘴。第一年，于胜军没说什么。到了第二年，他说："小女，我容忍你一年，不能再容忍你第二年。要不这样，你就喊我老公，也别喊名字了。"

但还有些念头会顽固地冒出来。她反复想起张玉环给她买的那条紫色裙子，"美死了"，也会回忆张玉环把肉省下来，给她和两个儿子吃。她怀抱着这些回忆像怀抱珍宝。

跟自己约法三章，说不许想他了，但总有微妙的时刻。有时候于胜军出海，夜里她一个人躺着，心想："我老公现在在干吗？"接着就会想："张玉环在干什么？他睡了吗？他好吗？"

最难启齿的是当年得了宫颈癌，她要跳海，于胜军拉住她，说借 30000 块钱去治病，赌一把。开了刀，医生过来恭喜她："宋小女，成功了，你不用化疗了。"于胜军过来一把扑在她身上，不能抱得太紧，他就撑着，说："老婆，我们赌赢了。"两个人对着哭，但于胜军起身的那一瞬间，她马上就想到了张玉环："我老公是这样（抱我），假如张玉环在这里，他是不是也会抱着我哭？他也应该抱抱我吧？"

在东山岛的海边，她说到这些事情，想努力解释给我们听，这个抱，不是一个平白无故的抱。"你最艰难无助的时候，自然就想到了这个拥抱。自己都快要死了，我还在想着要他抱一抱。这能说出来吗？真的，好惨。"

2020 年 7 月，在镜头前，在张玉环出狱前夕，她说出自己隐藏已久的愿望："他（张玉环）还欠我一个抱。"

于胜军看到了，问她："你为什么想？"

她说："不是我今天想，时时我都想。"

美与疼

2020 年 8 月 11 日，宋小女从江西回到福建渔村，遇见邻居，对方是第一次听说她的故事，问她："妈呀，你还有这个经历，你知道吗，我哭死了，你怎么还能那么开心？"

她愿意过得开心些，拒绝交出开心底下的真相。在渔村，她是个名人，在跳广场舞的小公园里打听，大家都知道她。保刚说，在西安时也这样，她热情、轻快、与众不同，看起来满怀希望，到哪儿都能交到朋友。有时候带小孩子去公园玩滑滑梯，她也跟着坐上去，"人家孩子还没她高兴，没她笑得大声，我就感觉挺不可思议的"。

她对生活的要求不高，就是爱美，喜欢漂亮衣服。有记者在她不同意接受采访的情况下发了稿子，她不开心，但看到自己被偷拍的照片，又好受点了，因为把她拍得很好看。"你别说他技术还高呢，我还没有这么漂亮过呢。"她说，"我这个人喜欢漂亮，要是丑的话，哭都哭不出来。"

没有衣柜，但她还是快乐地给我展示了她挂在晾衣竿上的五条新裙子，这都是礼物，分别来自二媳妇、三媳妇、二姐和老公。她不爱沉闷，裙子色彩斑斓，还有一条缀满了小雏菊。儿媳妇买了面膜，她要用一点。儿媳妇买了带花边和蕾丝的裙子，她也要穿一次，发个抖音，"就要有漂亮的样子"。

某天中午，在东山岛无人的海滩，她撩起衣服，给我们看肚子上一条长长的疤痕。这是一条大概十厘米长的竖状刀痕，抽象点说，这块疤痕像是她人生的自传。这条伤口曾经打开过三次：第一次是宫颈癌；第二次是因为动宫颈癌的手术，膀胱破了，要补；第三次是取医生掉在膀胱里的纱布，纱布成了结石，她痛得要死。最后那次医生和她开玩笑说："要不你直接上把锁吧？"

作为女性生活灾难的幸存者，她身上有很多故事可讲，但总是沉默。确诊宫颈癌那年，家里没钱，她跟保刚要些钱回进贤治病，说自己只是"得了一点病"。后来保刚到医院调资料，才知道她得的是癌症。再后来膀胱破了，她在南昌的医院躺了一个多月。保刚问她病好了没有，她说好了，在家里休息休息。"实际上我还在医院，你告诉孩子干吗呢？孩子有钱吗？你为什么要去折磨孩子呢？"

结婚这20年，养大三个儿子，夫妻俩过的是只敢想今天、不敢想明天的日子。生活是一个接一个的问题，生病、欠债、还钱……1999年，他们好不容易赚了些钱，打算盖房子，于胜军脖子长瘤，开刀花光了钱，又重新赚，赚到差不多，在乡下盖好了房子，她又得了宫颈癌……直到今天，他们还背着债。

现在的出租房门口，她种着几棵番薯叶和西红柿，省些买菜钱。为了买更便宜的菜，她有时候要跑去几公里外的另一个村。福建5月到8月封海，全家一分钱收入都没有，为了多挣点钱，50

岁的于胜军要在这几个月里继续打工。他们在江西农村已经没了土地，回去也无法谋生，这样一份漂在海上、月薪 7000 元、高风险的工作，是他们生活的锚。

但她有自己的道德和勇气、可为与不可为。大儿媳是陕西宝鸡人，18 岁时和保仁相爱，保仁把她带回家，宋小女把她往外赶，把情况全说了：保仁的爸爸还在监狱，家里一贫如洗。她让女孩想好了，女孩说："我不图别的，就图你儿子。"

那个时刻，宋小女想到的不是别的，只是爱情，是她体验过的和深爱的人分别的痛苦。"骗，你只能骗一次，骗不了一生一世。那个疼我受过，跟别的疼不一样，我不想让他们再受那个疼。"

心事

张玉环出狱后的十天里，我和这个家庭里的每一个人交谈，有一个很深的感受是，每个人心里都藏着秘密，彼此隔绝。他们的性格、他们之间的情感与表达方式，都被漫长的 27 年深深影响了。

宋小女所经历的，绝不是一个童话般的爱情故事。她只是用她的智慧，尽力周旋在两个家庭、两任丈夫与三个儿子之间，躲闪、权衡与付出，保全一个相对完整的生活。

在张家村老屋前，保仁的妻子对着好几位记者落了泪，她聊起丈夫的性格：有什么事都藏在心里，不愿意说。在对孩子的教育上，两人偶尔有分歧，她责怪保仁总是不管孩子，直到有一次保仁解释："你天天都教训小孩了，我再去管，小孩压力多大？你的家庭是完完美美的，但我的家庭不一样。"

接受采访时，保仁把有父亲的日子比作"西瓜的滋味"："我之前从来没有想过有父亲的生活是什么样的，就像你没有吃过西瓜，不知道它的味道，就不会想去吃它。"

2002 年，兄弟俩出门打工，那时没有微信，他们和宋小女也几乎不联系。各自遇到了什么，都忍着。保仁说："多一个人知道，多一个人担心。"以至于平常日子里，宋小女一接到他们的电话就心惊肉跳，她会害怕是不是出了什么事情。

2008 年，母子三人在东山岛团聚。大家在一处生活，宋小女要平衡儿子间的关系。家里靠于胜军挣钱，攒了好些年，修了一栋楼房。宋小女主动立下原则：她的两个儿子不分房，回去了可以住，但这房子跟他们没关系，只属于于胜军的儿子。她跟保仁和保刚道歉："妈妈没本事，给不了你们什么。人家叫了我妈妈，我就要给人家做一栋房。"

好几年之前，她就让两个儿子分家单过。原来三家在一处吃饭，全靠于胜军的工资，压力太大，她就让他们各自搬走，两个儿媳各自带孩子，她则帮着于胜军带孙子，这样最小的儿媳可以出门做工，补贴家用。

儿子长大，成为父亲，逐渐开始理解父母的处境。保刚曾经埋怨父亲的缺席，但现在他常常想，如果是自己被关在监狱，与家人分离，也并不一定会像父亲做得那样好。

而保仁在今年夏天更加理解了母亲。以前他们从不谈张玉环的事情，母亲去南昌为案子奔走，他不知道。他和弟弟讨论怎么安置即将出狱的父亲，母亲也不知情。他们都怀揣着巨大的心事。直到他看见母亲在视频里讲，要一个抱。他被震动了，觉得母亲是一个非常勇敢的人，"她敢于表达真正的感情，这需要很大的勇气"。

偿还

2020 年 8 月 7 日下午，张玉环出狱第三天，在张家老宅门前，宋小女被记者们团团围住。有人抛出一个问题，在前夫张玉环和现在的丈夫于胜军之间，她怎么处理这个关系。

她回答，两个人都是她最心爱的。她曾为张玉环付出，不顾一切，但现在她要回到于胜军身边去。

但最重要的不是她回答了什么，而是她接着跟这位记者说："谢谢你，问出了我的心声。"她敏锐地看到，在过去与现在的生活之间，出现了不可避免的冲突。

舆论喧嚣，她在 8 月 11 日匆匆离开南昌，回到福建。同一时间，保刚在进贤县城的老城区租了一套三居室，陪伴张玉环生活。

出狱后一家人最融洽、最不被打扰的夜晚，宋小女缺席了。那是 8 月 9 日，小孙子嘟嘟的两岁生日，她喜欢这个小孙子，叫他"小坏蛋"。在不算宽敞的客厅里，张玉环被儿子、儿媳、三个孙子、一个孙女簇拥在中间，蜡烛燃起来，大家唱生日歌，融洽而温暖——他是这个家庭不可分割的一员。

保刚把房子租在老城区，是考虑到这是父亲仅存的还有记忆的街道。张玉环像一个婴儿一样重新熟悉社会，用小碗吃饭，上街时紧张地拉着儿子的手。他学习使用手机，学习用连贯的词语说话，而不是像在狱中那样，回答长官简单的"是"或"不是"。

张玉环不太愿意多谈跟宋小女有关的话题，但也提到在监狱里想她，称她为"老婆"，又意识到自己喊错了，改口为"前妻"。他没有想到前妻还有这么浓烈的爱，以为随着她改嫁，他们早就只是朋友。他提到她，郑重其事，带着遗憾的意味。不仅仅是张玉环，张家其他家庭成员也问："他们只一起生活了五年，能有多少感情？"

但这不是宋小女的爱情观。她的爱跟时间一点关系都没有。她认为爱是付出与回报，那五年他付出过，她得了他的那份爱，如果不为他做点什么，"比死都难受"。这就是她最为天真原始的情感。

也因为同一种观念，她觉得自己应该留在于胜军身边。因为过去那些年里，她也得了他的爱，他给了她和孩子一个完整的家，陪着她经历病痛。这里面有恩义，也有喜欢，"我这个人没有谎言，没有含糊，喜欢就是喜欢"。

她是个好说话的人，但对于原则性问题说一不二，比如不让媒体采访于胜军，这是对他的保护。"他爱我、包容我、保护我，我不能伤害他，我也要保护他一次。"她说，"得了人家的情义，你要还的。这辈子不还，下辈子也要还，不然你良心过得去吗？"

她几乎是从江西逃回了福建，回到自己的生活中。又到了开海的日子，和过去20年一样，于胜军即将远航，回到大海上。这一天，他们一起去买菜，她给于胜军买了一顶帽子，于胜军也给她买了一副冰袖。

在张玉环出狱前，宋小女曾经和保刚谈到未来的生活，谈到自己两难的处境。她骄傲地把儿子、孙子都留给了张玉环，齐齐整整八个人。但儿子认为，这个家没了她，还是残缺的 —— 他们有母亲，但这个家没有妻子。

儿子们有自己的私心，但也尊重她的决定。他们还担心她的晚年，担心一旦父亲有了新的伴侣，置身其中的每个人，要怎么处理复杂的家庭关系。这些天，他们彼此回避，没有再谈起这个话题。

张玉环出狱前，宋小女的网名叫"追梦"，他回来了，她也把名字改了，微信改成了"踏雪寻梅"，微博改成了"花满月圆"。因为美梦成真了，不用追了。

但生活的结局不是这样的，不是无罪宣判，也不是花满月圆，而是未知的、开放的、难解的。

现在，宋小女累了。上个月体检时，医生发现她又长出了一颗卵巢肿瘤，不知好坏，留待观察。

与命运缠斗半生，她又要上战场了。

林松果　文

金匝　编辑

2020 年 8 月 18 日

外婆在厨房写作

　　60 多岁时，杨本芬坐在厨房的矮凳上，开始写一本关于自己母亲的书，《秋园》。这是一本薄薄的、砖红色封面的小书。它写了一个家庭在百年中的随波逐流、挣扎求生，写了许多普通人的生生死死。杨本芬知道，她写出的故事如一滴水，最终将汇入人类历史的长河。

一

　　这是一间由封闭阳台改建成的厨房，四五平米的小小空间，安置了水池、灶台和料理台，剩下一点点空隙，连张桌子都放不下。在南京西康新村这栋 20 世纪 70 年代建成的公寓楼里，75 平方米的两居室挤下了三代五口人。局促是常态。时年 56 岁的外婆杨本芬，很多时间都待在这间厨房里，忙活一日三餐。她爽快麻利，寻常日子里，洗净的青菜晾在篮子里，灶头炖着肉，汤在炉子上滚沸，抽油烟机在轰鸣。

炖着汤，她就在一张矮凳上坐下，再找一张更高的凳子，在一沓白纸上，开始下笔写文章。

第一页纸，她写她的母亲：

"下了几天的雨，洛阳市安良街的屋檐下满是积水。一个五岁的小女孩光着脚丫，裤管卷得老高，转着圈踩水玩。水花四处飞溅，女孩一门心思戏水，母亲走近了，她还全然不知。

……

这是一九一九年，女孩名叫秋园。"[1]

秋园是杨本芬的母亲，真实姓名叫梁秋芳。

在此之前，杨本芬这一生从未做过任何和文字相关的工作，写什么、怎么写，完全依凭本能。她种过田，切过草药，当过会计和县城运输公司的职员。她是三个孩子的母亲，是外孙女秋秋的外婆。1995 年前后，她从南昌到南京，为二女儿章红照顾刚出生的孩子。活了快 60 年，从未与文学有过交集。

那一段时间，她读到一些作家写母亲的文章，突然意识到自己也应该写一写："如果没人记下一些事情，妈妈在这个世界上的痕

1　杨本芬：《秋园》，北京联合出版公司，2020 年，第 3 页。

迹将迅速被抹去……就像一层薄薄的灰尘被岁月吹散。我真的来过这个世界吗？经历过的那些艰辛困苦什么都不算吗？"[2]

于是她开始动笔，写自己的母亲，写一家人的经历。写 20 世纪，他们一家人像水中的浮木在中南腹地随波逐流、挣扎求生，也写她所见的那些邻人的生死。

没有所谓"写不出来"的痛苦，只要一拿起笔，回忆就不断从她脑子里流淌出来。常常是做着菜，突然就想起很多细节，马上开始记在纸上。但另一种痛苦在于，记忆里有太多伤心事，回忆与咀嚼，让她"眼泪大把大把地流"，有时还没写几行字，纸就已经湿透了。写作时她躲开孩子，不让他们看到自己哭，也从不在夜里写，"只要一开始写，整个人浮想联翩，晚上我就不能睡觉了"。

这个过程持续了两年，写完了十多万字，稿纸有八斤重——很多故事被她反复写了许多遍，还有一些是眼泪的重量。

杨本芬的女儿章红是一位作家，她把妈妈的文字录入电脑，在天涯社区连载。2019 年，出版人涂涂读到了这部名为"乡间生死"的书稿，"我立刻就想，这本书应该出"。2020 年 6 月，在作品完成 17 年后，这本书终于出版，是一本薄薄的、砖红色封面的小书。

出版前，涂涂、章红与责编曾就书名有过一次讨论，三人有些分歧。章红希望用更有家国叙事色彩的名字"乡间生死"；责编倾

2　杨本芬:《秋园》，北京联合出版公司，2020 年，自序第 1 页。

向于用更有女性意味的"关于我母亲的一切";涂涂则提出了另一个想法——不如就用主人公的名字"秋园"命名这本书。

涂涂发了一段话给她们,大意是说,这本书也许会让人想起《巨流河》,但《巨流河》之所以能成为家国叙事,是因为作者齐邦媛及她的父辈,比起普通人,还算是有能力参与历史的。而这本书里的人物,他们都是碎片一般的历史的承受者,通常只能被历史和时代裹挟,但他们的声音一样重要和动人。

"最后就让我们记住这个人的名字吧。所有尘埃一般的人都被历史扫荡掉了,这次我们尝试记住哪怕一个小小的名字,而且这个名字很美,叫'秋园'。"

二

秋园是洛阳一家药店的小女儿。18岁那年,在街上一户出殡人家的热闹里,她被当时国民党的一位年轻军官杨仁受看中,两人在洛阳结婚,又搬到南京生活。很快到了1937年秋天,南京即将沦陷,国民政府决定迁都重庆,大小官员都陆续后撤。

后撤的轮船经停汉口,仁受心神不宁,他牵挂把自己带大的瞎眼老父亲,一直在犹豫是否要下船,回湖南湘阴老家看一眼。举棋不定中,他请一位有"半仙"之称的同事帮自己算了一卦,对方说卦象显示应该去看望老父。一家三口便下了船。

在流离的 20 世纪，"船"往往是一个意象。龙应台写母亲应美君登船的时刻。山东人高秉涵回忆自己在逃难中离开家乡，"我是踩着尸体上船的"。秋园的故事也是如此。船中途停靠武汉，下船的只有杨仁受一家。半个多世纪后，他们的女儿杨本芬在书里写："过吊桥时，年轻的秋园抱起子恒（注：他们的大儿子），迈着轻捷的步子走了过去。从前的生活，也远远地留在了吊桥那边。"[3]

仁受是个读书人，他善良、纯真，同时也孱弱。回乡后，他做过乡长，因为无法与人同流合污而辞职；做过教师，又因为向往田家乐的生活而再次辞职，回到乡村。他的善良令他总是选择退让，但终于退无可退 —— 在土改中，他先是被划为贫民，又被改划为旧官吏，被批斗，最后在门板摇摇欲坠的破瓦房里、在贫病交加中病逝。

写到这一段，杨本芬会想到父亲的脸，想到他一身破衣烂衫，想到被抄家后一无所有的房子，常常落泪。

与《人物》作者的通话中，章红感叹外公的选择与时代的关系："有的时代，会给人更多的选择，你选择错了也没关系，可能还有各种机会回头，再做新的选择。但有的时代就没有，只要选择错了一小步，就没有机会了，可能就是灭顶之灾。"

3　杨本芬：《秋园》，北京联合出版公司，2020 年，第 24 页。

丈夫去世那年，秋园 46 岁。之后的漫长岁月里，她抚养四个孩子。最艰难时吃不上饭，她带着两个儿子流落到情况稍好的湖北，在那个不允许流动的年代，她又一次结婚，以获得一份安稳。女儿逃到江西，小儿子意外落水溺亡。第二任丈夫去世后，66 岁的秋园回到湖南，活到 89 岁。

生命的最后几年，秋园就住在村中的老房子里，屋前屋后种着枫树与樟树，两个儿子陪着她。过去的事情不再提了，孩子们从没听她抱怨过生活，抱怨过身世。

她穿自己做的白布对襟衫，露出干净的白色衣领，头发一丝不乱。她讲究生活情调，给上大学的外孙女写信，让她给自己捎一块带花的桌布。她小小的屋子里，每间房都插着一束杜鹃。章红最后一次去湖南乡下看望外婆，杜鹃开过了，"如果你们早来半个月就好了"[4]。章红记下了那次见面："八十八岁，她依然为我没看到山崖上的杜鹃感到惋惜。"[5]

也是那一年，秋园做了一次白内障手术，三天不能拆纱布，她就拿手去摸报纸，摸着摸着，悄悄掀开纱布看一眼。

这也是为什么出版人涂涂一直向我们强调，《秋园》不是一本控诉之书，读完后你会看到，在那样艰难的时代，人还能保有尊严与良善，也会看到女性的坚韧、对命运的承受，以及她们身上散发

4 5　杨本芬：《秋园》，北京联合出版公司，2020 年，第 261 页。

出的光彩。

去世前几年，秋园常常念叨："不是日子不好过，是不耐烦活了。"[6] 去世后，孩子们在她一件棉袄的口袋里发现了一张纸条，她总结了自己的一生：

一九三二年，从洛阳到南京。

一九三七年，从汉口到湘阴。

一九六〇年，从湖南到湖北。

一九八〇年，从湖北回湖南。

最后还有两行字："一生尝尽酸甜苦辣，终落得如此下场。"[7]

这本书写到秋园去世，也就结束了。

三

秋园的女儿，也是这本书的作者杨本芬，已经 80 岁了。她有一种天真的可爱，普通话夹着湖南方言，在电话里问《人物》作

---

6 杨本芬:《秋园》，北京联合出版公司，2020 年，第 14 页。
7 杨本芬:《秋园》，北京联合出版公司，2020 年，第 258 页。

者:"他们是真正喜欢这本书吗?你也真正喜欢吗?"听到肯定的答案,那头是一串响亮的爆竹一样的笑声。

她还反复跟女儿章红确认另一个问题:"我只写了一本书,算一个作家了吗?"女儿说:"当然是了!"章红认为,当一个人被写作的冲动驱使,为自己而写,真正的写作就开始了。

这位老太太常常有一种过分的谦卑——章红的朋友虫虫把她的文章介绍给了出版人涂涂,她感激虫虫,天天念叨:"哎呀!只希望我的书卖得好一点,给虫虫争口气啊!"有人在网上评论她的文章,她简直"感激涕零",说谢谢对方抬爱。她跟女儿感叹:"哎呀!他们怎么那么好?"有时又内疚:"本来还有哪件事可以写进去的,我没写,我对不起他们。"

她每次说类似的话,章红都想纠正她,认为这是她低价值型人格的体现。但章红又十分清楚妈妈为何会这样——她这一生,总是被亏待,错失过许多机会,有很多未竟的梦想,她根本不相信好运能砸到自己头上。

她前半生最大的愿望是读书,始终盼望,终究落空。

最初是因为她是家里的长女,要帮忙做家务,带弟弟妹妹,村里同龄的孩子都去上小学,她直到12岁才等到机会,只能直接从四年级上起;小学毕了业,好不容易考上岳阳工业学校,读到最后一年时学校又停办了;她别无选择,跑到江西,找到一所半工半读的共产主义劳动大学,临近毕业又因家庭成分被下放到农村……

为求学流离奔徙，却始终没能毕业。

她试图用婚姻换得读书的机会。那时她20岁，别人给她介绍了个男人。她不讨厌他，只是一心想念书，对方承诺她，结了婚还让她上学。她在书里回忆那时的自己，"维持着女学生式的体面外表。但她内心绝望地知道，除了跟这个长相颇为英俊的陌生男人结婚，自己没有别的出路了"[8]。但后来这个机会一直没等来，孩子们陆续来临，读书终于成为不可能实现的梦想。

就算成了母亲，她也跟别人不一样：不愿意一直待在家里，在意自己是不是有工作，是不是被社会承认。但这也落空了。

因为要照顾三个孩子，她错过了成为中学老师的机会。29岁开始在县城的运输公司上班，当时有一纸文件，称某年某月之前入职的临时工都可转正。她偏偏差了两个月，只好自嘲是"长期临时工"，委委屈屈干了一辈子。

这些都是《秋园》这本书没写的故事。章红的总结是，母亲与外婆一样，生活的基调从未改变，"穷尽半生所追求的，依然仅仅是能够活下去"[9]。

到了晚年，孩子们各得其所，而杨本芬依然没有摆脱生活的重负——丈夫年事已高，有糖尿病和轻微的老年失忆症状，她必须

8　杨本芬：《秋园》，北京联合出版公司，2020年，第230页。
9　杨本芬：《秋园》，北京联合出版公司，2020年，第263页。

像护士一样，时刻照顾他。女儿章红心疼她，"如果年轻时是不得不奔忙，那她活到 70 岁了，都还不能睡一个囫囵觉，这对她来说实在是太残忍了。"

章红知道妈妈有未竟的文学梦想，她的精力在日常家务中被消耗，不得不忍耐，不能不承受。章红鼓励她写作，从日常中偶尔超脱出来，"让她觉得有自我价值的实现"。

四

即使在挣扎求生的境地里，杨本芬一生都在尽全力读书。她的三个孩子在这样的氛围里长大，非常罕见地全部考上了大学。再贫困的日子，都可以说一句：但是，还有书籍。

那是在江西宜春的铜鼓县城，杨本芬与丈夫建立起一个小家。20 世纪 70 年代的小县城里，书籍稀少而珍贵。杨本芬一边在运输公司上班，一边做着繁重的家务，还在这间隙里抄书。她抄过风靡一时的《第二次握手》，厚厚一本。为了得到一本书，往往要想很多办法"巴结"人家 —— 她针线活好，就帮别人绣鞋垫、给袜子镶底，请人家吃饭，甚至把家里的鸡杀了招待对方。

入了夜，运输公司的平房宿舍里，杨本芬的小房间热闹起来。那时候没有电视，邻居、汽运队年轻的司机和修理工，还有杨本芬的女朋友们，都聚在她家听她讲故事。杨本芬记忆力好，看书过目不忘，给大家讲《七侠五义》《聊斋》《镜花缘》《红岩》，也讲国外的经典，比如她最爱的《安娜·卡列尼娜》《三个火枪手》。能找到的书不多，看了什么，她就讲什么。

章红记得那一个个冬夜，七八点就钻进被窝，听妈妈讲故事。听到悲惨的情节，章红往往会哭，又羞于让妈妈和姐姐看到自己哭，便总是转身面向墙壁，默默流泪。

那时候也是真穷，夫妻俩都领固定工资，家里孩子多，负担重，每个月月光。但他们总想在节俭之上，有些别的。一次，杨本芬决定带孩子们去看电影，左算右算还差2毛钱，他们找遍了家里各个角落，没有。最后找邻居借了2毛钱，一家人高高兴兴去看了电影。

秋园每年也会与他们生活一段时间，她也喜欢看电影，每个月都要看一场。一场电影3毛钱，为了不给女儿女婿增加负担，她就去捡废品。比如在汽车上捡橘子皮，1斤能卖4毛钱。车到站，要迅速冲上去捡，要是洗了车，橘子皮沾水变黑就没用了。她还捡过废铜废铁、水泥袋子，最惊喜的一次是发现一棵茶树，发动全家去摘茶叶，最后卖了4块钱，大家都好高兴。

后来三个孩子已经或将要去外地念大学，工资实在不够花销，夫妻俩开始在工作之余养猪。但报刊征订表发下来，父亲还是让章红想订什么杂志就随便勾，都订。那时他们不知道什么叫"精神生活"，只觉得这是不可免除的需要。大女儿章南快60岁了，还是个电影迷。二女儿章红从小立志以写作为生，后来考上南京大学，读了中文系，真的成了作家。

章红认为母亲不仅仅是个文学爱好者，她给孩子们的影响也不仅仅关乎文学，更关于道德与善良，关于一个人应该怎么对待其他人。在与《人物》作者的通话中，章红非常细致地讲了一件童年往事——

那是20世纪70年代，她还是一个小学生。某天，县城一个照相馆的年轻人被抄家了，理由是"资产阶级生活方式"。邻居们看完热闹回来，议论纷纷，都说那人有多腐化堕落，有钱买饼干，买了还忘记吃，床底都是饼干屑。章红一听，觉得真是可惊："连饼干都忘了吃！"

杨本芬没去看热闹，回到房间，她自言自语了一句："这有什么呢？就是一个单身汉啊，容易肚饿，备了一点饼干又忘记吃完，被老鼠拖到床底下去了……"

小学生章红一听，更惊讶了。"你知道小孩子是很容易被外界塑造的，听到别人对一个事情怎么看，她就记在脑子里。听到我妈这么说，我才知道原来这件事也可以有另一种看法。我的那种叛逆和独立思考，可能这是最初的启蒙。"

40年后的今天，章红仍然记得这件小事。她知道母亲不是一个反叛者，反而一生都很顺从，母亲没有受过高深的教育，秉持的是直觉与人性。"我妈妈最了不起的一点是按照质朴的人性来看待事物。"身为女儿，她受到影响，并为之骄傲。

五

《秋园》一书的勒口上，写着一句介绍：八旬老人讲述"妈妈和我"的故事，写尽两代中国女性生生不息的坚韧和美好。

但如果把时间拉得再长一些，实际上不是两代，从秋园算起，到秋园的孙辈，这个家族已经有四代女性。她们活出的 100 年，是女性逐渐获得解放、走向自由与更广阔世界的私人史。但又不只与时代背景相关，每一代女性获得的机会，都凭借上一代女性用尽全力的托举。

秋园已经去世多年，杨本芬现在还好奇并始终遗憾的是，有件事没来得及问问母亲。"那时候妈妈让我去考工业学校，家里好苦，就靠她挣点工分，她又裹着小脚，受尽冷脸。是这么辛苦过日子的，但还是让我去读书，如果当时我留在她身边，她肯定会好得多。妈妈到底是怎么想的呢？"

在 20 世纪七八十年代的铜鼓县城，章家也是一个特殊的存在。那时的女孩都要承担很多家务，但章家的女儿不用，母亲杨本芬揽下了一切。为了全天候照顾三个孩子，她放弃了舒适规律的车辆调度员的工作，当了一名加油员，需要24小时随叫随到，但无须坐班。这种生活持续了八九年——这样一来，她就有更多时间待在家里，从事一份名为"母亲"的工作。

在和《人物》作者通话时，杨本芬认认真真提起这一生最大的遗憾，就是"没读太多书，没上大学"。她想让孩子们读更多书，在高考制度还未恢复时，她就有这样的念头："我的小孩都要上大学，都要受到高等教育。"

大女儿章南在1979年参加高考，才16岁，分数差了一点。老师劝她上大专，杨本芬说什么都不肯，一定要让她考本科。之后，三个孩子都进入大学，想受的教育都受了，喜欢的专业，也都能自由选择。二女儿章红度过了相对轻松顺遂的半生，现实之外有丰盈的精神生活，可以去思考什么是女性、自由与尊严。

他们在城市扎根，再养育下一代。章红的女儿秋秋生于1994年，已经是在城市里生长起来的、完全能掌握自己命运的、可以为自己做决定的自由的新人，她毕业于南京最好的中学之一，现在在美国做软件工程师。"她到了一个更广阔的天地，她要走的道路，也不是我的想象力（能）抵达的地方了。"章红说。

回顾这四代女性的命运时，我提到她们一致的对上学读书的渴求，这是一种类似接力棒的存在。涂涂说，他觉得她们追求的不仅是读书，还是把命运握在自己手里。在这100年里，读书始终是没有太多社会资源的人们最直接可见的一条道路。女孩们通过读书，往高处走，获得自由。

她们每代人之间的那种亲密，非常罕见。从小到大，杨本芬对孩子们毫不隐瞒，说一切事情：她家庭的历史和自身的遭际、外公外婆舅舅们的故事、她身居各行各业的女朋友们、家里的经济状况、家庭计划……她全身心参与他们的成长，把他们拉入自己的生活。直到现在，漫长的交谈依然是杨本芬和章红的相处模式。

章红意识到这种交流的珍贵，她把这种方式承继下来，用在女儿秋秋身上，"不通过交谈，人们的心灵如何才能靠近呢？我们只能被我们所爱的人影响"。

这个家族第四代的 26 岁女孩秋秋，现在已经远在大洋彼岸，做一份最现代的工作。但家族里一代代女性的历史是一种根一样的东西，像蜿蜒的长城，为她阻挡漂泊感的入侵，"让她无论何时都有在大地上行走的勇气"。

林松果　文

槐杨　编辑

2020 年 7 月 8 日

从零开始的女性主义

从喝下百草枯的女人讲起

做记者这些年，我很少写私人化的文章，这一份工作，是讲别人的故事，自己隐身其后。讲自己的故事，反倒是艰难的。

动笔前，我一直在想，故事应该从哪里开始，怎么介绍我自己，怎么介绍这本书里收录的这些报道。最后，它很自然地回到了最简单的答案 —— 从童年和故乡讲起。我写下这些关于女性的报道，关心这些事情，一切的来源都在那里。

我来自湖南的一座小城市，在农村长大。在我上大学之前，学校一直是用方言授课，所以直到上大学，我才第一次开口说普通话。开学第一课，每个人都要自我介绍，上台之前，我在心里反复练习普通话的发音，那种窘迫和局促，我至今记得。后来我毕业，到北京，实习，工作，成为一名记者，关心和报道公共政策，觉得天地广大，一往无前，眼睛只看着前路，很少会回望过去。

但一些年过去，当我度过了职业新鲜期，成为一个真正意义上的成年人，习得了一些认识世界的方式之后，很自然地，就像每个人那样，想搞清楚自己的生活和世界的关系、过去和现在的关系、自己和周围人的关系。我开始一次次回想，长大过程里发生的一些事情，逐渐变成了迷雾和疑问。

我指的主要就是死亡。在我的童年，死亡是一件司空见惯的事情。我的外婆是在乳腺癌晚期的痛苦不堪中自杀的。在那之前不久，我的姨妈因为和丈夫吵架，在家里的阁楼上吊自杀。我的姑奶奶也是在癌症晚期割腕自杀的。等我再稍微大一点，我的奶奶突发脑出血去世了。她们都是我的至亲，以现在的标准来看，她们去世时都相当年轻。

我记得每一个通往死亡的现场。在一个夜里，妈妈把我抱起，我们坐上出租车，穿过整座城市的大雨，去见死去的外婆，妈妈趴在地上大哭，说自己再也没有妈妈了。以及我走进姑奶奶自杀的那间房间，它的灰暗，它因为病人长期卧床而留下的难以形容的气味。还有，在一次葬礼上，妈妈让我穿了一件新裙子，棕色灯芯绒，配的袜子有白色的花边，我尚且不懂死亡是什么，只记得穿新裙子的开心。

还有很多意外去世的邻人。邻居家一位30多岁的阿姨，在早起出门卖菜的路上出车祸去世。一位20岁出头的男青年，和哥哥吵架之后灌下了一瓶甲胺磷，那是当时常用的一种除草剂，他就在我们家后院的一片草地上死去。我记得那个夏夜，黑暗中孤悬的灯光、荒地里密密麻麻围上来的人，以及他们把年轻人的遗体搬走后，草地上留下的辛辣的农药味道。

乡村与城市不同，死亡不是一蹴而就的，不是家庭内部私密的事情。亲人当众处理尸体，流泪，落葬。亡者会被围观，会在农闲时间被他人反复谈论，会在一些传言中复活。邻居们很喜欢讲起那个因车祸死亡的阿姨，甚至有人声称在她家附近撞见过她的鬼魂，穿着一条花裙子。我在各种场合多次听到这个故事，入夜后，村里漆黑一片，我脑海里是无尽的恐惧和那条挥之不去的花裙子。

所以当时间过去，记忆经过层层筛选，我的童年好像只剩下了完全不同的两部分。一部分是童话式的乡村牧歌，是每年两季的水稻青青、秋收后风吹荒草的味道、果实和物产。这赠予我对土地、自然和植物牢固的、不可更改的爱。另一部分就是那些悲哀的死亡、频繁响起的哀乐。对死亡的司空见惯、习以为常，以及对亡灵的深深恐惧，我就是在这样的世界里长大的。

工作之后，常常和同行、朋友们一起聊天，我偶尔会提起这些事。我很好奇，他们周围也有这么多的死亡吗？都这么伤痛吗？他们也是目睹着无数遗体和葬礼长大的吗？我大概是希望寻找一种认同和共鸣，但好像很少有人也经历过这些。

我意识到，农村的经验并没有彻底离开我。我想要解决这些困惑，想写一写农村，写一写那些我更熟悉的、寂寂无名死去的畸零人。那时，我还没有任何女性意识，我没有意识到，那些关于死亡的记忆里，更多是女性的身影，是她们的痛苦和命运。

直到后来，我遇到一个选题。2017年夏天在江苏，有一个叫"杀鱼弟"的17岁男孩，因为和父母吵架，喝了百草枯自杀。百草枯也是一种常见的除草剂，它会让肺发生不可逆的纤维化，致死率极高。小时候，我目睹过很多次这样的自杀致死事件，整个过程我都很熟悉。

我去了山东的齐鲁医院，见到了杀鱼弟，也见到了他的父母和他的主治医生。我还找了很多医生和农药行业从业者，想去弄清楚一些问题，比如百草枯因除草效果显著被广泛使用，又因没有解毒剂而导致了很高的自杀致死率，在效力和道德之间，农药制造者的两难选择。

我更好奇的是，人们是在什么情况及何种情绪驱动之下举起了农药瓶。医生告诉我，在每年数量巨大的喝农药自杀群体中，大部分人都是农村女性，她们在和家人起冲突之后，会选择喝药自杀。山东省立医院急诊科主任王海石说，绝大多数的百草枯自杀者，都属于"一过性冲动","突然受到了很大的委屈，脑子里一片空白，我怎么去解决这个问题？不行干脆死了算了。一个矛盾无法解决，个别人会去攻击别人，但是绝大多数人，是消灭自己。"

北大哲学系的教授吴飞，曾经研究过华北某县的自杀人群，并由此完成了一本书《浮生取义》。他在里面讲，每一起自杀事件的情节都不同，但有个特点是相同的——由非常小的纠纷和吵嘴导致的悲剧。当他询问某人自杀的原因时，人们常反问他："一家人过日子，能有什么大事呀？""两口子过日子，能有多大的事呀？"

当时我还没有鲜明的性别意识，没有在那篇报道里展开写女性的部分。但在写稿的时候，我会反复想起我的姨妈。她相当早慧，读书成绩最好，但家里没有钱供她上大学，她留在城郊，嫁给一个背景相似的男人。身为大姐，她一直沉默强悍，苦处不与人言。和丈夫吵架后，她在家里的阁楼上吊自杀，自杀前，她的女儿出门上学，听到她在楼上拉开窗户的声音——她想看孩子最后一眼。后来的许多年里，我妈妈反复说，姨妈的自杀就是冲动，一件事顶到那儿了，下不去，自己无法处理。

当王海石医生在他的办公室里，跟我说到"一过性冲动"的时候，我想起她——我早慧的、早逝的姨妈。一种沉重的悲哀和一种困惑终于得解后的轻松，同时笼罩了我。

在村委会投下神圣一票

在那之后，我又做了另外一篇关于农村的报道，那也是我第一次完整地讲述一个关于性别的故事。

2020年的母亲节，当时网上有一场关于"冠姓权"的大讨论，激烈而持久。某一天，我看到有人提起，安徽省长丰县曾经发生过一场"姓氏革命"——孩子如果随母姓，政府将奖励1000元，这项政策被认为扭转了当地严重失调的出生人口性别比。

当时我对冠姓权以及与之相关的争论，并没有那么感兴趣，但这个政策吸引了我。我曾经短暂地做过一些时政报道，一直好奇政策是如何运行的。我很想知道，在安徽这样一个父权意识比较浓厚的地方，这样一个政策是怎么长出来的，又是怎么施行的，以及施行之后引起了什么反应。我也好奇，当地那些选择了孩子随母姓的家庭，内部的协商是如何产生的；孩子随母姓之后，又会发生什么事情；夫妻之间、几代人之间、娘家和婆家之间，这些不同的关系中会有怎样的张力。

这篇报道最后也解答了类似的问题——这样一项政策，仰仗一个开明而坚定的官员，就是当地计生委副主任龚存兵。它也有时代的特殊性，当时安徽政府的确有降低出生人口性别比的压力。此外，联合国和中国人口政策研究中心的专家，提供了资金和理论支持。当然，就像过去的很多政策一样，它受制于官员任期和卫生部门机构改革的背景。它像一颗闪耀的流星，短暂照亮过中国中部这个小小县城的天空，留下了灿烂的遗产，改变了很多女性的精神生活。

这个选题给我最大的滋养，是让我第一次真正沉浸式地了解了什么是性别平等。它可能是一些很微小的细节——原来男女厕所蹲位比例1：1是不合理的，原来公交车的扶手高度是按照男性身高来设计的……从来如此，便对吗？为什么男性标准会成为社会的标准？为什么男孩起名都喜欢用"雄""伟"，而女孩的名字都是"丽""美"，这和男性气质、女性气质有什么关系？性别的视角存在于生活的所有缝隙。

更重要的是，长丰的性别平等试验，直接展露了在公共生活和政治生活之中，不平等是如何存在的。比如在同一个地方，女性为什么不能拥有跟男性同样的投票权，共享平等的政治权利？女性为什么不能和男性一样分享房子和宅基地？这每一项都关乎一个人能不能坚实地扎根在大地上，成为一个有尊严的、不受歧视的公民。

在长丰的一个村子，我看到了许多具体的人。一位叫袁庆的女村主任告诉我，女性在政治参与上，可能更敢讲真话。有一个例子是，选低保户的时候，男代表会给所有人画钩，想要"你好我好大家好"。但女代表就会说，她知道这家的情况，条件还可以，就不选了。另外，女性关注的议题范围也是很广的，既有非常细微的家长里短的小事，也有修路修桥之类的大事。她们可以在这样一个微小的行政单元里，充分地参与政治，改变自己身处的环境。

长丰的这次报道，让我体验到一种特别的幸福——我终于知道了，原来生活里那些非常细小的关于性别的不适，到底是怎么回事，以及我要怎么看待和处理它们。女性主义的眼光一旦打开，就不会再关上，这是一个不可逆的过程。

一个人可以同时爱两个人，这当然也可以作为写作的主题

当新的看世界的眼光出现之后，很自然地，它会改变我对选题的审美和趣味。

在之前的很长一段时间里，我的工作和阅读是割裂的。2015年我大学毕业，入职了一家都市报的深度报道部，受的是传统的新闻教育，关注公共利益，关注涉及广大普通人的议题，关注家国与时代。诚实地说，我的选题视角和价值判断，承自带我入行的那群报社编辑——当然，他们主要是男性——不可避免地，它具有强烈的男性气质。当时报社的一位主编给我开过一个书单，里面一半是中国近代史和世界史，一半是哲学和逻辑训练。

但在私下里，我更喜欢读女性作家的作品，比如爱丽丝·门罗、克莱尔·吉根、琼·狄迪恩，她们写女性的一生、分离和失去。这是本能的好奇和关切，我想知道自己作为女性共和国的成

员，会如何度过这一生。不过，这与我的工作内容毫无关系。

直到 2020 年夏天，我遇见宋小女。宋小女是张玉环的前妻。张玉环是谁？国内已知被关押时间最长的无罪释放当事人。1995年，张玉环因故意杀人罪，被南昌市中院一审判处死刑，坐牢 27年后，最终被无罪释放。

冤案是国内媒体的一种典型选题，在长期的新闻实践中，已经总结出了很多报道角度。比如冤案是怎样发生的，公检法为什么会层层失守，导致漏洞出现？是谁在这些年里为当事人奔走？在以往的案件里，往往有为之付出了一切的亲人和一位勇敢的律师。还有，一次错误的判决怎么摧毁了一个家庭，漫长岁月里他们经历了怎样的磨损？这些角度几乎适用于所有的冤案报道。

但当宋小女接受采访的视频出现后，这一切都不重要了——在那个视频里，50 岁了，她还是一种小儿女的神情，说就要张玉环一个抱。另一个打动我的细节是，她说决定再婚前，跟第二任丈夫于胜军提了三个条件：第一是对小孩视如己出，第二是不能阻止她去看张玉环，第三是要让她看婆婆。于胜军都答应了，她就到了他身边，把根扎在了异乡的土地上。这是两个都受过伤、沉默又顺从的人，对彼此的体谅。

在这个选题里，宋小女太耀眼了——她的能量、她丰沛的情感、她没有被生活收编的强烈的表达，以及那背后相当美丽的灵魂。人这一生，追求的不就是这些东西吗？活着，被理解，爱人，也被爱。每个人都要面对一个问题，那就是如何放置自己的情感。

当时我的同事安小庆说过一句话："一个小女，可以同时爱两个人。"这句话对我触动很深，我还想知道更多：她怎么在漫长的27年里同时处理这两段感情，她热情的来源是哪里？在张玉环出狱后，她要怎么安放好自己和他人？在时间的流转中，她的两份爱有没有此消彼长？这个家庭里还有那么多的关系，儿子和亲生父亲的关系、儿子和继父的关系、儿子和她的关系、她和继子的关系……生活是那么复杂幽深，她是怎么处理这一切的？

我想要了解女性的情感，它是最私人化的领地，也是最普适的叙事。所以刚出发去江西，采访还没开始时，我就已经想好了，这篇文章的标题很简单，就叫《前妻》。

采访的尾声，在漳州东山岛的海边，小女阿姨带我看过一次夕阳。海滩荒凉，四下无人，她把裙子拉上去，给我看她肚子上手术留下的刀疤，是很长的一条。关于我好奇的问题，她给了我一个答案——

当年她得了宫颈癌，要跳海，是第二任丈夫于胜军拉住她，借了30000块去治病。手术很成功，于胜军一把扑在她身上，不能抱得太紧，他就用胳膊撑着，说："老婆，我们赌赢了。"两个人对着哭，但于胜军起身的那一瞬间，她马上就想到了张玉环："我老公是这样（抱我），假如张玉环在这里，他是不是也会抱着我哭？他也应该抱抱我吧？"

有这一个细节就够了，它足以说明一切——人的爱多么细腻、丰富、纠缠、流动不居，无法被概括和定性。那里面有心动、依赖、恩情，以及爱别离求不得的遗憾和悲哀。它给我的震荡持续至今。

我想那是一个决定性时刻，让我从真正意义上挣脱了原来那种统治过我的单一的家国叙事和男性视角，找到一个属于女性也属于我自己的声音——不考虑太多公共性和社会责任，不去想任何新闻操作手册，而是写出那些更丰富和更广阔的、不被注意的女性故事。这两种叙事不矛盾，不分上下，它们是可以共存的。

写完宋小女的故事，我会回想自己曾经做过的一些选题，也跟性别相关。可惜那时我对性别和世界的认识太稚嫩，没有完成好它们。比如我写过贷款去上 PUA 课程的底层男青年，我跟着他们上课，去他们打工的地方，却只能从阶层的单一视角去理解或者说俯视他们。我还写过一个因为丈夫骗保伪装自杀，走投无路之际带着一对儿女跳湖自杀的年轻母亲。她自杀后，我赶到她的家，获得了一些支离破碎的信息，但当时我无法真正理解她在沉重的抚育责任和贫困生活之间，那孤立无援的处境。

后来，我做了一系列跟女性相关的选题。和作词人尹约谈她写的歌《小娟（化名）》，她写那些被暴力以对的新闻女主角，每句话都指向我们共同记忆里的社会事件，以及打压、骚扰、家暴、网暴等。和作家荞麦聊她的微博树洞，荞麦每天都会收到很多女性的私信，她们谈论自己的爱情、亲密关系、工作、原生家庭、女性友谊……我想知道，作为树洞的荞麦都看到了什么，这些私信又如何改变了她的生活。

这都是一些小小的故事，篇幅不长，也不复杂。我不知道读者读到它们是什么感受，但我自己在这些对话里获得了非常多的抚慰和能量。为了我们的采访，尹约特地从外地飞来北京，我们在机场附近的咖啡馆里聊了一整个下午。对荞麦的电话采访，一共进行了两次，每次时间都很长。在之前的职业生涯里，我很少经历这样的采访——和对方年龄不同、地域不同、经历不同，却活在同一个共和国里，为同样的事情愤怒、困惑，也为另一些同样的事情高兴。我们多少有过相似的遭遇，而她们的行动和表达都在鼓舞我：坚持写，不要放弃。

我也想写一些跟女性身体有关的选题。随着年龄增长，像每一位成年女性那样，我会定期做 HPV 和 TCT 筛查，会在超声波里紧张地观察自己的卵巢和乳房，天然地对这个话题感兴趣。另一个原因是，宋小女在采访时曾反复提及女性身体带给她的痛苦。她得过宫颈癌，有过子宫肌瘤，对抗那些疾病，就像玩打地鼠游戏，每当治好一次，觉得可以松口气了，它又在另一处卷土重来。

从历史的长河里看，女性一生中多少都要经历一些男性不会经历的身体痛苦，包括常见的月经、生育、流产、子宫下垂、卵巢囊肿、乳腺疾病……还包括人为的身体暴力，比如强奸、割礼、童婚、缠足……这是世界上一半人类的身体。

所以到了 2020 年冬天，我跟编辑讨论，想从一种最知名的妇科癌症——宫颈癌——写起。几个月后，一条新闻出现了：鄂尔多斯市通过了一项政策，将给全市 13 岁—18 岁的中学女生免费接种 HPV 疫苗。在国内，HPV 疫苗并不算易得，通常自费且需排队。所以，我去写了这项政策落地的过程，以及在遍布草原和煤矿的鄂尔多斯，宫颈癌怎样影响了女性的生存处境。

她们与我

最后我想讲的是，作为一个女性个体，这些报道于我，不仅仅是工作，它们也深深地介入了我的生命——回馈我，滋养我，构建我，解答我的困惑。

比如写《外婆在厨房写作》时，我认识了杨本芬奶奶，还有她的女儿章红。杨本芬奶奶 60 岁时，开始在女儿家的厨房里写作，写自己的母亲，写一个家庭在过去 100 年里的挣扎求生，写普通人的生死，这本书叫《秋园》。这个故事可以有很多角度，我当时最感兴趣的是，这家四代女性活出的 100 年，也是中国女性摆脱枷锁的 100 年。她们都爱读书，想把命运握在自己手里，她们之间的亲密和对下一代的奋力托举，都非常罕见。从第一代的秋园，到第四代的秋秋，女性朝着越来越自由和开阔的地方去。

但后来我发现，那时我忽略了另一层叙事。杨奶奶多次提到婚姻的不幸——她与丈夫一生的互不理解、心灵之间遥远的隔绝。2021年秋天，她的女儿章红在朋友圈讲起这件事：

"父亲不是一个好的丈夫，对妈妈情感上的冷漠是存在的。我的女性意识也正是因为妈妈而萌芽。也是从妈妈身上我知晓，一个女人如果不曾获得情爱的滋润，即便到了80岁也不会因年龄而释怀，反而越接近生命终点，越想不顾一切地搞清内心的疑惑。我对妈妈有着至深的同情与理解。"

"我父亲不太习惯与人目光对视——用现在的心理学解释，大概是某种人际障碍。其实别人并不太觉得不适，偏巧我母亲是个情感热烈丰富的人，又特别渴望自身情感得到回应，所以就会感到挫败沮丧。……如果性格有光谱，我猜我父母就处于光谱的两极。这大概是他们彼此都对婚姻感到失望的原因。"

"我也几乎用了半生时间，想搞清楚这两个人为什么会这样……茫茫人海中，父亲与母亲都是温柔的好人，他们都品尝过外部环境的欺凌打压，然而他们竟也没有学会彼此相爱。这是真正的悲剧所在。"

这些话我看过很多遍，再看，还是会有一种深切的痛楚。因为我妈妈是跟杨本芬奶奶很相似的人。她浪漫敏感，容易感动，也容易伤心，常常因为一些小事流泪，有一颗极为纤细的心。我爸爸也不是坏人，他内敛勤恳，辛劳地养家，但比较木讷，大概是性格所限，他不太能回应妈妈的情感需求。我常常听到妈妈形容爸爸，是章红用过的那个词——冷漠。

我也像章红那样，一直感到困惑和受伤，想搞清楚到底是怎么回事。他们的关系也让年少的我意识到，婚姻是需要运气的，它可能并不导向幸福，而是使人心碎。在成年后的很长一段时间里，我甚至会害怕回家。我害怕面对妈妈的委屈，目睹她生命力的消逝，也害怕看到那个真相——她的一生，很少被注意、满足和疼爱，没有被爱滋养，除了偶然的欢乐，剩下的都是被丢入冰窖的绵长和炽烈的热情。

但到了现在，我28岁，已经到了比妈妈生下我时还要大的年龄。年岁的增长，以及从杨本芬奶奶身上看到的故事，让我把那双因逃避而挪开的眼睛移回原位，我可以直视我的家庭、我母亲的感情，弄清楚它的由来，妈妈成了我可以理解的凡人。

生活在遥远北京的我，经历着与妈妈那一代人不太相同的人生。

大学毕业之后，我做这样一份媒体的工作，几乎是重建了自己的价值观，变成了一个全新的人。我有一些自由，可以做我想做的报道，关注我感兴趣的性别议题，读女性主义的书籍，就算在做饭的时候，我都会听一些相关的播客。我有一些价值观相似的朋友，在一个友善的、女性为主的编辑部里工作，处在舒适的同温层。

在私人领域，我也想建造一种理想的生活：有一份稳定的工作，自己挣钱养活自己，有一间自己的房间；真诚地爱人，不耽溺于感情，不把它当作唯一的价值；更看重自己的劳动、创造和人格的完整。这一年，我也逐渐挣脱了从小被规训的所谓温柔、忍让、与人为善等"女性专属美德"，学会了表达愤怒。

但总会有某些时刻，那些形而上的概念，无法解答生活里具体的困惑。比如，在一生一世一双人的浪漫爱幻想破灭之后，应该用什么样的态度去看待恋爱和婚姻？一个独立女性，应该怎么应对生育带给人生的影响？当女性开始拥有和男性同等的权利之后，女性的解放就算完成了吗？……在20岁出头的自由时光过去之后，这些因为性别而产生的问题逐渐浮现，而且每过一年，都显得更加麻烦。

我想，这是一个很自然的过程。我在逐渐走向人生的深处，就像步入一片密林。

很幸运的是，我不是在孤立无援的情况下面对这些困惑。在几年的采访和报道里，我看到一些女性的普遍困境，看到她们如何面对和解决问题。当然，更多的情况下是脆弱，是承受，是挺住便意味着一切。我是在宋小女、杨本芬、荞麦、尹约这些采访对象的陪伴下长大的。

前段时间，听《戴锦华大师电影课：性别与凝视》，戴老师在谈到影片《妇女参政论者》时说，一个事实曾让她震动——瑞士这样的民主国家，居然是到了 20 世纪 70 年代，妇女才获得选举权。是的，当代女性所拥有的这些，包括相对自由的生活方式、相对平等的政治权利、参与社会分工的可能……不是由来已久，还只存在了短短几十年。而那些具体而琐碎的障碍，仍顽固地出现在每个女性的日常生活之中。

但同时，就像纪录片《上野千鹤子的最后一课》里所呈现的，东京大学教授上野千鹤子出生在一个信仰基督教的家庭，但在青春期时就退出了教会，那时她就下决心"不要祈祷"，仅仅考虑当世的问题，解决当世的问题。此后她成为一名社会学者，研究女性主义，写下《厌女》《父权制与资本主义》《从零开始的女性主义》等作品。

人终究可以通过个体的努力，超越时代，去做一些事情。记录人类中的一部分人曾经怎样活过，在那些故事被遗忘之前，记录、写作和行动，让它们水落石出。

林松果　文

2021 年 10 月 18 日

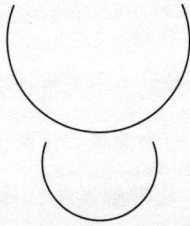

三

我希望文字能够帮助一个人抵达另一个人，从一个采访对象抵达一个读者，让两个原本很难相见的人看到彼此，让理解发生，哪怕只是短暂存在，希望文字的存在能让共鸣成为可能。

—— 李斐然

审判一个新手妈妈

∨

　　事实上，角田光代并不是一个典型的家庭主妇。她既没有想要生孩子的念头，也没有过想养一个孩子的愿望，家里只养了一只猫。跟第一任丈夫、芥川奖作家伊藤高见离婚后，她嫁给了摇滚乐团 Going Under Ground 的鼓手河野丈洋。作为家庭主妇，她也曾经热衷过做饭，但那并不是为了取悦丈夫，而是因为写作遇到瓶颈，读者骂她"无知、笨蛋"，她气得写不下去，才开始练习做饭，权当消遣。

育儿官司

　　法庭上正在审判一场故意杀人案。被告人是一位年轻的新手妈妈，她将八个月大的女儿丢进放满水的浴缸溺毙，检方认定这起事件是意图行凶，并非意外。辩诉双方针对新手妈妈有没有虐童问题，在法庭辩论上激烈地吵了起来。

一个新手妈妈的所有日常育儿细节，一一搬上了法庭，供陪审团审视。丈夫说，晚上回家看到女儿在哭，妻子看上去一脸麻木，只是坐在一旁，机械地轻拍着孩子。婆婆作证说，婴儿常常哭闹，可儿媳妇都不会去抱抱孩子，也不听自己的劝阻，一味说"现在和以前不一样了"[1]这样的话。细心的男性检察官摆出她为孩子买的名牌婴儿服，甚至揪出新手妈妈的博客日记作为证据，她的孩子明明每天哭闹不止，她却在日记中写孩子"像个天使……是妈妈最骄傲的宝贝"[2]。"你故意虚构这种与事实有所出入的育儿日记，究竟是抱着什么样的心态？这难道不是一种爱慕虚荣的心态在作祟吗！"[3]

这是日本作家角田光代作品《坡道上的家》中所虚拟的一场审判。作者试图在这个虚拟世界里，完成一次对真实生活的审判：如果把一个新手妈妈的育儿日常放上法庭，呈交法官裁决，非得分出个对错来，她究竟会被判定为一个什么样的人？

日本作家角田光代是在阅读法院审讯记录时，产生了写这个故

1　［日］角田光代：《坡道上的家》，浙江人民出版社，2020 年，第 123 页。

2　［日］角田光代：《坡道上的家》，浙江人民出版社，2020 年，第 281 页。

3　出自日剧《坡道上的家》（坂の途中の家）。该剧于 2019 年在日本播出。本文当中涉及育儿细节的引用内容，除注明出自同名小说以外，均出自该剧。

事的念头。她是日本最为知名的女性作家之一，今年 52 岁的她已经出版过超过 100 部作品，其中大部分小说的主角都是女性，她擅长细腻描摹现代女性的种种困境。她写过沉迷金钱、包养小男友的中年女人，写过受困于不孕的夫妇，还有重返职场的家庭主妇。几年前她开始关注一个新的书写对象：那些初为人母的妈妈。她在阅读卷宗的时候想到，如果被告是一个女人，诉讼问题是她在日常如何养孩子，能判得清楚吗？

"日本在 2004 年引入了陪审团制度，到了 2009 年已经开始遴选陪审员参加重大刑事案件的审判了。在此之前我总觉得审判这种事情跟我没什么关系，但是现在我也可能参与其中，我就感到很有意思，阅读了大量陪审团参与裁定的卷宗记录，想了解审判工作是如何进行的。"角田光代在《人物》的专访中说，"我最强烈的感受是，原来听人说话，根本搞不清啊！所有人说的都是同一件事，但证人、被告、辩护人、检察官说出来的话，总有多多少少的微妙差别。哪怕只看证人的证词，不同立场的人说的也不一样。我当时反复琢磨，这种话说完了、事还搞不清楚的感觉，是日语特有的问题，还是别的问题？"

这种说不清的感觉，让角田光代回忆起她长期书写的女性故事。迄今为止，她所描写的女性故事不仅成了畅销作品，还曾三度入围芥川奖、三度入围直木奖，小说《对岸的她》在 2005 年为她赢得了日本大众文学最高奖项直木奖。这意味着她对女性困境的书写，得到了主流文学界的认可。日本的文学评论家池上冬树评价她善于描摹日常生活细节，尤为擅长"在琐碎日常之中寻惊雷"。

她告诉《人物》作者，自己写过的女性故事里，多的是语言的歧义，"不只是出现在陪审工作里，日常生活里也很多呢！"。比方说，一个男人对一个女人说："你真是笨蛋啊！"这句话的含义可以随着立场改变而完全相反，关系亲昵时这样说，就是爱；但关系微妙时，这就成了人身攻击。

放到一个新手妈妈身上，这件事情就更复杂了。一个新手妈妈的每一天，都活在一场说不清的官司里，你所看到的未见得就是真相。一个年轻妈妈没有一听到孩子哭闹就奔过去抱，在场的目击证人立场不同，就会出现不同的判定结果。丈夫相信这是虐待，"孩子哭了你都不哄，你还算母亲吗？"婆婆认为这是儿媳娇气，"我们那时候，天天抱孩子也没问题"。旁人注意到的细节也不一样——

"她的衣服是很贵的牌子，她应该是那种爱慕虚荣的女人吧！"

"怎么一脸冷漠地看着孩子，她不爱自己的孩子吗？"

"这孩子是在假哭啦，她一边表演着声嘶力竭的大哭，一边偷偷观察妈妈的反应呢！"

"这个妈妈没有化妆，头发也乱蓬蓬的，衣服全被汗浸湿了，她现在应该很累吧。"

......

审判全程，站在被告席上的新手妈妈一句为自己辩解的话都没有说过。"重点不在于什么敢说，什么不敢说。就算现在端出这话题来讨论，这些人也无法理解那种自己绝对无法主动开口的感觉。……他们肯定觉得，只要把事情的经过讲清楚，说自己绝对没有虐待孩子不就得了。"⁴小说中这样描述，说不清，说了也是白费，于是新手妈妈一直沉默。

审判一个新手妈妈，这个故事最终成为角田光代的小说《坡道上的家》，这个故事也在 2019 年春天被改编成电视剧，成了热门话题。这是一场真实生活中并不存在的罪行，但关于一个新手妈妈的审视，其实时刻都在现实中上演，和故事的女主角一样，她们的困境也被悄无声息地埋葬在琐碎的日常中。

家的密室

阅读小说《坡道上的家》是一件缓慢的事情，因为这里面没有大冲突，也没什么抉择时刻，故事里反反复复都是年轻妈妈的流水账：女儿在游乐园玩耍摔到了膝盖；婆婆做的煎鱼比自己做的甜；

4　[日] 角田光代:《坡道上的家》，浙江人民出版社，2020 年，第 275 页。

丈夫晚回家没有提前发 E-mail 告知；偶尔顾不上做晚饭，饿着肚子回到家，发现丈夫从便利店只买了自己一个人的便当……养育孩子是由一件件细碎的小事组成的，因为太琐碎，说也说不完，对错也说不清，所以，一个新手妈妈不管经历过怎样的苦楚，最终得到的都是同样的敷衍宣判，"大家都差不多啦！"

正是因为这样的无力感，角田光代在这个"家的密室"中察觉到女性逐步迈入的一种微妙的失语状态——一个女人初为人母的那几年，总是在女性叙述中轻描淡写地抹过去了，女人不想表达，也不期望得到他人理解。究竟怎么一步步担负起母亲的工作？答案常常消失在没有实质内容的空泛鼓励中："母性是天生的啦""当了妈妈你就知道啦""那么多生过孩子的人都熬过来了，你到时候自然而然就会啦"。

然而，她所观察到的女性真实恰恰相反——没有人会天然地知道该怎么做一个母亲，初次育儿的每一天，处处都是未知，是源源不断的焦虑和担心。没有人知道该怎么样熬过婴儿止不住啼哭的夜晚，也没有人能知道这个黑暗夜晚的尽头还有多远。在困倦、疲惫、敏感、脆弱的时刻，丈夫的帮助仅止步于心血来潮。一个新手妈妈也很难向人求助，因为求援总会换来对自己的审判："你怎么这么小的事都做不好呢？""我们家的孩子就很乖，很不费心呢""我当年生孩子的时候，一点问题都没有呢"。做不到的她们好像成了恐怖片的女主角，想要挣扎呼叫救命的时刻，被人关成静音，没人理解她们的绝望。

角田光代注意到，刚生了孩子的女人，在社交网络上过着一种分裂的生活。她们的朋友圈天天晒着幸福，婴儿的照片旁边贴着爱心和星星，注释写着"孩子今天像个小天使一样"。但事实上，写下这段话的时候，孩子正在崩溃大哭，哭到涨红了脸。这并不是为了爱慕虚荣所虚拟的假象，"写育儿日记纯粹是为了逃离不安"[5]"写的时候可以让心暂时休息，有种从不安、迷惑中解放出来的感觉"[6]。

这位女性作家试图通过写作寻找答案：在这场"说不清"和"差不多"的角逐战中，名为"家"的密室里究竟是爱，还是冠以爱的名义，实施的控制和伤害？

和杀人案件不同，家庭对女性的伤害从来都不是那种命案式的谋杀，而是一种看似无关紧要的闲话家常。它来自身边亲近的人，自己的母亲、丈夫、婆婆、好友，常常只是一句无心之语，但对沉陷在育儿困境中的妈妈来说，每一句话都像是对自己的审判："你家孩子好像不怎么爱笑呢""你家孩子长得好像比别人瘦一点呢""你家孩子老是哭呢""你家孩子没有喝母乳呢"……它们每一条单独揪出来，都不足以呈交法庭审理，但是当它们如雪花一般细细密密覆盖在一个女人的日常生活中，却足以杀死一个女人的全部自信。

56　[日]角田光代：《坡道上的家》，浙江人民出版社，2020年，第282页。

作品发表后，角田光代收到了很多反馈，读者称赞她对育儿日常的刻画精准，"写出了只有女人才能懂、只有养过孩子的妈妈才明白的苦楚"。还有的评论直白地说："果然只有过来人才能说得清楚女人的苦处！"

然而事实上，角田光代并不是一个典型的家庭主妇。她既没有想要生孩子的念头，也没有过想养一个孩子的愿望，家里只养了一只猫。跟第一任丈夫、芥川奖作家伊藤高见离婚后，她嫁给了摇滚乐团 Going Under Ground 的鼓手河野丈洋。作为家庭主妇，她也曾经热衷过做饭，但那并不是为了取悦丈夫，而是因为写作遇到瓶颈，读者骂她"无知、笨蛋"，她气得写不下去，才开始练习做饭，权当消遣。

采访中，她开玩笑地称呼自己大概是"全日本最奇怪的中年女人"。她和丈夫都是相信"工作最重要"的那种人，丈夫现在的工作是给电视剧、电影做配乐，一旦两人开始工作，丈夫闷在录音间，妻子关在书房，像个上班族一样，朝九晚五地进行写作，常常一两个月都碰不上面。关键是，夫妇二人都很接受这种生活方式。

自己写完稿子，丈夫还没回来的时候，她就会一个人出去喝点酒，放松放松。不同于一般日本女性热爱插花或是茶道，她热衷于拳击，直到现在都会每周固定去拳馆练习，差点拿最喜欢的拳击手的名字给自己家的猫命名。她很喜欢旅行，但是直到现在，她都还是喜欢一个人旅行。

就是这样一位几乎跟家庭主妇生活格格不入的女性，最细致入微地描摹出了育儿女性的困局。角田光代在采访中反复强调，她所努力理解的是"人的生活"，仔细体会写作对象的生活感受，反复观察她们的生活，剩下的部分，她都会交付给想象力，更准确地说，是一种同理心。

"我的年纪越大越会发觉，母亲既不是一种职业，也不是一个区分人的类别。年轻的时候，我以为母亲就是那些称得上是母亲的人，比孩子懂更多知识，比孩子更明白对错。但当我也成了大人，我发现事情并非如此。现在我相信，只要有了小孩，即便是不完美的人，也称得上是母亲。"角田光代告诉《人物》作者，"我的母亲是会把想法强加给女儿的那种类型，跟她对抗起来太费劲了。但是我不得不承认，母亲，终究是那个无论如何都希望孩子过得好的人。"

角田光代用自己的写作实现了一种反驳——就算不是亲历者，就算没有经历过一样的困境，人依然可以寻求到一种理解，一样能够感同身受。体会到对方的痛苦，这不是一个能力问题，而是一个意愿问题。

"究竟为什么会出现这种说不清的问题呢？同样的一句话，一个人听得刺耳钻心，一个人听了压根没往心里去，什么样的话会造成这样的差异呢？我想要描写女性常常身处的这种困境，说不清楚，却无法辩驳，只能无可奈何地接受，默默忍下分歧。"

活法

《坡道上的家》2019 年春天在电视台播出的时候，身为原著作者的角田光代，也每周按时收看电视剧播出。她告诉《人物》作者，播送结束后，她曾写信给编剧筱崎绘里子："男人也好，女人也好，这个故事所讨论的主题超越了性别差异，而是在探讨一个人应该如何与另一个人相处，这一点让我深受触动。"

编剧筱崎绘里子这样回复："的确是这样啊，这并不是针对妻子啊，母亲啊，这种特定身份的话题讨论，它处理的是更广泛的问题，站在不同立场上的人如何共同生活？一个人与另一个人相处的理想状态是什么？这是我想要表达的故事。"

这部故事在中国也得到了强烈的反响，很多人说这是恐婚恐育宣传片，还有人想起了自己的"丧偶式育儿"——丈夫一回家就躲进手机游戏里，窝在沙发上的他仿佛听不见孩子的哭声，家里虽然住着三个人，抚育孩子的母亲却如同丧偶一般，只能自己一力承担。

"'丧偶式育儿'……这个词语听起来真是很有冲击力呢……"角田光代回复《人物》作者，"以我自己的感受来说，这个故事并没有在试图传达'女性好棒'或是'男人也应该帮忙养孩子'这样的观念。虽然从侧面来说的确有这样的意图，但从更大的层面来说，它的主旨是想让人们意识到，去想象立场不同的人的处境，去体谅立场不同的人的苦楚，这是人与人共同相处的必要环节。我从没有想在自己的小说里试图传达什么讯息，所以，即便大家真的觉得看完我写的故事，就不想要结婚了，这对我来说……也真的是没办法的事情呀！"

在日本，她还收到过男性的反馈。小说出版后，有位男性采访者告诉她，作为一家之主，他读过这个故事后，感到很不安，"原来妻子经历了这些吗？我为自己不做家务而深深反省"。

"我在写这部小说的时候，并没有想要塑造'女人就是受害者'这样的主旨。我的确会写女人处于弱势这样的情节，但是我也想要写另一种情节——丈夫因为妻子的无心之语深受刺激，反应过激，表露出他们脆弱的一面。我想要写这两种状况都存在的故事。不过，我完全没有要谴责男人、教他们反省的意思。虽然日本现状的确是女性负担更重，但这并不是我写小说的初衷，我想要关注的人，不单指男性或者女性，是人与人的关系，是人的活法。"

角田光代说，她希望这部小说中所描述的年轻妈妈，并不是一个超脱于日常生活的特别案例，她身上所发生的一切，都是给每个身处其中的人照一面镜子，从中看到自己。女主角并不遥远，她可能就是在超市结账的时候站在你前面的那个人，地铁里抓着吊环通勤的白领，抑或是跟你同搭一班电梯的陌生人。她们持续活在说不清的育儿困境里，逐渐失去自己的声音，小说能够成为这种苦恼的一个出口，不同立场的人能够从中找到一点支持，年轻妈妈从中找到共鸣，其他家庭成员从中察觉到自己无心之语对身边人的伤害。"如果读到小说角色的话，能让人想起自己说过的话，意识到这些无心之语其实话中带刺，可能更容易理解对方。而对于凭借一己之力、孤独养育孩子的母亲们来说，如果小说能让她们感到共鸣，把说不清的状况，在这里吐露出来，那就好了。"

一个人身上最重要的能力，其实是想象力，也就是同理心。"我最讨厌的是没有想象力的人。因为没有想象力，所以无法体谅别人的感受，妄自觉得别人都是笨蛋，瞧不起其他人，想象不出来自己打别人的时候，对方会感到疼。"她说，女人最好的活法就是拥有自我意识，最可悲的人就是那些不能自主思考、随着别人意见摇摆的人。"在日本，倡导男女平等的方式是让女人也像男人一样，但我总觉得这样的活法有什么地方不太对劲。总有一些事情是只有女人办得到的，比如生育孩子，像是我能够把女性的心理很好地写出来，大概也是我的女性活法吧。"

同为女性创作者的编剧筱崎绘里子，为角田光代的故事添加了一个新的结尾。按照原著，失神杀死女儿的新手妈妈依律被判刑，但剧中审判新手妈妈的男性法官在宣读判决书的时候，特意加上了这样一番话：

"因为初次育儿常感到困惑，又被周围的人无心的言行所影响，更丧失了自信。没有人来帮助自己，也无法求助，这也是无法否认的事实。被告人的罪行是由被告人独自犯下的，但究其根本，包括丈夫、婆婆在内的家庭成员等所有人叠加在一起，最终对被告人造成的巨大的心理压力才是根本原因。在这个意义上，所有责任都由被告人一人背负未必妥当，法庭认为，这原本应由所有相关人员共同承担。"

这是包括剧作者、原著作者、主演，还有屏幕前面的女性观众在内，所有人都感同身受的一场救赎。在育儿这场说不清的官司里，这是写给每一个真实亲历者的一段清楚的判语。角田光代说，这是她最喜欢的一幕戏，一边看一边跟着掉眼泪，与剧中的新手妈妈深深共鸣，为她在育儿中的孤独、无助、辛苦、心酸落泪。直到播送结束，电视屏幕上滚动出现自己的名字，列在"原著作者"一行后面，她才回过神来："欸，原来这是我的故事吗？"

（感谢赖祐萱、高处寒、杨昕怡在本文翻译方面给予的帮助）

李斐然　文

金焰　编辑

2019 年 7 月 30 日

张弥曼：
只属于极少数人的夜晚

$\vee$

　　在这里，时间以另一种尺度计算，不是去考虑一年 365 天，而是去思考地球已有的 46 亿年。如果把它压缩成人类纪年的一年，在这一年里，直到 3 月中旬，地球上才出现最早的生命迹象，到 12 月初，地球才出现大规模沼泽地与大片森林，恐龙在 12 月中旬称霸地球，可是好景不长，它们于 12 月 26 日灭亡。直到 12 月 31 日接近午夜时分，人类才登场，这样算起来，罗马统治西方世界的时间只有 5 秒。一个古生物学家能研究透一个礼拜已经是高手，张弥曼却在临近午夜的不到 1 秒钟内，研究了横跨 12 月的第一天到最后一天的许多鱼，探寻那些失落其中的故事。

世界的深夜

张弥曼觉得 2018 年太吵了。她不止一次跟身边的人抱怨这件事，跟美国归来的老友、跟自己的学生，甚至告诉来访的陌生人，2018 年很热闹，可是太吵了。

这一年，热闹和光环一起涌到这位 82 岁的古生物学家面前。3月份，联合国教科文组织邀请她到法国参加典礼，授予她"世界杰出女科学家奖"，这一奖项每年只颁给全球五位女性。几个月后，何梁何利基金为表彰她对科学的贡献，颁给她当年最高奖"科学与技术成就奖"。此前她并不为公众所熟知，而这一年自获得联合国的奖项开始她意外地被注意到了，上了很多次舞台，录过好几次电视节目，用英语、法语、俄语、德语致过感谢辞。许多陌生人被她渊博的学识惊住了，闯进了她的生活，人们管她叫"先生"，称呼她"大家"。

人们像是发现恐龙化石一样，突然察觉到一个近乎伟大的科学家的存在，发现了她在古生物学领域的杰出成就。尽管在过去 60年中，她一直就在北京二环边最热闹的一条街旁的古脊椎所，日复一日地默默工作。

她几乎是全世界最了解古鱼的中国专家。大部分古生物学家所研究的时间范畴在几百万年内，但张弥曼从古生代鱼类开始一直研究到新生代鱼类，研究范畴纵贯数亿年，且在每个领域都有扎实严谨的发现，这在全世界范围内都是极为罕见的。

在科学的世界，她早已声名显赫，20 世纪就担任过国际古生物学会主席，2016 年获得了国际古脊椎动物学会最高荣誉"罗美尔 - 辛普森终身成就奖"。她不仅是中国科学院院士，还是瑞典皇家科学院外籍院士、美国自然历史博物馆研究生院荣誉博士、美国芝加哥大学荣誉科学博士。在此之前，获得最后这项荣誉的中国人只有胡适和古文字学家裘锡圭。

迄今为止，世界上已有许多古生物以她的名字命名，这是受到张弥曼影响的科学家以此向她致敬。它们包括一种现已灭绝的古鱼、一种在中国热河发现的恐龙，还有目前世界已知最古老的一种今鸟型类的鸟……

古生物学家苗德岁现在任教于美国堪萨斯大学，他曾和张弥曼长期合作研究，也是她的老朋友。说到张弥曼的时候，他常想起爱因斯坦为庆祝物理学家马克斯·普朗克（Max Planck）60 岁生日所做的一番讲话。爱因斯坦说，普朗克是"科学庙堂中被天使宠爱的那种人"，有点怪，沉默少言，孤身一人，把他引向科学庙堂的动机不是官爵名利，也不是虚荣私心，而是一种渴望"纯粹世界"的愿望，希望从嘈杂的窄巷逃向宁静的山顶，找到在个人经验范围内所找不到的宁静与安定。

"爱因斯坦说，在科学的领域里面，像普朗克这样纯粹的科学家是很少的。同样在我们国家，像张先生这样纯粹的科学家也是很少的。"苗德岁告诉《人物》作者，"她一辈子直到今年之前，基本上还是默默无闻的。尽管圈子里，甚至在国外很有名，国内普通人没几个人知道她，她也不在乎，因为她根本不是为了这些。"

评奖、采访、上电视、拍纪录片，这些都是她害怕的热闹事，能推都推掉了。只有跟她说到鱼，她才会突然来了精神，主动拉着人逛她的办公室。在古脊椎所，好多人的房间都像是囤积爆仓的仓库，整个房间只有一条人类可以通行的窄道，遍地堆着等待研究的化石，老虎的牙齿、狮子的头颅、恐龙蛋标本……但张弥曼的房间非常整齐，这里的每一样标本都分门别类地整齐排放，连书桌上的文具都会近乎摆成一条直线。她滔滔不绝地讲鱼的故事，还热情地拿出标本盒挨个介绍与她朝夕相处的朋友——4.1亿年前的杨氏鱼、1.25亿年前的孟氏中生鳗，还有370万年前的伍氏献文鱼，它们的骨头特别粗……

在这里，时间以另一种尺度计算，不是去考虑一年365天，而是去思考地球已有的46亿年。如果把它压缩成人类纪年的一年，在这一年里，直到3月中旬，地球上才出现最早的生命迹象，到12月初，地球才出现大规模沼泽地与大片森林，恐龙在12月中旬称霸地球，可是好景不长，它们于12月26日灭亡。直到12月31日接近午夜时分，人类才登场，这样算起来，罗马统治西方世界的时间只有5秒。一个古生物学家能研究透一个礼拜已经是高手，张弥曼却在临近午夜的不到1秒钟内，研究了横跨12月的第一天到最后一天的许多鱼，探寻那些失落其中的故事。

对张弥曼来说，让她毕生着迷的是这个万物演化的世界、这个又热闹又孤单的学科。面对化石那一刻，房间里仿佛重现许多遥远时代的生命；但那一刻，房间里只有她一个人。

第一条鱼

在野外考察的时候，很难看出张弥曼是一个院士。她永远要自己拎包，自己搬石头，"她会不计成本地去做一些外人看来很小的事情"。很多项目从头至尾都只有她一个人，每一步都是自己做，直到现在，很多标本都还是她亲自修复的，这要花费很多时间，但她不放心交给别人。同步辐射扫描标本的过程是要熬通宵的，每隔20分钟要去重启一次机器，很多人会找助理帮忙，但张弥曼始终坚持自己做。那一年，她已经70岁了。

张弥曼的学科解锁的都是遥远的历史，没有人亲历过现场，人们只能从偶然锁在石头里的痕迹推测当时的状况，所以，一切判断都要特别小心——你可能是几亿年来，第一个认识这种生物的人，但你也可能成了几亿年来，第一个毁了它的人。

用最小心的推测来看，地球数十亿年演进中，鱼类可能开启了关键的一幕：脊椎动物诞生后的近1亿年时间里，它们都只能生活在水里。直到 3.7 亿年前，一群勇敢的鱼终于决定离开熟悉的海洋，爬上陆地，开始新的生活，它们从此改名为"四足动物"，而其中一个遥远分支就成为正在阅读这段话的人类。

神奇的是，这是有证据的。1938 年，从印度洋打捞上来一条很奇怪的鱼。它个头特别大，身长跟人差不多，鱼鳍里面长了肉和骨骼，就像是四足动物的四肢。在水中，它的游泳姿势也不像平常的鱼类，而更像四足动物划动四肢在水里行走。它叫作拉蒂迈鱼，是一种最早生活在 4.1 亿年前的空棘鱼类，古生物学家一直认为它早已和恐龙一起在 7000 万年前灭绝了，但这类鱼藏在几百米下近乎平静的深海，躲过了自然选择的鞭策，成了今天人们回顾过往的"活化石"。

在古生物学家的眼中，人类就是改版后的鱼。直到现在，我们身上还保留着来自遥远祖先的痕迹——我们从鱼类祖先那里继承了绵长曲折的喉部神经路径，胎儿出生之前还有过鳃裂消失的阶段，背部和腕关节的主要骨骼都是从水生生物进化而来的。所以，我们走路久了可能背疼，长时间打字手腕酸痛都情有可原，毕竟我们的鱼类祖先平常可不干这些事情。

那么，第一条鱼如何爬上陆地？离开完全熟悉的水的世界，鱼类登陆后发生了什么？它要如何呼吸，如何支撑自己的身体，如何活下来？从它们身上反推，当时陆地是什么样子的？它们在演化中所经历的起起落落，会不会发生在我们身上？

这些是张弥曼和她的古鱼类学同行们所感兴趣的终极命题。将所有古生物学家对遥远过去的认识一点点拼凑在一起，就是一棵绵延至今分支复杂的生命演化树。越靠近演化树根基，越接近人类起源的根本命题：我们是谁？从哪里来？到哪里去？

为了给这些命题一个尽可能准确的答案，张弥曼付出了毕生的时间，不管是过去还是现在，在能够拼尽全力的时候，她从没吝啬过一丝力气。

刚开始工作的时候，为了搞明白在浙江发现的中生代鱼化石的归属细节，她一到周末就带着化石去挨个拜访当时出名的鱼类专家，向他们求教。

她最为出名的研究是伍氏献文鱼，这种鱼的特点是骨骼异常粗大，比人类手指还粗，几乎没多少空间长肉，这样的鱼非常少见。参与这项研究的吴飞翔说："这么特别的鱼其实故事早就可以讲了，有完整标本，形态解剖也很详细，但张老师除了传统观察方法，还特意把标本带到国外做 CT，把它整个科学信息掌握到了极致，做到很完美的程度，她才去做讨论。在解释这个粗骨头鱼的时候，她找到了地中海地区类似的化石，找到了一例类似的证据，但她还是觉得不保险，还去找反向证据，跟很多非古生物学的专家探讨，这个粗骨头到底是病理还是自然的形态。直到把它掌握到十足的状态了，她才愿意发表。"

严谨的科学态度或许算得上一个家庭传统。张弥曼的父亲张宗汉是中国生理学先驱，曾凭庚子赔款赴芝加哥大学医学院留学，获得博士学位后回国。他参与筹建了华东师范大学生物系，也最早向国内引入巴甫洛夫的理论。在讲解神经系统时，哪怕是抗战流亡期间，他也会亲自下溪捞鱼做实验材料，绝不凑合。

苗德岁回忆说，当时所里负责《古脊椎动物学报》的老先生，常常拿着张弥曼的投稿感慨。那时候论文全靠手写，一个字一个字地誊写在方格稿纸里。论文动辄上万字，大部分人的稿子都会有些许修改，只有张弥曼的稿子，哪怕交来的只是底稿，也从头到尾工工整整，从没有过一个字的改动，哪怕这一页最后一行有一个错字，她都会把这一页从头再抄一遍。

张弥曼的学生说，在她身上，既有文气，又有匪气。她很谦逊，是大家闺秀，可是胆子也很大，敢跟人叫板。《自然》杂志对她的特写里面，同行转述了一则20世纪50年代的往事。那时候她作为学生代表，带队去哈萨克斯坦危险区域考察，旅馆拒绝接待这些中国人。她当时拍着桌子，毫不退缩地跟前台理论，要求入住，并反复大声说着："我能付钱！我有钱！"最后，她得到了应得的房间。

上大学的时候，这门学科被视作"祖国的眼睛"，她被选派留苏，通过鱼类化石去判断地层，为国找油找矿。可等学成回国，这个学科已经在政治风波中成了"祖国的花瓶"。

苗德岁是"文革"后第一批考进古脊椎所的研究生，当时世界著名古人类学家吴汝康给他们开欢迎座谈会。吴先生一针刺破了所有人理想里的泡沫:"这不是一个热闹的学科,我们是小众的纯学术研究,很多时候很冷清,所以你要做这门学问,就得能够耐得住寂寞。好的时候人家把你当一门学问,不好的时候,也要自己能安静地坐得住,坚持做下去才行。"

这成了考验那一代科学家的一个核心命题——一个活在光圈之外的科学家的乐趣是什么?

事实证明,最迷人的还是那些原始命题,第一条鱼的故事。"这门学科带来的最大乐趣,无非就是由不知到知。"与张弥曼一同留苏的古脊椎动物学家邱占祥说,"科学是个非常大的东西。一种生物,我这一代人原来也不知道它是什么,我们一点点去知道,这对我来说就很足够了。你知道的每一点,都可能是将来别人继续知道的基础,就这样一点点滚雪球,这就是科学的前进。"

就这样,古生物学家还在一次次奔赴野外,用地质锤敲击着大地,寻找锁在石头里的鱼。努力也好,运气也好,大家都在等待一个机会,去推动一点科学的前进,解锁演化树最接近树根的关键节点——第一条从海洋爬上陆地的鱼,到底是谁?

反对

机会来了。1980 年，44 岁的张弥曼再次到瑞典国家自然历史博物馆访学。那时候，瑞典学派还处于极盛状态，这里被称为"动物学家的麦加"。她的老师正是瑞典学派最主要的三位代表人物之一、早期脊椎动物研究的绝对权威。

特别是导师埃里克·雅尔维克（Erik Jarvik），他使用当时最先进的连续磨片及蜡质模型方法，对真掌鳍鱼的完整化石进行了长达 25 年的精心研究，使其被学界称为"史上被了解最详细的化石脊椎动物"。也正是因为雅尔维克所发表的专著，"四足动物起源于总鳍鱼类"这一论点成了教科书上的公认观点。他认为，3.5 亿年前，总鳍鱼类是陆地上最高等的动物，它们长着内鼻孔，可以不用鳃就直接呼吸空气，这是鱼类从海洋登陆的一大先决条件，所以，很可能就是这种鱼第一个从水中爬上陆地，从两栖类、爬行类一路进化到哺乳类，一直到人类。

不过，当时开始出现批评的声音，认为瑞典学派推导出的结论只是推测，却几乎被当作既定事实，这反过来会严重影响人类对祖先类群结构的认识。

张弥曼带去了从云南发现的先驱杨氏鱼的化石，这是距今 4.1 亿年的中国总鳍鱼类，她想用连续磨片法进行研究。雅尔维克全力帮助了她，把反驳自己的文章拿给她看，他希望能够借助张弥曼所带来的新的化石材料，佐证自己的假说。

她开始了一场异常艰辛的大工程。连续磨片法要一次磨掉化石的 50 微米，那只有 1 毫米的 1/20，给磨出来的断面拍照后，放大投影，精细地画出这一断面所呈现的骨骼结构，然后把蜂蜡制成的薄片按照断面结构进行细致的切割，如是往复，直到把整个化石结构全部磨完，再将所有蜡片按顺序叠摞一起，构成化石的完整结构。从原理上说，这和现代的 3D 打印完全一致。

这是在现代 CT 技术出现之前，研究化石内部结构的最精确办法。但它耗时耗力，对细微之处要求极高，当时世界上也只有极少数人能掌握并完成。那时候，张弥曼经常每天只能睡四五个小时，因为哪怕只是画一张稍微复杂一点的图就得花上 10 个小时。为了看清楚标本，她还需要在化石表面涂抹有毒的二甲苯，这会熏得人头晕眼花。就在这样的状态下，她在两年时间内将 2.8 厘米大小的杨氏鱼头颅磨出了 540 多张断面磨片，制作出了 20 倍的放大模型。

但是，眼前却是意外的结果。按照导师的假说，杨氏鱼应该可以看到内鼻孔，这是在陆地生活呼吸空气的先决条件。"我当时很吃惊。我一边磨，一边感觉很奇怪，我发现它应该出来的东西没出来。"张弥曼说，"起初都觉得，它应该是一个骨鳞鱼类（注：总鳍鱼类中的一类，真掌鳍鱼即属于骨鳞鱼类），有一个内鼻孔、一个外鼻孔，我在 1966 年开会的时候写摘要都是这样写的，但是，它并没有。"

自己的学生要反对自己，导师对此很不满意，雅尔维克不断跟张弥曼抱怨，"够了，你已经做了够多了，你不要再做了"。他告诉张弥曼，这是条"魔鬼一样的鱼（damned fish）！"。

反对并不是一件容易的事情，更何况，她所挑战的是几乎所有人都敬畏的绝对权威。张弥曼说，当时自己很苦恼，也很犹豫，"我的朋友里头，有些人认为我应该坚持，有些人就在那儿看，看我会怎么办"。当时有个一起工作的研究员，"跟我在一起的时候，他同意我的意见；雅尔维克在场的时候，他就反对我的意见"。身在异乡的她只能写信给父亲，坦陈自己的困境，"我这是在太岁头上动土"。

同为学者的父亲鼓励了她，教她去寻找事实。张弥曼仔细对照了导师所用作依据的标本，以及英美古鱼类学家修复的相关标本，发现了细微处的显著不同 —— 雅尔维克描述的标本中，内鼻孔所在部分保存都不完整，这说明导师那份教科书级别的结论"只是一种想象，而不是事实"。

"雅尔维克是非常好的一个人，他帮过我无数的忙。瑞典的每一个节日，他都请我到家去，他总是拿车带我去，在他们家吃完饭，再把我送回博物馆，他知道我要继续工作，每一次都这样。我觉得他对我是非常非常好，但是到了最后这一个阶段，我没有办法同意他的意见。"回忆起这段经历，张弥曼告诉《人物》作者，"我非常尊重雅尔维克，他的书我直到现在还在参考，他做了很多工作。但是我一点都没有觉得我有什么不好，我看见了嘛，将来别人也会看见的，这就是事实嘛。"

1982 年 3 月 31 日，张弥曼博士论文答辩。这一天来旁听的人比平时都要多。当时有很多著名的古鱼类学家带着自己的标本，从其他国家赶去斯德哥尔摩，去见张弥曼。

她的论文题目叫作《中国西南部云南省早泥盆世总鳍鱼类杨氏鱼的头颅》，在论文中，她明确提出，540 多张连续磨片的结果显示，杨氏鱼没有内鼻孔。美国著名的鱼类学家唐·罗森（Donn Roson）在写给张弥曼的信中说，"这一发现动摇了传统理论"。法国巴黎第六大学地质系的菲利普·让维耶（Philippe Janvier）博士在答辩会上说，"她提出的问题，几十年内都要被各种文章和教科书引用"。

这是古生物学史上最重要的一次反对。鱼类登陆呼吸需要内鼻孔，但属于总鳍鱼类的杨氏鱼没有发现内鼻孔，这直接动摇了"总鳍鱼类是陆地四足动物起源"的传统判定，改变了此后的教科书。张弥曼赢得了自己的博士学位，也为中国科学家赢得了世界声誉。

30 多年后，年轻的古生物学家朱敏和卢静接手了张弥曼当年的研究。现在可以依靠 CT 扫描和同步辐射等新技术，在较短时间内精确复原古鱼化石的脑颅。为了对照研究，卢静用 CT 扫描了杨氏鱼化石。令人惊愕的是，拿计算机重建出的结果和张弥曼30 多年前手工做出来的模型对比，哪怕是最精细的地方，差别都微乎其微。

不仅如此，张弥曼所做的连续磨片，清晰细腻地复原出杨氏鱼脑颅、脑腔、脑腔血管甚至神经通道的极其微小的细节，这是连目前最先进的 CT 和数字还原技术也无法获得的准确信息，是再精密的机器也无法实现的极致还原。哪怕已经过去 30 多年，只要看一眼就能明白，为什么连绝对权威也不得不服气。

最近去瑞典，卢静借来了当时瑞典学派的蜡片。第一次看到那些 20 世纪的磨片模型时，她感到了巨大的冲击 —— 虽然那是原始又辛苦的方法，但因为人的投入，只有 2.8 厘米的小小化石，每一个科学细节都舒展到了极致的状态，"很景仰，也很激动，它所展现出的科学，有一种艺术的美感，那是一种令人窒息也令人敬畏的战栗感"。

科学的伙伴

讲起这段科学史上"著名的反对"时，张弥曼一个人坐在她的显微镜前。时间带走了一个又一个科学上的伙伴，在杨氏鱼论文期间最支持她的美国古生物学家患脑癌离世。还有曾跟她畅谈鱼的另一位瑞典泰斗史天秀（Erik Stensiö），他在人生的最后生了病，像是忘记了曾经所有见证过的化石故事，对一切都不再感兴趣。在他最后的时间里，他们再没有聊起过鱼。

房间里唯一见证过那段过往的老朋友，只剩标本盒里另一份杨氏鱼的脑颅化石。父亲去世前，最清楚的回忆仍是自己的女儿是一个"敢在太岁头上动土的人"。尽管不愉快，导师雅尔维克还在世时，偶尔会在圣诞节给她寄来贺卡。

她说这件事给她的最大感触是，在科学上，如果学生赞同她，这当然很好；但是如果他反对了她，她也可以很高兴，"毕竟，我们又进了一步，是我们作为人类，对世界的了解又进了一步"。

数十年里，她影响了许多"人类又进一步"的发现。在研究古生代鱼类有所突破后，她又对中国中生代鱼类、青藏高原新生代鱼化石展开研究。在她的推动下，以30多岁年轻人为主体的研究团队开始研究辽西热河生物群，使中国成为国际古生物研究领域的焦点。

2005年秋天，北美古脊椎动物学会第65届年会组织了一整个上午的"荣誉学术研讨会"，来自全世界的最顶尖的古脊椎动物学家、各个国家科学院院士、世界最知名自然历史博物馆的馆长们齐聚一堂。这场研讨会上的每一份论文报告都是献给张弥曼的，科学家用这种方式向她致敬，表彰她的学术贡献。迄今世界上只有极少数德高望重的科学家，曾在这类国际学术会议上获此殊荣。

在研讨会上，曾任耶鲁大学研究生院院长、费城科学院院长的基思·斯图尔特·汤姆森（Keith Stewart Thomson）教授赞叹：

"40 年前，一个来自中国的年轻女学者张弥曼，将云南泥盆纪鱼化石标本带到瑞典自然历史博物馆，给传统的四足类起源理论闹了个底朝天！"西澳大利亚博物馆的江朗（John A.Lang）教授说："我今年原未打算来开年会的，会太多了，要做的事更多。但一听说有弥曼的荣誉学术研讨会，我无论如何也得来——她对我们太重要了！"

与张弥曼同在瑞典工作过的汉斯－彼得·舒尔策（Hans-Peter Schultze）教授，当时刚从德国柏林洪堡自然历史博物馆馆长的位置上退休卸任，他用"礼赞百折不挠的英才（Ode to an Unbreakable Spirit）"为题，分享了他眼中这位中国科学家的经历。

瑞典学派以苦干在世界闻名，清洁工早上打扫的时候，常常在实验室发现彻夜未归的研究者。但即便在这里，张弥曼也是出了名的"不睡觉的中国女人"。博物馆午夜巡逻人带着的两只相貌凶恶的大狗，起初还会从楼下一路叫，后来看她夜夜都在，熟悉起来，不但变得安静，还很友好。有时候，张弥曼桌上还会出现人们悄悄留下的代表敬意的鲜花。

"她外表贤淑恬静，说话轻声慢语，可做起事来干脆果断，骨子里坚韧不拔，委实令人钦佩不已。"芝加哥菲尔德自然史博物馆的约翰·博尔特（John Bolt）教授会后这样评价。

这样的场景让顶级学术期刊《自然》杂志的科学记者雷克

斯·多尔顿（Rex Dalton）都感到惊讶："类似的场面，我在各个学科的国际会议上见过不少，可像张弥曼院士今天这样能受到那么多同行如此高度尊敬和景仰的，对我来说还是第一次。毕竟'同行相轻'不乏其例，真是不可思议。"

那次的研讨会就像是一场热闹的朋友聚会，直到报告全讲完，这些科学伙伴还聚在一起聊了很久。张弥曼还收到了来自瑞典自然历史博物馆同事带来的很多礼物，在那个"著名的反对"发生的地方，瑞典同事告诉她，"过去 40 年来，我们从来都把弥曼视为我们中不可或缺的一员，并以此为荣，希望今后的 40 年里，弥曼还能常回家里来"。

直到现在，她还记得雅尔维克寄给她的最后一封贺卡，那上面写的是在瑞典过圣诞节时所有人都会一起唱的一首歌，歌颂的是为黑暗的世界带来光明的使者圣露西亚。时隔多年，雅尔维克寄给反对自己的学生的一段话，恰恰正是这首颂歌：

夜幕降临，笼罩庭院和屋宅；

在没有阳光照耀的地方，四处阴沉暗淡；

她走进了我们黑暗的家园，带来了点燃的蜡烛，

圣露西亚，圣露西亚。

21 世纪的古生物学家

张弥曼过 70 岁生日的时候，她的学生朱敏将一种新的鱼献给自己的导师。朱敏给它取名为"晨晓弥曼鱼"，他说，这条鱼很像是他的这位老师。它是最原始的辐鳍鱼，在演化中地位很重要，位于进化树的关键分叉点上，影响了后来无数鱼。

"对科学家而言，如果你的发现和观察，能够给整个人类的知识体系留下一笔，那么我觉得这就是这辈子没白过。比如张老师做的杨氏鱼，在整个人类知识体系上留下一笔，这就是她的成就所在。我们后面还会有很多重要发现，但她会留在那个关键的节点上。"朱敏说。

事实上，张弥曼所带来的关键节点不止一个。20 世纪 80 年代，她任古脊椎所所长。苗德岁说，这是一个敢做敢当的领导。她促成的中加联合恐龙考察，是当时国内罕见的大型国际科技合作项目，"那么大一个 deal，她一个人就拍板决定了。当时由于加方支持科考的基金会领导在华行程很满，把张先生抓上私人飞机，项目就在飞机上谈成的。限于当年的通信条件，她既没法向任何人请示，也没有时间层层打报告上去申请，当场就同意了。"如果层层上报，恐怕未必能顺利获准，但她清楚这对科学本身的意义，她就敢抓住这个难得一遇的机会。后来的结果证明，那次科考发现了大量恐龙珍品标本，也培养了一批年轻的研究人员，极大促进了中国古脊椎动物学的发展。

她最近在研究鲤科鱼，特别是草鱼长在咽喉的小牙齿。研究这些小牙齿很难有轰动的成果，几乎没可能上《自然》杂志，但是这些不到3毫米的小牙齿，让她有无数好奇：草鱼喜欢水草丰沃的地方，但为什么会在内蒙古、甘肃这些地方找到草鱼化石？辽河流域能找到草鱼化石，却找不到现生的草鱼，这里发生了什么？仔细看小牙齿的咀嚼面，更久之前的草鱼牙上长了小钩子，那是吃虫子的鱼才有的牙齿特征，也就是说，这种吃草的鱼曾经可能并不吃素，那么，它们本身又经历了什么，为什么变成了今天这样？

"科学很多时候都是从很小的东西里头做起的，人们觉得非常小、没意思的事情里头，做得多了，说不定就有好的大发现。可要是没人提出看法来，将来永远没人来解决嘛。"张弥曼这样说。

"张老师很纯粹，做一些自己很开心的事，但很多事情在现在的语境下是不好谈的。如果让一个年轻人去这么做事，在现在的评价体系里头，以后怕是连饭都吃不上的。他的确能够解决一个问题，但是很难发文章。"朱敏说，"在现有的评价体系里，一个科学家怎么保持住你的纯真，这其实是一个挺大的挑战。"

因为，活在2018年的古生物学家，面对的是另一种挑战。在古生代鱼类研究上，朱敏所在的研究组是世界级的明星团队，其所做研究成果屡次刷新人类对进化的认知，但即便是他也会被现实击溃。

张弥曼在 20 世纪发掘杨氏鱼的化石点，徐霞客游历山川时就去过，民国最出名的地质学家丁文江也去过，这个在地质学上留下无数记载的西南小城，如今却快要被不断扩张的城市化吞没了。站在那个密布着 4 亿年前古鱼化石的小山头，不到 500 米外的马路对面就是新建的工业园、新盖的工厂和农民的回迁房。有次去考察，朱敏发现化石点前面堆满了生活垃圾，附近的人把这儿当作垃圾场了。他急了，这可是上了《科学》杂志的世界知名化石点，"在我这一代弄掉，那是不行的。以后有一天人类寻远祖，寻来寻去发现是这个样子，这怎么行？"

最近几年，他花了更大的功夫去给地方政府作报告，写了好多 PPT，跟他们科普"化石是什么"，劝说他们不要在这里盖工业园，而应该去申请世界级自然遗产地，每次最后都用最大号的粗体字写着"科技……是可以带来 GDP 的"。他本来只是想打动主要负责领导的，但往往听完报告，第一个激动地跑来找他要名片的都是当地招商局的人，他们看上了 PPT 里说的"文化遗产提振房价"，拉着这位古生物学家，邀请他去招商大会"再聊聊，再聊聊"。

没多少人能真正明白，古生物学的乐趣和意义是什么。在张弥曼获得联合国颁发的杰出女科学家大奖的新闻刷屏之前，与古生物学这个关键词相关的新闻是，北京大学古生物专业的毕业合影上，只有一个人。

和科学上解决一个问题相比，朱敏说这样的问题在逻辑上简单得多，只是不容易纠正。他也只能用一些不得已的办法。2018 年夏天，朱敏邀请张弥曼重回 30 年前的杨氏鱼化石点。为了避免老人看了伤心，她去之前，朱敏特意提前在化石点旁边竖了几块告示牌——"禁止倾倒垃圾"。

活在 2018 年的张弥曼，也不得不就着环境去做一些适应。2018 年夏天，从不接受任何挂职头衔的她，答应担任化石点附近一所学校的荣誉主任，借助今年的热闹带来的一点影响，保护一段 4 亿年前的历史。她还不想停下来，给自己起了一个笔名"尚能西"，因为她喜欢这个古老的寓意："谁道人生无再少？门前流水尚能西！"

只属于极少数人的夜晚

吵吵闹闹的 2018 年终于要结束了。电视台邀请张弥曼去上节目，讲讲去法国拿联合国大奖的事。现场有人提问，给您这么大的奖，为什么您下台的时候没拿奖杯呀？老太太答，因为我老了啊，老了爱忘事，所以就忘了拿啊。编导把这段掐了没录，让人又问她一遍，给您这么大的奖，最后为什么没拿呀？您好好想想。

结果直到结束，这段也没播成。这位老人不愿意说别的答案。

"他们想让我说，我没拿是因为淡泊名利。"坐在众人散去的房间里，张弥曼说起来还是有点不服气。82岁了，她还是那个"敢在太岁头上动土"的女人，原则从没变过，"我没说。我的确是老了所以忘了。我说的是事实。"

见证过鱼类数亿年的生命变迁，时间也逐渐在自己身上有了更清晰的感知。她更容易感觉到累，明亮的闪光灯会刺得眼睛疼，就算只是坐在房间里，也会常常犯心房颤动，心脏突然停一拍。青藏高原的化石点去不了了，她每个星期都得去医生那里报到，做心脏定期检查。终于，衰老是她不得不面对的新事实，再也无法事事亲为了。现在她会请同事帮忙提装满书的背包，但也会小声地跟他们道歉："这个我拿不动了……只能让你们拿啦……对不起……"

来采访拍摄的人们挤在她的小房间里，她反复跟人推辞："这些照片你们用也没关系，不用也没关系，我并不值得上封面的。我们国家还有那么多值得学习的人，他们才是真正的大师，我只是在做一点点最微不足道的事情。"

送走了陆续而来的访客后，她想回到那个"微不足道的小世界"里面去了。草鱼的咽喉齿每颗只有不到 3 毫米，张弥曼把它们一颗一颗分门类收纳在透明的小盒子里，整齐地排列在她的显微镜旁边。

"做科学，你做一辈子也只是其中的一部分，也许会成功，也许会失败，我很欣赏这个过程"。她很喜欢鱼类学家朱元鼎的故事，他研究鲤科鱼的专著是 1931 年发表的，可即便过去这么久，现在人们要看这个领域，还是要看这本 1931 年的书，"这就是他给人类做的贡献"。"科学给人类做的绝大部分的工作都是垫脚石的工作，真的很显眼的工作很少"。

她深知再大的热闹迟早都是要散去的，这个世界只有一件事不变 —— 夜晚是终将到来的。"我相信从演化的角度看，人类这个种最后也会灭绝的，我们也只能在世界上活一生，永远不会再回来。我们作为个体，也只不过有的长一点，有的短一点。我的时间比你们少得多了，也许明天都不知道，所以现在无论什么事情都尽量地 enjoy。"张弥曼告诉《人物》作者，"我觉得你活过了，努过力了，enjoy 过所有你的事情，失败过，小小地成功过，就很好了，这样就行了。至于别人承不承认，感没感觉到，不重要，因为被人发现是各种特殊原因凑成的，重要的是，你自己觉得开心就很好。"

还差几个月，张弥曼就要迎来 83 岁的生日了。她在等待这一年的热闹过去，就像等待窗台上还未成熟的柿子、还在不断变化的草鱼小牙齿，以及其他藏在石头里的地球秘密。在给学生的赠书上，她题上了这样的话：

自由比权利重要，知识比金钱永恒，

平凡比盛名可贵，执着比聪明难得。

共勉。弥曼。

夜晚到来的时候，再度回到了安静，房间里又只剩下她一个人了。不过，等化石里的秘密复活，热闹又会回来的，就像她的学生朱敏所记下的那样："深夜，在显微镜下静静地观察云南的古鱼化石，四亿年的时空穿梭，肉鳍鱼在中国南方古海洋中畅游，同样闪耀着逼人的美丽蓝光，但不是在深海避难所中，而是在滨海，在海湾，因为它们是当时地球上最高等的动物。"古生物学家毕其一生追寻的就是这项遥望过去的迷人事业，但它并不是所有人都能明白的乐趣，那是只属于极少数人的夜晚。

（感谢朱幼安、房庚雨对本文古生物学事实方面的帮助）

李斐然　文

柏栎　编辑

2019 年 1 月 7 日

旁观者的谜

$\vee$

一

　　我的人生第一张记者证是埃及国家新闻局签发的。毕业前的最后一年，我在新华社中东总分社实习，是一个勤奋的国际新闻记者。拿着这张记者证，我写过好多稿子。中东局势天天变，起初我每天发两组稿，上午写中东时局，下午写开罗新闻，周末发专题特写，三个月后，我的发稿量每天成倍飙升。那是2011年的新年，尼罗河畔的土地上发生了影响至今的一场革命，动荡的18天后，穆巴拉克政府倒台。

最初的新闻现场在开罗市中心的解放广场，站在这里可以见到来自全世界的记者，听他们用各自的母语向国内回传信号。新闻在那种环境下有一种不言自明的意义，不需要任何人教，报道是见证历史的责任。每个国家驻站记者只有这么几个人，从这里发出去的消息决定了外面的世界将如何看到中东，哪些会被记住，哪些会被遗忘。那是异常沉重的压力，几乎需要 24 小时工作，写完英文写中文，饿着肚子回房间短暂休息，直升机就在窗外盘旋，冰箱里空空荡荡，躺在床上还要数着外面有多少声枪响。

通讯社稿件有非常标准的写作体例，它讲求精准地忠诚于事实。报道有一系列标准模型 —— 时间、地点、人物、事件 —— 根据事实不折不扣地记录成文。某种程度上，写稿也是一个体力活，但累得很踏实。那时候我相信，多一条关于中东的消息，人们就多看到一些事实，就有可能打破偏见，促成理解，促成交流，最终，促成改变。

或许是一直为了这种愿望拼命写稿，回国后的很长一段时间，我都活在一种挫败感里。中东是那一年的大新闻，每个人都多多少少知道一点，但大新闻就只是大新闻而已。理解没有发生，反思没有发生，连改变都没有真正到来，血还在流，火还在烧，分歧更加剧烈，战乱不仅没有停下来，更多地方甚至引发了更大的危机。报道是用极大代价从现场换来的，事实清清楚楚写在稿子里，信息无误，但语言失效了，偏见和情绪混在一起，把误解带向了极端。现场爆发了更激烈的冲突，现场之外只有两种反应：一种是转瞬即逝的同情，"他们好惨啊！"另一种是更持久的茫然，"这跟我有什么关系呢？"

这是我亲历的中东报道困境，新闻并没有帮助人们互相理解，也没有稀释偏见。它迫使我不得不重新审判自己的职业选择：写作究竟是什么？报道能不能给现实带来切实的改变，还是一场只留在纸面上的喧嚣？

后来我遇到很多人，包括最有经验的战地记者和战地摄影师，这种冲突感并不只困扰我一个人——新闻是有效的历史记录，同时也常是无效的沟通方式，在任何国家地区都一样。报道战地需要经验、技巧、执着和勇气，但是误解战地只需要一个偏见：这是一则国际报道、一条中东新闻、一群离我很远的人、一件不会发生在我身边的事……归根到底，这是别人的故事。

毕业后我成为特稿记者，写过更多更长也更复杂的稿子，大部分跟中东无关，但是中东困境依然在。刚开始我写科学报道，选题会上编辑说，"稿子好看，但我还是讨厌数学"。写希格斯粒子背后物理学家的谦卑，写丁肇中的坚持，写欧洲的科学传统，我得到的是和中东报道相似的反馈，"他们好厉害"，但是，"咱们又不一样"。

这种挫败感在写作女性主题的时候尤为强烈。我采访过一位世界冠军，最初我想要写她作为女性的力量，作为冠军的她身上真实存在着独立、自信、个性自由的特征，但是，她的无助却是采访中最触动我的事。当时她刚刚生完孩子，还在哺乳期，却已经开始新的工作。约定的采访时间到了，但她显然顾不上。阿姨轮休没人帮忙，小一点的孩子在垫子上哭，大一点的孩子抱着她的腿撒娇。餐桌上是她的午餐——只吃了一口的汉堡。我以为她的丈夫不在家，结果他从里间换好运动服到客厅跟我们告别："下楼跑步去！"说完开门走了，留下一屋子的混乱，还有一个不知所措的新手妈妈。

我试着把事实平等地呈现在稿子里，她身上作为世界冠军的强大依然是文章主体，而她在家庭生活中的无助也直白地写进了稿子里。结果，这可能是我写过的最失败的一篇女性报道。当光环和阴影同时出现，她的无助似乎被淹没了。读者读完的反馈依然是"她好棒啊""冠军就是冠军"。人们仿佛看不到文章中写到的女性困境，对这些细节无人共鸣。后来我看到她更多的访谈，她渐渐会公开说出自己的无助，有时还会鲜明地表达自己的无奈、不满甚至愤怒，但她还是没有被听到。在传播过程中，这些声音像是从画布上抹掉的颜色，看得到痕迹，但是越变越淡。我的写作失败了，它向我证明，仅仅简单、直白地呈现事实，不深入思考表达的有效性，沟通就会在文字中断裂。

写作的时间越久，我越觉得这份职业好像一座迷宫，总能往前走几步，但我好像一直没有找到正确的出口。后来每次看到她的新闻，看到来自中东的消息，都会让我产生一种无力感。过去我觉得，误解来自信息遮蔽，事实埋葬在封闭的高墙里，记者有责任挖掘事实，只要让人们看到彼此，将信息从一个人传递给另一个人，理解就能实现。后来我才知道，理解事实、呈现事实也是一门复杂的学问，如何让文字有效地实现沟通，如何让理解促成改变，这里面的学问需要琢磨一辈子。

在瑞典采访游戏产业的时候，我旁听过一场制作讨论会。当天的主题是"游戏设计中的平等"。当时主流游戏大都是男性主导，玩家多是男性，玩法也是男性的，风格、语言、故事线都是迎合男性喜好的。这些制作者在讨论，一款女性游戏该怎么设计？

其中一个观点我印象很深，发言者是一位男性制作人，他反对为了女性玩家专门制作所谓的女性游戏，因为那是一种更顽固的性别偏见，只会让女性群体更加边缘化，脱离主流世界，成为一座名为"她们"的孤岛。他认为女性玩家的困境在于，主流赛场上没有她们的英雄，要当英雄就得选男性角色，想选女性角色就只能做配角。他的意见是，需要改变的是游戏规则，应当改变英雄的设置，一部游戏应当既有男性英雄，也有女性英雄，是在为"人"设计游戏，让每个人自由选择自己的方式去赢。只有让出发点回归到"人"，一个英雄才能获得真正的共鸣。

很多年过去了，他的提议并没有真的实现，事实上，这是一种很难实现的理想。但我常常想起这番话，写作好像也是一样的道理。中东新闻、科学故事、女性报道，依然每天都在发布，但我要怎么做才能让事实回归共同阵地，避免报道形成一座信息孤岛？文字的世界里，游戏规则是什么？

　　二

　　我是和我的写作一起成长的。因为喜欢写科学稿，我常常被错认成男记者。做好了功课去采访，一见面还没开始说话，对方就生气了："你们编辑部怎么回事？我们这么重要的研究课题，怎么派一个小姑娘来采访？"当时的我还不懂得为偏见生气，更多的是一个年轻人的惶恐：啊，我不可以跟院士说话吗？是我做错了吗？

　　这种偏见持续了很久，不管我写了多少稿子，写了什么样的稿子，有没有变老，都没有改变。我用笔名写过一篇关于许知远的文章，后来采访他的时候，助理把这件事告诉他。许知远先是认真地纠正助理，那篇文章一定是男人写的，又过来认真地纠正我，女人不可能写得出来。我们花了好一会儿给他摆证据，他才勉强接受了事实，嘴上依旧嘟囔："怎么会呢？"

　　还有一次采访一位社会学家，我先用邮件跟他沟通，他的来信很客气，一直称呼我"斐然兄"。当时我以为这是他的语言习惯，直到第一次见面，对方明显愣住了，"你怎么是女的？"后来坐下来，我听到了一个哭笑不得的解释："我读了你的信，也读了你的文章，我觉得这种逻辑和文风，怎么说也应该属于一个中年男人，怎么能是女的呢？"我至今清楚记得他的遗憾，在我面前连连摇头，"可惜了"。

类似的例子可以一直说到无穷。这不是只发生在我身上的偏见，每个女性每时每刻都在承受这种现实，一种无处逃脱的误解。后来我意识到，沟通也正是在误解的那一刻断裂的。是啊，他说得不对，但是，我能怎么办呢？一个说不明白，一个听不懂，语言就是这样失效的。我面对偏见最常见的反应也只能是，微笑和"哦，那行吧"。

但是，这些经历共同影响了我的写作，我希望用我的作品来反驳这种日常偏见。我开始重视文本中立，不因为我是一个女性而让采访对象呈现出不必要的女性视角，不因为我是一个年轻人而让老人失去他身上的厚重，不因为我没做过科学研究而让我的文章缺乏科学精神。我想用我的文字证明，偏见也可以不成立。

在一种理想状态下，我希望自己能够作为一个具体的人得到理解，既不被简化为"小姑娘写科学"，也不被假想成中年大叔，仅仅作为我自己而存在。这是我在现实中很难得到的自由，所以，我想要把这种理解的自由给予我的文字。我希望我所写的每一个人，都可以尽可能像他们自己，事实是什么样子，文本就呈现什么样子，动笔去书写一个人，而不是这个人的身份标签。

写稿之前，我常常写大号字的提示条，贴到书桌前的墙上：

"不是一个温暖的人，就不要写成一个温暖的人""让事实自己说话""Write as it is"。

这并不是一个容易做到的原则，其中总要经历挣扎、怀疑和自我否定。一个例子就是对古生物学家张弥曼的采访。她是 2018 年《人物》年度人物的其中一位。往年的年度人物封面一展开，多半都是男性，所以那一年，编辑部希望能做一期全部都是女性的年度封面。张弥曼是最合适的人选，因为她在那一年获得了联合国教科文组织颁发的"世界杰出女科学家奖"，她也因此突然出了名，理由就是"女性科学家"。

采访那一年她已经 82 岁了，我到办公室跟她打招呼，已经过了下班的点，楼道里灯全关了，只有她的办公室还亮着。屋里坐着她一个人，守着摆满化石标本的桌子。她看上去很疲惫，一开始想拒绝采访，她说自己时间不多了，能省一点是一点，还有好多事情没做完，又说自己不值得报道，从袁隆平数到杨振宁，觉得每个人都比她更值得上封面。我向她解释科学家群体也需要女性榜样，希望她的故事能启发更多女性，但这个女性议题并没有打动她，她很坚定地做出了拒绝的决定，谈话进入了僵局。

那是一间被大大小小的化石包围的办公室，坐在里面时我感觉，更吸引人的是标本背后的故事。我决定不再跟她讲女性的话题，开始跟她聊化石，聊我喜欢的拉蒂迈鱼。她发现我对科学感兴趣，突然来了好大精神，眼睛里一闪一闪的，热情地把草鱼牙齿的小化石拿出来，在电脑里翻出来化石的 CT 图，还手把手教我用显微镜看标本。再次抬起头的时候，天黑透了，她还站在旁边兴致盎然，拉着我要去博物馆，"我带你去看拉蒂迈鱼！"直到她也看到窗外黑漆漆的天，笑得像小孩一样，"哎呀，今天看不着咯"。

这就是我所见到的张弥曼。说实话，后来坐在她面前的我完全忘记了女性报道、女性封面、女性的力量，她对科学的纯粹和沉浸淹没了其他所有声音。这个房间里坐着一位科学家，以及她钟爱的古生物学。

当时有一个现实难题，张弥曼的选题是这组女性群体封面的第一篇报道，按照标准体例写常规女性报道是最保险的操作，这也符合那一年大部分张弥曼报道的路径，就像写世界冠军那样，写一个女性科学家身上的自信、独立、奉献，写一个女性榜样。这是一个合情合理的写作角度，这一面的她的确可以成立，也有大量事实佐证。对读者来说，女性主题也远比科学主题更容易理解，更容易产生共鸣。

但是，我真的舍不得她讲起科学时那种神采奕奕的样子，那是一个人最接近自己的时刻，科学让她发自内心地开心、满足、陶醉其中。我希望这样的她能在文字里出现，让人看见。

没拿定主意该怎么写的时候，我刚好做了一组年末访谈。那一年我采访了好多人，包括日本女演员长泽雅美、德国翻译家顾彬，还有日本主持人松子 Deluxe。我问了他们同一个问题：一个女性在什么状态下是最有魅力的？意外的是，这三个身份、背景迥异的人，以不同方式说出了相同的答案——当她被视为"人"的时候。

其中，松子 Deluxe 的身份最复杂，他在日本大受欢迎，但他身上的特质——毒舌、同性恋、胖、穿女装——几乎每个都是异类的标志。这让他拥有与众不同的人生经验和超越惯例的生活领悟。在电话的另一端，他这样描述自己的想法：

"我觉得关于女性活法的讨论，如果能消失就好了。一个人应该能自由选择自己的活法，超越男或女的维度，你喜欢什么样的生活方式，就应该怎么样生活。虽然现在这么说只是一种理想，但希望有一天，人们在讨论的是'一个人应该如何生活'。"

"一直以来，这个世界是在'男人这样活，女人这样活'的基础上发展的，所以我一直期望，如果能有一个超越这种基础去生活的人出现就好了，让这种牢不可破的固有思维变得柔软，让人们能去自由选择活法，能稍微离这种状态近一点，那就好了。"

正是这些回答让我下了决心，我决定在文字中构建这样一个世界——让张弥曼超越性别视角，回归最真实的她，回到"人"的状态。她的确是因为女性科学家的身份得了奖，但在她的生命里，性别议题并不是最突出的主题。对科学的纯粹和忘我，才是发生在她身上最核心的事实。

这也是一直以来我想打破的一种报道偏见。很少有人会在写作中强调男性科学家的性别，一个男性科学家首先被看到的是他的专业，但一个女性科学家往往首先被看到她的性别。关于女性科学家的报道总是少不了一些固定主题，比如如何平衡职业和家庭，如何在科研期间照顾孩子，这是男性科学家不会被问到的问题。这导向了一种诡异的结果，一个男性科学家更容易获得基于"人"的报道视角，但女性科学家只能得到基于"女人"的视角。那么，我想要让女性科学家也回归"人"的视角，该怎么写？

张弥曼的封面报道是一次写作试验。这篇文章的显性文本写的是一个科学家和她的科学，用文字帮助读者理解一个科学家的专业，理解思维上的乐趣，理解科学的极境。但我同时想要实现一种女性的底层叙事——通篇不回避她的女性身份，但通篇的文字要产生一股极度聚焦的力量，让人不得不忽视她的性别。我希望用事实让读者亲眼见到那个现场的张弥曼——是啊，她是一个女性，但是她的科学太迷人了，你根本顾不上考虑其他。我希望通过写作传递出这种力量，让那些常见的女性偏见不再成立，让她作为科学家完全立住，让人无法对她说出"可惜了"这三个字。

写稿期间我写在草稿上的提示是："写希格斯是怎么写的，写她就怎么写""首先是一个人，其次是一个科学家，第三才是女科学家"。

采访中最打动我的是那些实实在在的成果。她做的化石磨片是30多年前手工一张张磨出来的，如今技术进步到可以用 CT 扫描，她的磨片依然是最精细的，能还原出极其微小的细节，那是 CT 都达不到的精密。科学在她身上活到了极致，她为了古生物学几乎倾注了自己全部的力气，在人类认知的版图上贡献了自己的发现。她值得以本真的样子堂堂正正出现在文字里，这是她的人生应得的尊重。

最终，张弥曼的报道成为那一期年度人物里最奇特的文章——一篇没有女性议题的女性报道。对我来说，这篇文章的读者反馈也是奇特的，古生物学的生僻术语、复杂的逻辑概念似乎都没有影响阅读，许多读者没有科学背景，也没有阅读科学报道的习惯，但是他们在这篇漫长的叙事里留了下来，记住了作为科学家的张弥曼。一定程度上，写作在这篇文章里促成了理解，我的迷宫开始有了出口。

三

我写过翻译家许渊冲的故事，采访中让我印象最深的其实是他的妻子照君。当时照君已经去世，但每个采访对象都会提到她，因为翻译家的时间集中在书桌前，而出版、发稿、修改、联络以及日常生活，都需要照君负责。她曾经是俄语译者，原本也可以追求自己的事业，但她承担了一个翻译家的全部生活——买菜、做饭、打点人情关系，就这样消失在了丈夫的声名背后。活着的时候，她常常作为配角出现在许渊冲的稿件里，她所有的发言都是服务于丈夫的，谈丈夫的事业、丈夫的性格、丈夫的各种细节。后来她病倒了，去世后，许渊冲的稿件里就再也没有了这个辅助者的声音。发生在她身上的是一个甘心选择成为家庭主妇的女人最常见的命运，公开文字记录里，没有她自己的发言，也没有她的故事。

可是，我不想要一个人的付出就这样消失了。只有小说才会分主角和配角，人生不会，每个人都有自己的故事，我希望能书写这种人生的复杂。所以，写这篇文章的时候，我把照君的故事单独放进一个小标题里，在细碎的小地方也留下了她的影子。这是我在写作时留下的小缺口，我想要让她能有机会以独立的姿态出现，也想要用这种结构设计，让她为家庭的付出被他人看见。那个小标题里有几个自然段，是站在她的视角讲述故事，我希望至少在文字的世界里，可以短暂照亮这个人的存在。

这是只有写作者才能做到的事，但并不是每个人都能看得到。我的稿子里常常有这样的细节设计，因为有些细节太幽微了，我常常抱着一种只写给自己看的心情。有点意外的是，我发现读者发现了它们，也记住了照君。文章反馈里有人说，这样的细节让他们想起了自己的生活，想到了自己。

这让我更加确信了，人之常情才是最能打破报道困境的武器。基于人的共性的写作，哪怕只在细微之处留下痕迹，也能打破壁垒的限制，超越国别、性别、族群、专业。没看过篮球的读者也会为马布里的生存故事掉眼泪。物理学内部开会也不是人人都能懂中微了，但读者抵达了最深层的共鸣，读出了一个物理学家身上的现实和无奈。还有并不出名的钢琴家、不走运的古典乐团，按照传播规律，这些都是流量黑洞，但是人们不仅留了下来，而且真正理解了文字里的另一个人。中东困境逐渐消失了，从一个人抵达另一个人，文字也可以不失效。

我写稿的日子越长，越是真切地认识到，写作其实是一个做决定的过程，在不同切入点之间、在不同写法之间、在大量细节之中，决定哪些取哪些舍，怎么样理解，又如何去表达。每一种写法都是一种理解，从严格意义上说，绝对正确的写法是不存在的，因为理解是永无止境的。如果你望向深处，会发现每个人的人生都是一部史诗、一个复杂的谜题，而谜是应该拥有不同答案的。

《冰点周刊》编辑部有一句最常说的写作准则，"让人物报道回归到人"。2011 年 7 月 23 日，温州动车事故发生时，冰点用整个周末做了四个版面的专题报道。那组报道就是用最具体的人的视角记录了一场悲痛的惨剧，其中最重要的作品是赵涵漠写的《永不抵达的列车》，它也践行了冰点的另一句写作准则，"再宏大的悲伤也比不上一个具体的悲伤"。

那时我刚入职冰点一个月，还在懵懵懂懂地摸索特稿怎么写。那次派给我的题目是写 1998 年德国高铁发生的一起类似事故，通过采访当事人，写德国如何应对处理。事件是旧闻，又发生在德国，在其他报道体例下这个故事都不能构成新闻，但是特稿却给这些旧事实赋予当下的意义，让它们成为中国当时应急处理的一种参照。我记得跟编辑通完电话后，她又发来一句提醒："写的时候要记住，这不是他们的故事，这是我们的故事。"

在临交稿之前，我重写了一部分内容。我请德语译者帮我翻译了当时的应对执行手册，然后把关键指标写进了稿子里。这是一种不符合特稿写作体例的操作，特稿不是面向专业人士的论文，它面对的是大众，普通人不需要阅读这么专业的技术细节。但我还是执拗地加入了具体操作细节，因为德国的列车事故就是从一个车轮零件的失效开始的，我想要让人注意到这样的细节。

其实，冰点发完动车报道后，我一度很想放弃了。因为动车报道后的情景对我而言是一种太过熟悉的冲突感，大新闻依然是大新闻，有读者打来电话，有高层点名表扬，总编辑特地跑下楼来参加评报会，谈这些文章的意义。那天下午很热闹，报道成功了，连刚入职一个月的我都拿了社内嘉奖。但回家路上，我采访的德国专家写信询问事故的处理进展，我只有哑然。我们的确努力写了稿子，让很多人看到、为之感动。但是后来呢？我们真的能改变什么吗？

那时候我住得离报社不远，但走了很久都没到家，站在过街天桥上发呆，看北京的车来车往。该做一个决定了。同事突然发来信息，说他认识的车间主任看了冰点报道，托他转告我，谢谢我把德国的处理方法写得很细，他们的工厂负责为动车生产配套零件，他看了文章后很有收获，给车间印了好多份，打算专门开会研究讨论如何改进生产细节，避免重蹈覆辙。

十年后，我依然在写作，为了它熬夜、饿肚子、看堆成小山的资料，我还想继续下去，我想为了改变一个零件留下来。这十年间我学会的一个道理是，一个人能做到的事情其实很少，写作能做到的事情更少。人们往往要一生和大大小小的错误共存，承受深深浅浅的伤害。写作有时候能带来改变，但那只在其他力量的共同作用下发生，它本身不能改变什么，也没法治愈谁。这个世界上能治愈人的只有药、行动和时间。

但现在我也明白了，真正的勇气恰恰在于认清了无可奈何之后，依然为罕见的可能性去努力。十年间，我的写作一直在变，改变体例、改变叙事、改变主题，甚至改变了语言风格。然而，在写作深处，我的目标仍和在中东现场那时候一样，我希望文字能够帮助一个人抵达另一个人，从一个采访对象抵达一个读者，让两个原本很难相见的人看到彼此，让理解发生，哪怕只是短暂存在，希望文字的存在能让共鸣成为可能。这也是写作留给我的希望——改变是可以发生的，从一个小零件开始。

李斐然　文

2021 年 10 月 28 日

图书在版编目（CIP）数据

她们和她们 / 安小庆，林松果，李斐然著 . -- 北京：
东方出版社，2022.10
ISBN 978-7-5207-2789-1

Ⅰ.①她… Ⅱ.①安… ②林… ③李… Ⅲ.①故事—
作品集—中国—当代 Ⅳ.① I247.81

中国版本图书馆 CIP 数据核字 (2022) 第 081204 号

她们和她们

作　　者：安小庆　林松果　李斐然
策　　划：《人物》杂志编辑部　乐府文化
责任编辑：赵　立
责任印制：耿云龙
特约编辑：信宁宁
营销编辑：云　子　帅　子
装帧设计：崔晓晋
出　　版：东方出版社
地　　址：北京市东城区朝阳门内大街 166 号
邮　　编：100010
发　　行：人民东方出版传媒有限公司
印　　刷：北京美图印务有限公司
版　　次：2022 年 10 月第 1 版
印　　次：2022 年 10 月第 1 次印刷
开　　本：880 毫米 ×1230 毫米　1/32
印　　张：10.375
字　　数：175 千
书　　号：ISBN 978-7-5207-2789-1
定　　价：56.00 元